ライアー・ライアー 12
嘘つき転校生は影の守護者に閉じ込められています。

久追遥希

MF文庫J

篠原緋呂斗（しのはら・ひろと）　**7ツ星**
学園島最強の7ツ星（偽）となった英明学園の転校生。目的のため嘘を承知で頂点に君臨。

姫路白雪（ひめじ・しらゆき）　**5ツ星**
完全無欠のイカサマチートメイド。カンパニーを率いて緋呂斗を補佐する。

彩園寺更紗（さいおんじ・さらさ）　**6ツ星**
最強の偽お嬢様。本名は朱羽莉奈。《女帝》の異名を持ち緋呂斗とは共犯関係。桜花学園所属。

秋月乃愛（あきづき・のあ）　**6ツ星**
英明の《小悪魔》。あざと可愛い見た目に反し戦い方は悪辣。緋呂斗を慕う。

榎本進司（えのもと・しんじ）　**6ツ星**
英明学園の生徒会長。《千里眼》と呼ばれる実力者。七瀬とは幼馴染み。

浅宮七瀬（あさみや・ななせ）　**6ツ星**
英明6ツ星トリオの一人。運動神経抜群な美人ギャル。進司と張り合う。

水上摩理（みなかみ・まり）　**5ツ星**
まっすぐな性格で嘘が嫌いな英明学園1年生。姉は英明の隠れた実力者・真由。

皆実雫（みなみ・しずく）　**6ツ星**
聖ロザリア所属の2年生。実力を隠していたが、緋呂斗に刺激を受け覚醒。

羽衣紫音（はごろも・しおん）
白雪と更紗と親交の深い「ごく普通の女子高生」。その正体は……。

阿久津雅（あくつ・みやび）　**6ツ星**
彗星学園の真の実力者。《ヘキサグラム》に見切りをつけ、現在は《アルビオン》の一員に。

越智春虎（おち・はるとら）　**6ツ星**
七番区森羅高等学校所属の《アルビオン》のリーダー。霧谷らと共に緋呂斗の前に立ちはだかる。

椎名紬（しいな・つむぎ）
天才的センスと純真さを併せ持つ中二系JC。《カンパニー》所属に。

加賀谷亜未（かがや・あみ）
《カンパニー》の電子機器担当。普段はだらしないが仕事面では頼れるお姉さん。

口絵・本文イラスト：konomi（きのこのみ）

第一章　真っ白な牢獄の片隅で

♭♭　――姫路《ひめじ》白雪《しらゆき》①――

「っ……」

目の前が真っ暗になりそうでした。

自分でも気付かないうちに呼吸が荒くなっていました。

全身から血の気が引いているのをはっきりと自覚しながら、姫路白雪《わたし》は誰もいない館の中で一人静かに膝を突きます。……失態、でした。どんな状況でも主《あるじ》を守り抜くのがメイドの役割なのに、ニセモノの学園島《アカデミー》最強という立場がどれだけ危険なのかは理解していたはずなのに――彼を、主である篠原緋呂斗を、みすみす攫われてしまうなんて。

「わたしは、どうしたら……」

無意識のうちに零《こぼ》れた声が広い館に吸い込まれていきます。ですがもちろん、何を問い掛けたところで答えなんか返ってきません。余計に孤独を痛感させられて、責め立てられているような気がして、下唇を噛《か》み締《し》めながら小さく項垂《うなだ》れます。

「……もしも、わたしがご主人様の近くにいたら」

一人でいると、どうしてもそんなことばかり考えてしまいます。いつものようにわたしが隣にいたら、ご主人様を奪われずに済んだでしょうか？　ご主人様をお守りすることができたでしょうか？　たくさんの仮定が頭の中に浮かんでは消えていきます。

ですが、そんなものはまるで意味のない無価値な行為なのでしょう。

厳然たる事実として……ご主人様は、何者かによって誘拐されてしまったのですから。

「…………」

連絡はつきません。何度メッセージを送っても既読になりません。ＧＰＳの探知にも引っ掛かりません。島内に仕掛けられた監視カメラを一通りハッキングしてみましたが、それでも痕跡の一つすら見つかってはくれませんでした。

まるで、ご主人様がこの世界からいなくなってしまったかのように。

「……わたしの、せいで……」

視線を下に向けたまま、わたしは呆然《ぼうぜん》と言葉を紡ぎます。

心の中では、自分でも解読できないくらい複雑な感情がめちゃくちゃに渦を巻いていました。ご主人様を攫《さら》われたことに対する自責の念、あの時こうしていればという後悔、独りで取り残されてしまったが故の心細さ。誘拐犯に対する怒りや憤慨といった感情は不思議と湧いてきませんが……それはきっと、大切な誰かの誘拐などという生涯二度目の大事件を、わたしがまだ心の底から受け止め切れていないからなのでしょう。どうか嘘《うそ》であってくれと、必死で願っているからなのでしょう。

だから――だからこそ、

「お願いします……早く帰ってきてください、ご主人様」

ぐちゃぐちゃな感情の中からどうにか掬《すく》い上げられたのは、そんな素直な想《おも》いでした。

＃

目が覚めると、そこは知らない部屋だった。

「ん……？」

寝起きのぼんやりとした意識の中で何度か目を瞬《またた》かせる。……けれど、残念ながら目の前の光景は何も変わってはくれなかった。どこか病院を思わせる真っ白な天井。同じく光沢のある白で統一された床と壁。広さはそれなりにあるようだが、どこを向いても窓の類《たぐい》が見当たらないのが異様と言えば異様だろうか。

「って、いやそうじゃなくて……何でこんなところにいるんだよ、俺は」

そこまで思考を巡らせた辺りで、俺は当然の疑問を口にしながら身体《からだ》を起こす。

続けてぐるりと室内を見渡してみる――と、真っ白な部屋の中にはモデルルームの如《ごと》く小綺麗《こぎれい》な家具たちが揃《そろ》っているのが見て取れた。使用感の全くないキッチンにお洒落《しゃれ》なダイニングテーブル、さらには巨大なモニターの前にゆったりとしたソファが設《しつら》えられたリビングまで用意されており、俺が寝ているベッドの脇には本棚を兼ねたサイドラックなんかもある。ちなみに、家具の色合いは全て黒系統だ。シンプルながらモダンな印象というか、やたらこだわりを感じる部屋であることは間違いない。

「どこかのホテル……か？　いや、それにしては色々と充実しすぎてるような……」

　本棚の一角に最新のゲームハードなんかが置かれているのを横目に見つつ、俺は右手をそっと口元へ遣《や》る。否、正確には遣ろうとする。その直前に自分の手元が視界に入って初めて気付いたのだが——俺は、どうやら制服のまま寝ていたらしい。

「…………」

らしい、と曖昧な認識になっているのは他でもなく、寝る前の記憶がぽっかりと抜けているからだ。激動のクリスマスから数日後、冥星の秘密とやらを聞くために英明《えいめい》学園の学長室を訪れたことは覚えているが、それからどうなったのかがまるで分からない。

「確か、一人で校門を出たんだよな。で、その後……〝何か〟があったと思うんだけど」

　しばらく思考に没頭してみる——が、やはりその部分の記憶だけがどうしても上手《うま》く取り出せなかった。濃い霧に覆われているかのように輪郭ごとぼやけてしまっている。ポケットに突っ込まれていた端末を取り出してみても、表示は当然ながら圏外だ。

「……はぁ」

　だから俺は、気分を変えるためにも一旦立ち上がってみることにした。手触りのいい白の羽毛布団を身体《からだ》から引《ひ》っ剥《ぺ》がし、ひんやりと冷たい床に足を下ろす。カーペットの類《たぐい》が敷かれていない純白の床面は、まるで陶器のように滑《なめ》らかだ。

　とにもかくにも、改めて室内の散策を開始する——目算で二十畳ほどはあるだろうLDK兼用の一室。ベッドから見て左手の壁には何やら扉のような模様が描かれているが、触ってみても弄《いじ》れるわけではないらしい。小さく首を傾《かし》げながらもさらに奥へと歩を進めてみれば、ダイニングテーブルの脇から細い廊下が伸びているのを発見した。どうやらもう少し部屋が続いているようだ。

「えっと……？　こっちが風呂と脱衣所で、こっちが……ああ、トイレか」

　目についた扉をひたすら開けて大まかな間取りを確認する。脱衣所の中には洗面台やら洗濯機もばっちり据え置かれており、そういった諸々《もろもろ》がこの部屋の持つ〝隙のなさ〟を見事に体現しているようにも感じてしまう。

　そして——それらの設備を横目に廊下を進んでいった俺は、突き当たりで一つの扉に直面した。ホテルを思い起こさせる簡易的な玄関と重厚感のある黒の扉。おそらく大きな建物内の一室なのだろうが、ともかく〝外〟へ繋《つな》がっているとしたらここだろう。

「ん……」

　一瞬だけ躊躇《ちゅうちょ》して、それでも俺は静かに首を横に振る。……解決していない疑問は山のようにあるが、だからと言って見知らぬ部屋に滞在し続ける義理は一つもない。外に出ることさえ出来れば場所の見当くらいはつくはずだ。

そんなことを考えながら、俺は鈍い光沢を放つドアノブにそっと手を伸ばして――

「っ……、え？」

――次の瞬間、ピクリとも動かないそいつに小さく眉を顰《ひそ》める。

開かない。開く気配が微塵《みじん》もない。端末を翳《かざ》すユニットも鍵穴の類《たぐい》も見当たらないため施錠はされていないものと思っていたのだが、そんな予想に反して漆黒の扉は俺を外へ出してはくれなかった。しばらくガチャガチャと格闘してみても成果らしきものは何一つとして得られず、むしろ徐々に悪寒がせり上がってくる。

だって、この部屋には窓が一つもないんだ――。

唯一外に繋《つな》がっている扉が開かないなら、当然の帰結として俺はここから出られない。

「な、何がどうなってるんだよ、おい……」

右手でくしゃっと乱暴に髪を掻《か》き上《あ》げながら、俺はひとまず廊下を辿《たど》ってリビングへと戻ることにした。現状は何もかもが意味不明だが、とりあえず落ち着いて考えたい。であれば、開かない扉の前で突っ立っているよりも座った方がいくらかマシだ。

「………………」

そんなことを考えながら、大きな壁掛けモニターの前に置かれた漆黒のソファにそっと腰を下ろす俺。普段使っている7ツ星仕様のそれと遜色ないくらい上質な家具だ。革特有の滑《なめ》らかな肌触りと適度な弾力に心地よさを覚えつつ、俺は静かに嘆息を零《こぼ》す。

と——その瞬間、だった。

「！」

目の前のモニターが勝手に起動し、ザザッと激しい砂嵐《ノイズ》を映し出す。ホラー映画さながらの演出に俺が小さく目を眇《すが》めていると、やがてノイズ《それ》は収束し、代わりにやたらと鮮明な映像に移り変わった。テレビ番組というわけでもなければゲームの類でもない……その証拠に、画面に映っているのは二人の少女だ。俺と同じく真っ白な部屋にいる見知らぬ二人。どこか顔立ちが似通っているところを見るに、姉妹だったりするのだろうか。

『——あはっ』

突然の闖入者《ちんにゅうしゃ》に警戒を募らせる俺に対し、真っ先に煽《あお》るような表情を浮かべてみせたのは幼い印象の少女だった。彼女はこの状況を心から愉《たの》しんでいるような笑顔で、同時に俺を小馬鹿にするような声音で、挑発的にこんな言葉を口にする。

『やっと起きてくれたんすね、先輩。それじゃあ、改めて——《牢獄》へ、ようこそ、っす』

……これが、これこそが。

俺こと篠原緋呂斗《しのはらひろと》と、彼女たち——泉姉妹との邂逅《かいこう》だった。

＃

『さて、どこから説明したもんっすかねえ……』

過ぎるくらい清潔な白い部屋の中。

俺の前にある大きなモニターには、つい先ほどから二人の少女が映し出されている。

まず一人は、生意気に煽《あお》るような態度でニヤニヤとこちらを見下している少女。髪の色はスミレのような淡い薄紫で、毛先をくるんとカールさせたセミロング気味のツインテールにまとめている。……椅子に座っているため身長はよく分からないが、顔を見る限り幼く可愛《かわい》らしい印象だ。……まあ、だからこそ憎たらしさが助長されている、とも言えるだろうが。ちなみに、そんな彼女が着ているのはあざといくらいに萌《も》え袖のセーターだ。よく見れば、胸の辺りに三番区桜花《おうか》学園の校章が入っている。

そしてもう一人は、彼女の後ろからモニターの画面を覗《のぞ》き込んでいる少女だ。こちらはやや大人びた雰囲気というか、どちらかと言えばおどおどとした気弱な印象。腰の辺りまですとんと落ちるロングヘアは深い紫紺に染まっており、同じ長さで切《き》り揃《そろ》えられた前髪が目元を半分ほど隠してしまっている。猫背の割に身体《からだ》つきは豊かで女性らしく、隣の少女とは色々な意味で正反対だと言えるだろう——が、こちらはこちらで、見慣れた桜花学

園のブレザーを一切着崩すことなく身に纏《まと》っているのが見て取れた。

（二人とも桜花《おうか》の生徒……か？　何の目的だ、こいつら……？）

眉を顰《ひそ》めて思考を巡らせる俺。

そんな俺の困惑を置き去りにして、最初の少女が再び生意気な口を開く。

『ま、とりあえず挨拶くらいはしといてあげるっす。泉《いずみ》は泉――泉小夜《さよ》。三番区桜花《おうか》学園所属の一年生っす。適当によろしくしてくれればいいっすよ、先輩』

「やっぱり桜花の生徒だったのか。初めて見た顔だけど……」

『え～、そんなの当たり前じゃないっすかぁ。泉、別に有名なプレイヤーとかじゃないんで。っていうか、むしろ他学区の女子生徒のことといちいち覚えてる方がキモいっす』

からかうような笑みと共に繰り出される挑発的なその言葉に、俺は「……そうかよ」と嘆息交じりに相槌《あいづち》を打った。続けて、ちらりと視線を横へスライドさせる。

「で、そっちは？」

『ひうっ⁉　わ、わわわたしですか⁉　ご、ごめんなさいごめんなさい、映ってしまってごめんなさい！　画素を無駄遣いしてごめんなさい！』

俺が問い掛けた瞬間にビクンと背筋を跳ねさせ、何故《なぜ》か隣の小生意気なギャル――もとい泉小夜の背中に隠れてしまう彼女。ただし完全に姿が見えなくなっているというわけでもなく、ちらちらと不安そうな様子でこちら《よこ》へ視線を寄越《よこ》している。

その過剰な反応に驚かされながらも、俺は（表向き）冷静に言葉を続けた。

「いや、別に責めちゃいないんだけど……そっちは誰なんだ、って訊《き》いただけで」

『ほ、本当ですか……？　そんなところにいるなんて邪魔なやつだ、って思っていませんか？　見るだけで視力が弱るだろうが、って怒っていたりしませんか？　もしかしてもしかして、頭の中ではお仕置きの方法を何通りも考えていたりとか……！』

「そんなことするわけないだろ」

『……そ、そうですか』

安堵《あんど》の中に心なしかがっかりしたような色を滲《にじ》ませながら、そろそろとした仕草で再び画面に映る少女。自信なさげに背中を丸めた彼女はぱっつんに切《き》り揃《そろ》えた前髪の隙間から上目遣いにこちらを見つつ、ぺこりと頭を下げてみせる。

『えと……わ、わたしは泉夜空《よぞら》っていいます。小夜ちゃんのお姉ちゃんで……あの、わたしも桜花学園に通っています。が、学年は三年生です、一応……』

「三年生？　へえ、先輩だったのか」

『……女子の個人情報掴《つか》んでニヤつかない方がいいっすよ、先輩。夜空姉《ねえ》だから許してもらえてるっすけど、下手したら通報モノっす。鳥肌っす』

「いつ誰がニヤついたんだよ」

セーターを巻き込んだ萌《も》え袖であざとい頬杖《ほおづえ》を突きながらジト目を繰り出してくる泉小

夜に対し、俺はそんな言葉を返しつつ小さく首を横に振る。……やはり、姉妹という直感は当たっていたようだ。泉夜空《いずみよぞら》と泉小夜《さよ》。直接の面識はないしデータとして見た記憶もないものの、二人とも桜花学園《おうかがくえん》——つまりは彩園寺《さいおんじ》と同じ学園に籍を置いているらしい。

が、まあそれはともかくだ。

「この状況で名前と所属学園だけ聞かされてもな。お前らは一体何者なんだよ？　どういう立場の人間だ？　下手したらデスゲームでも始まりそうな雰囲気じゃねえか」

『おお～、なかなかクリティカルな質問っすねえ。ちょっとだけ見直したっす、先輩』

顔の高さまで持ち上げた両手でパチパチと適当な拍手をしてみせる泉小夜。そうして彼女は微《かす》かに口元を緩めると、煽《あお》るような声音でこんな言葉を口にする。

『泉たちの立場は結構フクザツなんすけど……ま、とりあえず最初に言えることは、泉たちが先輩を誘拐した張本人ってことっすかね』

「————！」

……誘拐。

その単語を耳にした途端に抜け落ちていた記憶が蘇《よみがえ》り、俺は思わず目を見開いた。

そう——そうだ、そうだった。俺は自分の意思でこの部屋に来たわけじゃない。英明《えいめい》学園からの帰り道で何者かに誘拐され、無理やりここへ連れてこられたんだ。暴力的かつ強制的な連行。そして、だとしたら部屋の扉が開かない理由も容易に想像できる。

要するに俺は、監禁されているということだろう。

（いやいや、監禁されているということだろう、じゃないけど……!?　誘拐って!!）

あまりにも不条理な状況に内心で悲鳴を上げる俺。

それでも表向きは平静を保ったまま、仕方なさげに小さく肩を竦《すく》めてみせる。

「ったく……随分と無茶《むちゃ》なことしてくれたもんだな、お前ら」

『そうでもないっすよ？　先輩、よわよわすぎて女の子二人でも簡単に運べたんで』

「いや、物理的な意味じゃねえよ」

茶化《ちゃか》すような口調の泉小夜に対し、俺はそう言って溜《た》め息《いき》を吐《つ》くことにする。

まあ、確かに――確かにこの学園島《アカデミー》において、俺は（偽りの）７ツ星にして（ニセモノの）島内最強だ。単身で学校ランキングを変動させるだけの戦力くらい（本来なら）持っているわけで、人から狙われる理由なんて無限にあると言っていいだろう。

とはいえ、さすがにここまで直接的な手出しは俺も初めてだ。

「誘拐に監禁……ただ色付き星《ユニークスター》が欲しいとか俺を７ツ星から引《ひ》き摺《ず》り下《お》ろしたいとか、それだけの理由にしてはやることがちょっと派手過ぎるよな。お前らは《アルビオン》の仲間か何かか？　それとも《ヘキサグラム》の残党……いや、もっと別の組織かよ？」

『考察そのものは悪くないっすね。ただ、残念ながら全然足りないっす』

広げた右手で口元を隠すようにしながら挑発的な笑みを浮かべる泉小夜《いずみさよ》。

そうして彼女は、瑠璃色の瞳でこちらを覗《のぞ》き込みつつニヤニヤと言葉を継ぐ。

『泉たちが彩園寺《さいおんじ》のお嬢様と同じ桜花《おうか》学園の生徒だってことは最初に話した通りっす。でも、実はそれだけじゃなくて……泉たちは、彩園寺家を守る〝守護者〟なんすよ』

「……守護者？　彩園寺家の？」

『そうっす。彩園寺家に危害が及びそうな時、この島を《決闘《ゲーム》》以外の方法で統治しようとするしょうもないヤツらが現れた時……その首謀者を無理やり《決闘《ゲーム》》の舞台に引っ張り上げて、二度と彩園寺家に歯向かう気が起こらないくらいまで叩《たた》きのめすのが泉たちの役割っす。要は彩園寺家の懐刀《ふところがたな》、ってところっすね』

「懐刀って……忍者じゃあるまいし。そんなファンタジーな話を信じろってのかよ？」

『別に信じてもらえなくたって痛くも痒《かゆ》くもないっすけど。……でも、ちょっとだけ意外っす。泉、先輩なら普通に納得してくれると思ってたっすから』

こてりと首を傾《かし》げた小憎らしいポーズで意味深な言葉を口にする泉小夜。人の精神を逆撫《さかな》でするようなその仕草に苛立《いらだ》ちを覚えながら、俺は微《かす》かに目を細めて問い返す。

「……どういう意味だ？」

『そのまんまの意味っすよ。だって、先輩のすぐ近くにも〝そんなファンタジーな〟人がいるじゃないっすか。彩園寺家を表側から守護する一族の当主が。泉たちが彩園寺家の剣なら、あの家は彩園寺家の盾……教育、補佐、身の回りの警備全般。もちろん使用人は他にもたくさんいるっすけど、それを取りまとめられるのはあの家の人だけっす』

「っ……それって、もしかして」

『あはっ。先輩、今まで疑問にも思ってなかったんすか？　有り得ないっすよ、普通の女の子は小学生でメイドなんかやらないっす。でもあの子は——姫路白雪ちゃんは、彩園寺家を守護する姫路家の当代なんで。だからずっとお嬢様に仕えてたっす』

「………………」

唐突に突き付けられた真実に何の反応も出来ず、そのまま口を噤《つぐ》む俺。

が——考えてみれば、確かにそうだ。姫路《ひめじ》は十年近く前に学園島《アカデミー》へ引っ越してきて、それからずっと彩園寺家の、正確には〝本物の彩園寺更紗《さらさ》〟である羽衣紫音《はごろもしおん》の専属メイドを務めていたと聞いている。俺にとっての姫路は出会った瞬間からメイドだったため自然と受け入れてしまっていたが、そんな境遇は少なくとも〝普通〟じゃないだろう。

モニターの向こうでは、泉小夜がニマニマと両手で頬杖《ほおづえ》を突いている。

『ま、別に黒い噂《うわさ》とかそういうのじゃないから安心して欲しいっす。単純に、姫路家っていうのは学園島《アカデミー》の創設当初から〝メイド長〟として彩園寺家に仕えてた家なんすよ。白雪《しらゆき》ちゃんはその二代目っす。お母さんに色々と仕込まれてたみたいっすね』

「……へえ。どこまで本当か知らないけど、妙に詳しいじゃねえか」

『だから言ってるじゃないっすか。やり方は違うっすけど、泉《いずみ》たちだって彩園寺《さいおんじ》家の守護者なんすよ。要は同業者みたいなもんっす。……あは。どうっすか、先輩？　これで、泉たちの立場も少しは分かってもらえたと思うんすけど』

泉小夜《さよ》の言葉を頭の中で整理しながら、俺は「ん……」と右手を口元へ遣《や》る。

まあ……話としては、悔しいが納得できてしまうというのが正直なところだ。この学園島《アカデミー》では《決闘《ゲーム》》によって星のやり取りが行われ、星の所持数が多いほど様々な恩恵を受けられる。個人単位ではその程度だが、学区単位になれば星の所持数とはそのまま勢力だ。これは各学園が有する権限や財力、発言力と言い換えてもいい。だからこそ、武力や金銭を用いた星の強奪というのも充分に起こり得る。

もちろん各学区による相互監視や風紀班の存在も抑止力にはなるだろうが……要は、それらを超えた先にある最終防衛ラインが〝影の守護者〟たる泉家なのだろう。

（……だとしたら）

思い出すのはついさっき——いや、正確には何時間前なのか何日前なのかも分からないが、ともかく英明《えいめい》学園の学長室で聞いた話だ。所持者にマイナスの影響を与える〝負の色付き星《ユニークスター》〟こと冥星。あの星は、8ツ星に至ろうとしているプレイヤーの近くに現れるらしい。そして、8ツ星というのは〝学園島《アカデミー》の全権を手に入れることができる〟という前人未到の等級だ。学園島《アカデミー》の全権を手に入れるということは、すなわち現在の統治者である彩園寺家をその座から引き摺り下ろすということでもある。

「………」

当然ながら、泉たちは俺と彩園寺が〝共犯者〟であることを知らないのだろう。

俺が〝偽りの7ツ星〟であることも、それを彩園寺が認識していることも、そもそも今の彩園寺更紗《さらさ》が〝替え玉〟だと俺が知っていることも……全ては隠蔽されている。そう考えれば、彼女たちにとって篠原緋呂斗《おれ》という人間は邪魔で仕方ないはずだ。

「じゃあ、もしかしてお前らは、俺が〝冥星〟の秘密に近付いたから――彩園寺家の剣として、代行として、守護者として、力尽くで俺を排除しに来たってことなのか？　ってことはやっぱり、学園島《アカデミー》に冥星を流通させてるのは彩園寺家の連中なのか？」

『あ～、結構なニアピンっすね。それが正解だったら良かったんすけど……』

俺の問いに何故《なぜ》か少しだけ表情を歪《ゆが》めつつ、あくまでも軽い口調で答える泉小夜。

そうして彼女は一つだけ溜《た》め息《いき》を吐《つ》くと、作ったような笑みを口元に浮かべて続ける。

『まず、先輩に大事なことを教えてあげるっす。実は元々、彩園寺家が作った学園島《アカデミー》のシステムに〝冥星〟なんてものは含まれてなかったんすよ。あったのは《決闘《ゲーム》》の才能で何もかもが決まる基本仕様と、あとは〝8ツ星到達であらゆる権限を獲得できる〟っていう大逆転ルールだけ。……このシステムは、泉たちからすれば危ういものだったっす。だってこれ、彩園寺家が転覆する可能性が最初から用意されてるってことなんで』

「……まあ、そうだな。だけど、それが彩園寺《さいおんじ》家の意図なんだろ？」

『そうっすけど、だからって成り行きに身を任せてるだけじゃ彩園寺家の守護者は務まらないっす。泉《いずみ》たちの仕事は、どんな手を使ってでも彩園寺家を守ることっすから。そこで泉たちが――正確には泉のお母さんがこっそり学園島《アカデミー》のシステムに組み込んだのが、今でいう〝8ツ星昇格戦〟と〝冥星〟の二つっす』

萌《も》え袖のまま顔の辺りでピースを決めつつそんなことを言う泉小夜《さよ》。

対する俺は、聞き覚えのない単語に小さく眉を顰《ひそ》める。

「……8ツ星昇格戦？　何だよ、それ」

『慌てなくても話してあげるっすよ。前人未到の〝8ツ星〟に至るための方法……先輩はきっと〝色付き星《ユニークスター》を八つ集める〟ことだけが条件だと認識してると思うんすけど、これが微妙に違うっす。違うっていうか、ちょっと足りてないんすよね』

「足りてない？　……どういうことだ？」

『どうもこうもないっすよ。8ツ星になるためには、まず〝七色持ちの7ツ星《オールカラー》〟になる必要があるっす。で、そうなるとこう、最後の関門的な……ラスボス的な存在がそのプレイヤーの前に現れるんすよ。これこそが〝8ツ星昇格戦〟っす。その《決闘《ゲーム》》に勝てれば特別な色付き星が手に入って、晴れて8ツ星達成――ってわけっすね。もちろん勝負は一度きり、負けたらその瞬間に学園島《アカデミー》から追放されるバチバチの鬼畜仕様っすけど』

「ああ、なるほど……そういう仕組みになってるのか」

単純に八つの色付き星を集めればいいというわけではなく、最後の一つは専用の試練を勝ち抜いて手に入れたモノでなければならない……という〝縛り〟が元のルールに上乗せされているわけだ。難易度はさらに上がっているものの、8ツ星到達によって得られる莫《ばく》大《だい》な恩恵を考えればまだまだ理不尽というほどの仕様でもない。

「それで？」

『え？　それでって、そんなにあっさり納得しちゃうんすね。泉、せっかく色んな言い訳を用意してたんすけど……まあ、先輩がいいなら泉的にも問題ないっす』

ひらひらと手を振りながら、泉小夜はやや拍子抜けしたような——あるいは想定を外されて少しだけムッとしたような——声音で続ける。

『この〝8ツ星昇格戦〟でプレイヤーの前に立ち塞がるラスボスは、もちろん泉家の当主っす。泉たちは彩園寺家の守護者っすから、要するに〝学園島《アカデミー》の頂点に立ちたいなら彩園寺家よりも強大な力を持っていることを証明してみせろ〟ってことっすね』

「ラスボスね……けど、8ツ星昇格戦ってのも結局は《決闘《ゲーム》》なんだよな？」

『だったら勝てる、とでも言いたいんすか？　無理っすよ、有り得ないっす。だって8ツ星昇格戦の時、泉たちは〝冥星〟でガチガチに武装してるっすから』

「――は？　冥星で武装って……それ、色々とおかしいだろ」

あまりの困惑に素直な疑問を口にする俺。

そもそもの話として、冥星というのは所持者に〝負の影響〟を与える特殊星だ。だからこそ梓沢翼《あずさわつばさ》はあれだけ苦しめられていたわけで、彼女の他にも複数の被害者が出ているわけで、そう考えれば〝冥星で武装〟なんて文脈は絶対に成立しない。

　ただ、今はそんなことよりも。

「冥星を意図的に操れるってことは……あの星は、お前らが作ったものだったのか」

『！　え、えと、あのですね篠原《しのはら》さん、それは――』

『夜空姉《よぞらねえ》は黙っててくださいっす。……あはっ、その通りっすよ先輩？』

　ぐいっと身を乗り出そうとした泉《いずみ》夜空を片手で制し、薄紫のツインテールを微《かす》かに揺らした泉小夜《さよ》はモニター越しに煽《あお》るような表情でこちらを見下ろしてきた。

『冥星は８ツ星を生まないために泉家が作ったシステムっす。ちょっと《決闘《ゲーム》》が強いくらいで学園島《アカデミー》の権限を何もかも奪えるなんて、そんなのおかしいっすから。だから８ツ星に近付こうとしてるプレイヤーの勢力を自動的に削《そ》いで、最後の最後には泉たちを超強化してくれる〝冥星〟を作ったっす。巷《ちまた》では負の色付き星《ユニークスター》なんて呼ばれてるっすけど、使い方によってはチートレベルで強力な特殊星っすから。……まあ、彩園寺《さいおんじ》家に相談したら反対されるに決まってるっすから、全部泉たちの独断っすけど』

「ッ……」

『あは、怒ってるっすね先輩。いいっすよ？　泉、先輩に嫌われても気にしないんで』

憎たらしいくらい可愛《かわい》さに振り切った顔でニヤニヤとこちらを見てくる泉小夜。

そんな彼女は、片手で頬杖《ほおづえ》を突いたまま『はぁ……』と物憂げな嘆息を零《こぼ》してみせる。

『で、泉たちはせっかくそんな風に暗躍してたわけなんすけど……ほら、先輩って地味にもう六色持ち《シックスカラー》の7ツ星じゃないっすか？　リーチなんすよ、これ。先輩があと一つ色付き星を手に入れたら、学園島《アカデミー》史上初の8ツ星昇格戦が発生しちゃうっす。もちろん、それ自体は泉たちの勝ちに決まってるんすけど……』

「……舐《な》められたもんだな、おい」

『そりゃまあ、よわよわな先輩が〝冥星〟持ちの泉たちに勝てるとか有り得ないんで』

よほど自信があるのか、泉小夜は過剰に煽るわけでもなく即答でそう返してくる。けれどそれでも、モニターに映る彼女の表情は相変わらず浮かないものだ。

『ただ……それはそれで困るんすよね。だってこれ、普通に炎上モノじゃないっすか。誰かが七色持ち《オールカラー》の7ツ星になったら、その瞬間に冥星でガチガチに固めたラスボスとの8ツ星昇格戦が発生して、あっという間に学園島《アカデミー》から追放されちゃうんすよ？　こんな大事件が起こったら、どう考えても冥星の仕掛け人は泉家……もとい彩園寺家だってことになって、学園島《アカデミー》は一瞬で破滅っす。ダメに決まってるじゃないっすか、そんな結末《おわり》は』

「………」

『ってわけで、泉《いずみ》たちが先輩を誘拐したのは、来たる今年度最後の大規模イベント――期末総力戦に先輩を出場させたくなかったからっす。三学期を丸ごと使って開催される学区対抗の超規模《決闘《ゲーム》》。もちろん、そのMVP報酬は色付き星《ユニークスター》っす。ここで勝ったら先輩は七色持ち《オールカラー》の7ツ星になる……だから、泉たちが直々に止めに来たんすよ。誰にもバレないまま彩園寺《さいおんじ》家の危機を救うために――8ツ星昇格戦を発生させないために』

「っ……なるほど、期末総力戦か」

泉小夜《さよ》の発した言葉をなぞりつつ、俺はポケットから端末を取り出してみる。

そうしてトップ画面のカレンダーを――通信機能の類《たぐい》は死んでいるがそれ以外は問題なく稼働している――確認してみれば、今日の日付は十二月三十日だ。あと一日と少しで今年が終わり、さらに一週間も経過すれば三学期が始まってしまう。そして今年度最後の大規模《決闘《ゲーム》》こと期末総力戦は、三学期の始業と同時にその幕を開けるらしい。

もちろん、このまま監禁された状態では《決闘《ゲーム》》に参加することなど不可能だろう。

「……なあ泉。俺は、どうすればここから出られるんだ？」

だから俺は、密《ひそ》かに呼吸を整えながらそんな質問を繰り出すことにした。彼女たちが冥星の開発者であるという事実も気にはなるが、今はそれを問い詰めていられるような場合じゃない。とにもかくにも、まずはここから脱出する必要がある。

けれど――そんな俺を嘲笑《あざわら》うかのように、泉小夜はツインテールを横向きに揺らした。

『え、出られないっすけど』

「――……は？」

『あは、何言っちゃってるんすか先輩。さっきも言ったっすけど、泉たちの目的は先輩を期末総力戦に出さないことっすよ？　身代金を寄越《よこ》せとか、そういうことを要求するつもりはさらさらないっす。っていうか、そもそもこの〝牢獄〟に脱出方法なんてモノは設定されてないんで……ま、じっとしててくれれば先輩に危害は加えないっすから、その辺は安心してくださいっす。ただし、解放するのは期末総力戦の追加エントリー締め切りが完全に終わった後――今から一ヶ月以上先になるっすけど』

「!?　まさか、それまでずっとここにいろってのか？　そんなこと、できるわけ――」

『それじゃ、バイバイっす☆』

ブツン、と一方的な拒絶と共にモニターの画面が落とされる。これで説明責任は全て果たした、とでも言うつもりなのだろう。しばらく待ってみたものの泉たちが再び画面に映り込むようなことはなく、俺は半ば無意識のうちに前髪をくしゃりと掻《か》き上《あ》げる。

「……脱出方法が設定されてない〝牢獄《ろうごく》〟？　だから、黙《おう》ってじっとしてろって？」

泉小夜に突き付けられた生意気かつ絶望的な宣告を鸚鵡《む》返しに繰り返す俺。

「ったく……こいつは」

どうやら、今までで最大級の危機に陥ってしまったらしい——。

様々な感情を胸の内に潜ませながら、俺はひとまず深く息を吐き出すことにした。


【〝期末総力戦〟エントリー最終締め切りまで——残り三十二日】

♯

——じっとしていてくれれば危害は加えない。

泉小夜《いずみさよ》の残したその言葉通り、俺が閉じ込められた白い部屋は、少なくとも普通に生活していく分には何の支障もない空間だった。

ベッドやソファといった家具たちは充分に上質かつ清潔だし、冷蔵庫には大量の飲み物やら保存の利く食品が詰め込まれているし、ダイニングのテーブルには〝お食事は一日三回お持ちします〟なんてメモまで置かれている。さらに、クローゼットには替えの制服とパジャマ替わりの囚人服——デザインにはちょっとした悪意を感じる——がこれでもかと並んでおり、衣食住については完璧に満たされていると言っていい。

ただし、やはり通信の類《たぐい》は全滅している。リビングのモニターは映画鑑賞やらテレビゲームには使えるもののインターネットを介する番組は何一つ視聴できず、端末の表示も相変わらず圏外のまま。誰かと連絡を取ることなんか出来やしない。

「俺が学長室で柚姉《ゆずねえ》たちと話したのが十二月二十八日で、今が三十日の午後七時過ぎだから……要は、二日近く眠ってたってことになるんだよな」

端末上でカレンダーを眺めながらポツリと呟《つぶや》く。……何というか、もどかしい気持ちでいっぱいだった。俺が突然姿を消したんだから、少なくとも姫路《ひめじ》には心配をかけてしまっているだろう。英明《えいめい》の連中にはもう伝わっている頃かもしれないし、もしかしたら学園島《アカデミー》を揺るがすような大ニュースになって、とっくに彩園寺《さいおんじ》の耳にまで入っているかもしれない。無事だということだけでも伝えたいが、残念ながらそれも難しそうだ。

何しろ泉小夜の話では、期末総力戦の追加エントリー期間が完全に終わるまで——つまり今から約一ヶ月間《いっかげつかん》、俺はこの〝牢獄《ろうごく》〟から出られないんだから。

「冗談じゃねえぞ、ったく……あまりにも問答無用すぎるだろ、あいつら」

下唇を軽く噛《か》んでから、絞り出すようにそんな言葉を口にする俺。

もちろん、これまでだって危機的状況に追い込まれたことなら何度もある——五月期交流戦《アストラル》で倉橋御門《くらはしみかど》を相手取った時、夏期交流戦《SFIA《スフィア》》で《ヘキサグラム》のリーダーである佐伯薫《さえきかおる》に悪辣非道な手で攻め立てられた時、そして二学期学年別対抗戦《習熟戦《リフレイン》》で《アルビオン》の首魁《しゅかい》・越智春虎《おちはるとら》と初めて対峙《たいじ》した時。

いずれも〝絶対に勝てない〟と錯覚してしまうほどの大ピンチだったが、それでも俺が勝ち抜いてこられたのは、前提としてそれらが全て《決闘》だったからだ。明らかな不正やとんでもないアビリティが絡んでいたとはいえ、ベースはあくまで《決闘《ゲーム》》だった。

そして、どんな《決闘《ゲーム》》にも必ず〝ルール〟がある。

勝利に至るための〝条件〟がしっかりと設定されている。

ただ、今回ばかりはそうじゃない——何せ、泉《いずみ》姉妹の目的は《決闘《ゲーム》》などではなく、単に俺をここへ閉じ込めておくことだからだ。抵抗しようにも、そのための舞台が用意されていない。そもそも《決闘《ゲーム》》じゃないのだから、攻略なんて出来るはずがない。

「だったら俺は、どうやって……って、え？」

そうやって再び溜《た》め息《いき》を吐《つ》こうとした、瞬間だった。

部屋の片隅で生じた異様な光景に俺は思わず目を見開く——〝それ〟は、先ほど室内を探索した際にも一瞬だけ触れた〝扉の模様〟だ。白い壁に描かれた外枠だけの扉。押しても引いてもまるで反応を示さなかったそいつが、横向きにスライドするような形ですするすると開いていく。扉としての役割を十全に果たそうとする。

壁が切り取られたことで部屋の外に広がる暗闇がはっきりと見えて、そして。

「あ、あのぅ……」

そんな扉からひょっこりと顔を覗《のぞ》かせたのは他でもない、つい先ほどまで画面越しに俺と対面していた泉姉妹の片割れだった。名前は確か泉夜空《よぞら》。おどおどとした気弱な態度で俺と泉小夜《さよ》——彼女にとっては〝妹〟にあたる——のやり取りを見守っていたぱっつん髪の少女だ。両手に抱えたトレイには美味《おい》しそうな料理が載せられている。

「……うぅ」

トレイを掲げて俺の視線から隠れるようにしつつ、泉夜空はどうにか口を開く。

「篠原《しのはら》さんにお食事を持ってきました。い、いきなり出てきてごめんなさい……あの、びっくりしましたよね？　心拍数とか、上がってしまいましたよね？」

「え？　ああ、いやまあ……って、そんなことより。お前、そこの扉を開けたのか？」

「は、はい。あ……でもこれ、わたしと小夜ちゃんにしか通れない〝秘密の抜け道〟ですよ？　普通の扉を使うと篠原さんに逃げられてしまうかもしれないので、その……わたしたち専用、です。他の人が通ろうとしてもすぐに弾《はじ》き出されてしまいます」

「……そう、なのか」

「！　ご、ごごごめんなさいごめんなさい！　篠原さんを仲間外れにしたいわけじゃないんです！　えっと、わたし何でもしますから、そのギラギラと渦巻く黒い欲望をどうかわたしにぶちまけてください……!!」

悲痛な表情で謝っていたかと思えば、いつの間にかやや興奮気味に口調を荒げつつ俺の目の前にまで距離を詰めてきている泉夜空。同じ長さで切《き》り揃《そろ》えられた前髪がさらりと左右に分かれ、息を呑《の》むほど可愛《かわい》らしい素顔が露《あらわ》になる。

「あー、えっと……」

……何というか。

泉小夜《いずみさよ》とはタイプが違うが、こちらはこちらで普通じゃないようだ。彩園寺《さいおんじ》家を影から守護する〝泉家〟とやらの長女。自信なさげな猫背ではあるものの、女子にしてはかなりの高身長だと言えるだろう。ただ、それに反して性格の方は、自己評価が低いのか気が弱いのか、あるいは単なるドMなのかよく分からない。

と――俺が黙ったままでいたからか、彼女は少し不安そうな表情で言葉を継ぐ。

「あ、あのあの……もしかして、お腹空《なかす》いてなかったですか？　ごめんなさい、わたし昔からあんまり空気が読めなくて……あの、要らなかったらわたしが全部食べるので！　それはもう、大食いを生業《なりわい》とするふぁいたーのように！」

「……いや、何でそうなるんだよ」

悲壮な覚悟と共に顔を持ち上げた泉夜空《よぞら》の手からトレイを奪い取り、俺は小さく溜《た》め息《いき》を吐《つ》いた。あまり意識しないようにはしていたが、さっきからめちゃくちゃにお腹が鳴っている。まあ、丸二日も飲まず食わずで寝ていたのだから当然と言えば当然だが。

それを見た泉夜空が、何故《なぜ》か驚いたように「！」と前髪の奥の目を大きく見開く。

「え、え、食べてくれるんですか？　わ、わたしなんかが作ったお料理なのに……こんなもん食べれるかーって引っ繰り返されたり、胸倉を掴《つか》まれたりする覚悟もしてきたんですけど。か、覚悟というか、むしろちょっとだけ期待してたり……え、えへへへへ」

「さっきからとんでもない被害妄想するよな、お前……もしかしてこの料理、妙な薬でも入ってやがるのか？」

「ね、ネットでレシピを見ながら一生懸命作りました！　味見もたくさんしてます！」

「じゃあ食うよ」

そこまでしてくれたものを台無しにする趣味はない。

と、いうわけで——俺はトレイを抱えたままダイニングテーブルへ移動し、いただきますと手を合わせてからさっそく箸を取ることにした。今日のメニューはご飯に味噌汁《みそしる》、肉じゃがに焼き鮭《ざけ》という黄金過ぎる組み合わせだ。手始めに豆腐とわかめの入った味噌汁をそっと口に含んだ瞬間、濃厚な味噌の風味と穏やかな塩味が優しく舌を撫《な》でる。

「……美味《うま》いな」

「！　あ、あのあの、ありがとうございます……えと、わたし、トレイを持って帰らなきゃいけないので、なるべく邪魔にならないようにちょこんってしてますね。そ、その、鬱陶しかったら強めに叱ってください……！」

俺の反応を受けた泉夜空は、ほんの少しだけ嬉《うれ》しそうな声音と表情でそんな言葉を口にすると、テーブルを挟んだ対面の席に文字通りちょこんと腰掛けた。やたら自信なさげなので不安ではあったが、この料理が美味いというのは何の誇張もない真実だ。パリパリに仕上げられた焼き鮭の皮に至るまで一心不乱に平らげる。

そして、

「ごちそうさま。……助かったよ、めちゃくちゃ腹が減ってたんだ。味も文句なしだし」

「ほ、本当ですか？　ありがとうございます。１００％お世辞だとは思いますが、それでもちょっとだけ嬉《うれ》しいです。今年の良かったことランキング、第三位に入賞です！」

「そこまで卑下されるともはや悲しくなってくるな……」

あと一日で今年が終わることを踏まえると余計に、だ。

そんなことを考えながら俺が「ふぅ……」と食後の休息を取っていると、対面の席から両手を伸ばしていそいそとトレイを回収した泉夜空《いずみよぞら》がそっと席を立とうとする。

「で、では篠原《しのはら》さん、わたしはこれで――」

「――ああいや、ちょっと待ってもらってもいいか？」

「ひゃうっ!?　ご、ごごごめんなさい！　篠原さんの許可なく帰ろうとしてごめんなさい！　わたしはとっても悪い子です……なので、思いっきり詰《なじ》ってください!!」

「だから詰らねえよ。俺を何だと思ってるんだ」

「ドSな飼い主様的な人だと嬉しいな、と思っています」

「お前の願望じゃねえか……」

長い前髪の下で「えへへ……」と照れたように笑う泉夜空。そんな彼女の言動に軽く嘆息を零《こぼ》しながら、俺は思考を切り替えてこんな質問をぶつけることにする。

「あのさ。ついさっき、お前の妹——泉小夜《さよ》だったか。あいつが〝ここから出る方法はない〟って言ってたよな。あれって、本気で言ってるのか？」

「？　本気で、というと……？」

「本当にここから出る方法は何もないのか、って訊《き》いてるんだよ。たとえばほら、お前がさっき使った〝秘密の抜け道〟。あれは別の部屋……モニターに映ってた場所に繋《つな》がってて、そこは普通に〝外〟なんだろ？　もしくは外に近い場所かどっちかだ」

「な、ななな、何でそんなことが分かるんですか⁉」

「お前がネットのレシピなんか見ながら肉じゃがを作れてるからだよ」

「はうっ！　ごめんなさい、小夜ちゃん……お姉ちゃんは、やっぱりバカな子でした」

よよよ、と崩れ落ちる泉夜空。……ただまあ、彼女の失言がなかったとしても、そのくらいは普通に予想できる範囲のことだろう。監禁されている俺の方はともかく、誘拐の犯人サイドである泉姉妹が俺と同じような環境下で過ごす必要は微塵《みじん》もない。

「で——だとしたら、俺もその扉を通っちまえば外に出られるはずだ。たったそれだけで簡単に脱出成功、ってことになるじゃねえか」

「！　だ、ダメですダメです！　篠原さんが通ったら、あ、危ないんですから！」

「危ないって……俺に危害は加えないんじゃなかったのかよ？」

「そ、それはこの部屋でじっとしていてくれたらの話です。篠原さんがあの扉を通ったらとんでもないことが起きちゃうんですから！　何というかもう、骨という骨が折れて、ホラーでスプラッタでサスペンスで、わたしが第一発見者なんですからっ！」

「………………」

長い前髪を思いきり揺らしながらこちらを見つめて一生懸命に言葉を紡ぐ泉夜空《いずみよぞら》。どうにかして俺を説得したいようだが……とはいえ、俺にしてみれば〝秘密の抜け道〟は現状で唯一の取っ掛かりだ。何もせずに見逃すわけにはいかない。

（どうにかして引き下がってもらいたいところだけど……それか、とりあえず納得したフリでもしておいて、こいつが帰るタイミングで横から割り込むか？）

「……あ、あのぅ」

そんな風に俺があくどい策を講じていると、夜空がおずおずと声を掛けてきた。

「さ、さっきからお仕置きの波動をビシバシと感じるんですけど……そ、そんなに通りたいんですか？　たとえばその、わたしを無理やり手籠《てご》めにしてでも……？」

「後半は全く考えてなかったけど、まあ通りたいのは確かだな。お前ら専用の抜け道だって言われても、そんなの試してみなきゃ分からない」

「そうですよね……わ、分かりました！　じゃあ、入ってみてもいいですよ？　あんまりお勧めはしないですけど……でも、そうすれば納得してもらえると思うので！」

そう言って、トレイをテーブルに置いた泉夜空はパタパタと小動物じみた足取りで白い壁の近くに歩み寄ると、細い指先でそっと扉の輪郭を撫《な》でてみせた。すると再び扉の模様が静かに横へスライドし、暗闇に沈んだ〝外〟の世界を見せつけてくる。彼女の隣に立ってしばらく目を凝らしてみても、暗すぎて何があるのかさっぱり分からない。

（いや、こっわ……まさか、このまま真っ逆さま、なんてことにはならないよな……？）

内心ではかなりの恐怖を抱えながら、それを打ち消すように小さく首を横に振る俺。

もちろん、この先に足を踏み出したからと言って即座に外へ出られるなんて希望に縋《すが》っているわけじゃない——泉小夜《さよ》があれだけ『出られない』と断言していたのだから、ここは文字通り〝俺には通れない〟ルートなのだろう。けれど、さすがに命の危険があるとまでは考えづらい。だったら今は、少しでも情報を掴《つか》みに行くべきだ。

「よし……」

だから俺は、呼吸を整えた後に深淵《しんえん》へと向かって大きく足を踏み出して。

その瞬間——否、正確には瞬きするよりもずっと早く、視界がブラックアウトした。

♯

「……ん？」

目が覚めると、そこは知らない部屋……ではなく、先ほどと同じ白い部屋だった。

状況が掴めないまま静かに身体《からだ》を起こし、枕の脇に置かれていた端末にそっと指先を触れさせる。画面上部に表示された日時は十二月三十日、午後八時十七分。俺の記憶ではまだ七時過ぎだったはずだから、どうやら一時間ほど眠ってしまっていたらしい。

朧《おぼろ》げな思考を巡らせてどうにか記憶を辿《たど》ってみる——そう、例の扉だ。泉夜空《いずみよぞら》が使っていた秘密の抜け道。あそこに足を踏み入れた途端、俺の意識がなくなった。

「だ、だからお勧めしないって言ったんですけど……」

「！」

突如横合いから投げ掛けられた声にほんの少しだけ目を見開く俺。

動揺を隠しながら視線を隣へ向けてみれば、そこにいたのは紛《まぎ》れもなく泉夜空だ。桜花《おうか》の制服をきっちりと着こなした紫紺の髪の少女。とっくに帰ったものと思って油断していたが、どうやら俺が起きるのを律儀に待ってくれていたらしい。

それも、どういうわけかベッドの脇でちょこんと正座した状態で。

「……いや、何で正座？」

「だ、だって、近くに椅子がなかったので……ベッドに座ったら重いって怒られてしまいそうですし、それなら膝の痛みに耐える方がよっぽどマシです。……ちなみにわたし、もう立ち上がれないかもしれません。そ、そうなったら一思いにトドメを——」

「刺さねえよ……ったく」

ゆっくりとベッドから抜け出しつつ、俺は嘆息交じりにそんな言葉を口にする。……明確に〝敵〟である泉小夜《さよ》とは違い、彼女は――泉夜空は俺の敵なのか味方なのか、あるいは中立的な存在なのか、スタンスがいまいち掴《つか》めない。

ともかく、ぺたんと床に正座したままの彼女は前髪の隙間から俺を見上げて続ける。

「その……これで、篠原《しのはら》さんにはあの道が使えない、というのは分かってもらえたと思います。だ、だからその、もうここから出ようなんて考えないでくださいね……？　わたしの作ったお料理で良ければ、いつでも持ってきてあげますから」

「……お前らのペットになった覚えはないんだけどな、俺」

「ひぅっ!?　ご、ごごごごめんなさい！　そ、そんなつもりはなかったんですけど、あの、出来ればもっと冷たい目で睨《にら》んでいただけると嬉《うれ》しいです……っ！」

「…………」

正座したまま陶酔したような表情をこちらへ向けてくる泉夜空から視線を切り、俺は例の〝抜け道〟に思考を戻すことにする。実際どういう仕組みなのかは分からないが……確かにあれは、俺を通してはくれないようだ。麻酔ガスのようなものだろうか。

「と、ととと……」

俺がそんなことを考えているうちに、視界の端で泉夜空がふらふらと立ち上がるのが見て取れた。ようやく足の痺《しび》れがマシになってきたのだろう。両手でぱんぱんとスカートを払った彼女は、長い前髪の奥からじっと俺を見つめて口を開く。

「えと……それでは、わたしはそろそろ小夜《さよ》ちゃんのところに帰ります。何か不便なことがあったら次の食事の時にでも教えてください。それと、向こうの冷蔵庫には冷たいお水も入っているので、何というかその……えっと、頭を冷やしてくださいね？」

「この期に及んで皮肉かよ。見た目に反して意外に肝が据わってるんだな、お前」

「ち、違います違います、リラックスしてくださいね的なことが言いたかっただけなんです！　小粋なトークのつもりだったんですってばぁ!!」

俺の返答に瞳を潤ませながら、胸の辺りでぎゅっと両手を握って全力で弁解してくる泉《いずみ》夜空《よぞら》。今のがナチュラルな煽《あお》りなのだとしたら妹以上の逸材かもしれないが、どうやら単なる失言だったようだ。彼女は長い髪を揺らすようにしてぺこぺこと頭を下げてから、改めて〝秘密の抜け道〟へと歩み寄っていく。

そうして彼女が扉の模様に手を掛けた、瞬間だった。

「あ……そういえば、冷凍庫に入れたお水の方はまだ冷えていないかもしれません。でもでも、篠原さんなら冷やせると思うので……その、良かったら試してみてくださいね」

「――……え？」

予想だにしないタイミングで何やら意味深なことを言われた気がしてパッと頭を上げる俺。……けれど、その頃にはもう、泉夜空の背中は壁の向こうの暗闇にすっかり呑《の》み込まれてしまっていた。一人になったことで、再びの静寂が真っ白な空間を支配する。

そんな〝牢獄《ろうごく》〟の中で、俺は――。

「俺なら冷やせる、って……どういう意味だよ、それ？」

……泉夜空が残したその言葉を、鸚鵡《おうむ》返しに口にする。

冷蔵庫の中に飲み物が入っている、というのは別にいい。冷凍庫に入れた水がまだ冷えていない、というのも特に違和感を持つような話じゃないだろう。問題は、その後に繰り出された『篠原《しのはら》さんなら冷やせる』という発言だ。だって通常、人間には飲み物を冷やすような機能なんか備わっちゃいない。普通に考えれば意味不明だ。

が――だからと言って、言い間違いや適当な妄想ということもないのだろう。何しろ泉夜空は、本当なら俺が気絶したタイミングでこの部屋を去ってしまっても全く問題なかったはずなんだ。それなのに彼女は俺が起きるのを待っていた。そして、俺が起きてから彼女が姿を消すまでの間、明らかに意味がありそうだったのはこの会話だけだ。だとしたら泉夜空は、俺に〝それ〟を伝えるためにわざわざ残っていた……ということになる。

「いや……まあ、あいつも俺を誘拐した〝犯人側〟なのは間違いないんだけどな」

それでも、手掛かりが何もない現状では微《かす》かなヒントだって見逃すわけにはいかない。

というわけで俺は、キッチンの片隅に置かれた冷蔵庫の前へと足を進めてみることにした。一人で使うには充分すぎるくらいのサイズ感。上段が冷蔵室、下段が冷凍室というよくある構造だ。膝の辺りにある引き出しを開けてみれば、そこにはラベルの剥《は》がれた水のボトルが一本だけ入れられているのが見て取れる。少し警戒しつつもそっと手を伸ばしてみると、泉夜空《いずみよぞら》の言う通り、じんわりとした熱が手のひらに伝わってきた。

「温《ぬる》いどころか白湯《さゆ》だな、これじゃ……いや、だから何だって話だけど」

ボトルを取り出してから冷凍室の扉をバタンと閉め、ソファの方へと移動する俺。

まあ、何というか――極端な話をするのであれば、このまま部屋の中に放置しておくだけで水の温度は勝手に下がっていくだろう。その行為は確かに〝水を冷やした〟と言えないこともないかもしれない。……ただ、それが正解かと言われれば微妙なところだ。泉夜空の発言は俺に〝何か〟を気付かせるためのものだったはず。もちろんそんな確証はどこにもないのだが、それくらいの期待がなければ虚《むな》しすぎてやっていられない。

「……よし」

だから俺は、半ば開き直ったような心持ちで、手に持ったボトルに思いつく限りの〝干渉〟を行ってみることにした。キャップを開け閉めしてみたり、息を吹きかけてから一口だけ飲んでみたり、思いきり振ってみたり、マドラーで中身を搔《か》き回してみたり、とにかく〝冷やす〟という言葉に囚《とら》われることなく試行を重ねてみる。ソファの上を転がしてみたり、マジックで文字を書いてみたり、逆向きにして床に立たせてみたり。

そうして、何の気なしにタタンっとボトルに指を打ち付けた――瞬間、だった。

【──対象アイテム：水】

【どの要素《ピース》を抽出、あるいは付与しますか？】

「……は？」

　突如として視界のド真ん中に表示された短いメッセージ。

　比喩でも何でもなく空中に浮かび上がるような形で現れたそれに対し、俺は思わず呆《ほう》けたような声を零《こぼ》してしまう。……ピース？　抽出に付与？　全くもって意味が分からないが、それでもこれが何か重要なものであることだけは間違いないだろう。ごくりと唾を呑《の》み込みながら眼前のウィンドウに手を伸ばす。そうしてメッセージ内の〝水〟という部分に指先が触れた途端、表示がパッと切り替わった。

【抽出可能な要素数《ピース》──1】

【内容：《熱》】

【要素《ピース》の抽出を行いますか？】

　シンプルな文字だけの情報で、俺に向かってそんな問いが投げ掛けられる。

「………………」

正直なところ、用語の意味はよく分からない。理屈も根拠も謎だらけだ。ただ、それでも《熱》というのが〝要素《ピース》〟で、それを水から〝抽出〟すると言っているんだから、起こる事象は一つじゃないのか？　期待通りの結果が得られるんじゃないのか？

だから――、

「……〝抽出〟実行」

俺は予感に突き動かされるような形で〝要素《ピース》の抽出〟なるコマンドを実行することにした。するとその瞬間、手に持っていた水のボトルからみるみるうちに《熱》が失われ、まるで冷蔵庫に長時間突っ込んでいたかのような冷たい水に変貌する。端末にも通知があったため確認してみれば、トップ画面の片隅に【所持要素《ピース》一覧】という見慣れない項目が出現しており、その中に《熱》が保管されているのが見て取れた。

「ああ……そうか、そういうことか」

一通りの状況を把握し終え、半ば無意識のうちにポツリとそんな言葉を零《こぼ》す俺。

……いや、もちろんボトルの水が冷えたからと言って何かが明確に進展した、ということはない。出口のない部屋に監禁されているという事実は変わらないし、外へ出るための方法が判明したというわけでもない。冷えた水にそこまでの効力はないだろう。

けれどそれでも、今の検証で明らかになったことが一つだけある。この〝牢獄〟は単なる無機質な檻じゃない、ということだ――だって、ここにはルールがある。システムがある。要素《ピース》なんていう独自の仕様があって、それを自由に操作する能力がある。

「なるほど、な……」

だとすれば単純な話だろう。

この〝牢獄《ろうごく》〟は、もとい俺の誘拐劇は――全て《決闘》の一環だった、というわけだ。

「……ハッ、そいつは良かった。これが何の捻《ひね》りもないただの〝誘拐〟だったら、俺にはちょっとどうしようもないところだったけど……」

そうではなく、これが一つの《決闘《ゲーム》》なら。

《決闘》であれば、俺はどんな手を使ってでも絶対に攻略してみせる――。

「ふぅ……」

そんな決意を胸に抱きながら、俺はキンキンに冷えた水をごくりと喉に流し込んだ。

♭♭　――彩園寺更紗《さいおんじさらさ》①――

「……ん」

電気を完全に落とした暗い部屋の中。

みんなが寝静まった大きな屋敷の一室で、彩園寺更紗《あたし》は何も出来ずにいた。

眠気なんか全くなくて、それなのに何かをする気も起きなくて、ただただ柔らかいベッドの上で毛布を被《かぶ》ったままぎゅっと下唇を噛《か》んでいる。

もちろん、こんな姿は他の誰にも見せてはいない。学校でも家の中でもあたしは〝彩園《さいおん》寺更紗《じさらさ》〟を演じているから、弱気な態度なんて絶対に見せられない。……でも、そうやっていつでも気丈に振る舞っているからこそ、一人になった途端にその反動が襲ってくるのかもしれない。不安になってしまうのかもしれない。


『――ご主人様が誘拐されました』

『現状、行方《ゆくえ》は分かっていません。手掛かりも何もありません』

『わたしの責任です。……本当にすみません、リナ』


傍《かたわ》らに投げ出した端末の画面にはそんなメッセージが表示されている。

二日ほど前に親友《ユキ》から届いた短い文面……それは、たった数行しかなかったものの、あたしの内心をめちゃくちゃに掻《か》き乱すには充分すぎるくらいの威力を持っていた。メッセージを見てから軽く十数分は思考が止まり、意味を理解するのにとんでもなく時間が掛かったほどだ。平静なんて保っていられるはずがなかった。

7ツ星・篠原緋呂斗《しのはらひろと》の誘拐。

その出来事の裏側に潜む〝事情〟を正確に把握している人間なんて、きっとあたしやユキくらいしかいないのだろう。確かに篠原は〝学園島最強《アカデミー》〟だから、この手の悪意に晒《さら》される機会が全くないとは残念ながら言えない。彩園寺更紗の替え玉を務めて二年と経《た》っていないあたしでも、物理的に〝狙われた〟経験は何度かある。

ただそもそも、篠原が〝学園島最強《アカデミー》〟になったのはあたしのせいだ。

彩園寺更紗《あたし》にさえ出会わなければ、あいつは今でも平穏な日常を過ごしていただろう。

「っ……」

そんなことを考え始めると、感情がぐちゃぐちゃに混乱してしまう。あたしと篠原の関係は〝唯一無二の共犯者〟――それ自体は間違いない。だけど、本当はそれ以上の関係になりたいから、もっと近くにいたいから、だからクリスマスでは勇気を出した。

でも、その返事を受け取る前に篠原《あいつ》は姿を消してしまった。

これが彩園寺更紗《あたし》のせいなのだとしたら……本当に、どうすればいいのか分からない。分からないから、ただ喉を震わせるだけだ。

「ユキを泣かせるなって言ったじゃない。……何やってんのよ、バカ篠原」

絞り出すように紡がれた声は、一人っきりの部屋の中で静かに木霊《こだま》して立ち消えた。

第二章　脱獄開始

liar liar

『――おめでとうございます、篠原《しのはら》さん。わたしがアンロックされました』

＃

泉《いずみ》夜空《よぞら》のヒントによってこの牢獄《ろうごく》が《決闘《ゲーム》》の舞台であると気付いた刹那。

俺以外には誰もいなかったはずの白い部屋に、鈴の音のように可憐《かれん》な声が響き渡った。

「え？　……は？」

咄嗟《とっさ》に何が起こったのかよく分からなかったものの、とりあえず声の発信源だけは明らかだったため、俺は思わずそれを二度見してしまう。

俺の目の前でふわふわと優雅に浮遊している〝何か〟……そいつは、端的に言えば妖精のような見た目をしていた。絵本の世界にでも出てきそうなミニマムサイズのファンシーな容姿。絹のように滑《なめ》らかな金糸は腰の辺りまでふわりと広がっていて、背中には可愛《かわい》らしい羽なんかが生えていて、さらにはオーロラみたいなヴェールまで纏《まと》っている。

「あー、えっと……もしかして、お前が喋《しゃべ》ってるのか？」

『むむむ。ダメですよ、篠原さん？　初対面の女の子に向かって〝お前〟なんて、あっという間に嫌われてしまいます。早く挽回《ばんかい》しないと気まずくなってしまいますよ？』

「……悪かったよ。じゃあ、呼び方を変えるからまずは名前を教えてくれないか？」

『素敵なお返事をありがとうございます。わたしの好感度が5上がりました』

見惚《みと》れてしまうほど滑らかな金糸をふわりと揺らしつつ、うんうんと嬉《うれ》しそうに頷《うなず》いてそんなことを言う妖精。彼女（？）は小さな羽をはためかせて俺の視線の高さまで浮かび上がると、スカートの裾を丁寧に摘《つま》みつつ可憐な声音でこう続ける。

『わたしはこの牢獄を舞台にした秘密の《決闘《ゲーム》》──《E×E×E《クロス・イー》》に搭載されたサポート用のAI、名前は〝カグヤ〟といいます。篠原さんがアンロック条件を満たしてくださったのでこうしてお目に掛かることができました。これから《決闘《ゲーム》》の完全攻略《クリア》まで精一杯お供いたします。……ふふっ。こんな場所ですから、仲良くしてくださいね？』

「あ、ああ……って」

妖精少女、もとい〝カグヤ〟の自己紹介を一通り聞いた俺は、頷きながらも小さく眉を顰《ひそ》めた。何となく、だが……彼女の声や雰囲気から思い出される人物がいる。

「カグヤ、だったよな」

『はい、その通りです。ちょっとだけ高性能でとっても可愛らしい、ごく普通のサポート用AIですよ？　もちろん、妖精なので飛んだり跳ねたりします』

「その喋り方とか単語選びのセンスも含めてさ。何ていうか、俺の知ってる〝お嬢様〟にめちゃ、くちゃ、似てる気がするんだよな」

――そう。

カグヤの声やら口調やら醸し出す雰囲気やらは、羽衣紫音《はごろもしおん》――すなわち〝本物の彩園寺《さいおんじ》更紗《さらさ》〟にそっくりだった。穏やかながら抜群に口が回り、鈴を転がすような可憐《かれん》な声音でくすっとしてしまうような一言を放り込んでくる才気煥発《さいきかんぱつ》なお嬢様。人形のように整った容姿も眩《まばゆ》いくらいに美しい金糸も、あらゆる特徴が羽衣紫音によく似ている。

『ふふっ……』

そんな俺の指摘を受け、カグヤはふわふわと浮かびながら上品な笑みを浮かべた。

『大正解です。さすが、篠原《しのはら》さんは観察力が鋭いですね。ご指摘の通り、わたしは〝彩園寺更紗〟をベースに設計された――もとい、この《決闘《ゲーム》》を気に入った昔の彩園寺更紗が勝手に構築して勝手に組み込んだ〝サポート用ＡＩ〟です。見た目、性格、口調、思考回路まで……色んなものが忠実に再現されているんですよ？　もちろん全て当時の記憶《データ》なので、今の関係が友人でも恋人でも、わたし《わたし》と篠原さんは〝初対面〟なのですが』

「へえ……じゃあ、この《決闘《ゲーム》》を作ったのは彩園寺家ってことになるのか」

『そうですね。地下空間を舞台にした壮大な《決闘《ゲーム》》ということで、何年か前に彩園寺家が立ち上げたプロジェクトの一つです。それがまさか、こんな形で使われることになるなんて……わたし、とってもワクワクしています』

「呑気《のんき》なもんだな……ちなみに、カグヤから彩園寺《さいおんじ》家に密告できたりはしないのか？」

『ふふっ、冗談がお好きなんですね篠原《しのはら》さん。わたし、単なる機械《AI》ですよ？　確かにちょっとだけ高性能ではありますが、だからって〝意思〟があるわけじゃないですから』

嫋《たお》やかな笑みを零《こぼ》しながらちょこんと俺の肩に腰掛ける羽衣《はごろも》の分身ことカグヤ。再現度が高すぎてとてもＡＩとは思えないくらいだが、

（まあ……なんにしても、正直ちょっと助かるな）

気恥ずかしいので口には出さないものの、内心でそんな感想が漏れる。……たとえこの牢獄《ろうごく》が攻略《クリア》可能な《決闘《ゲーム》》なのだとしても、一人きりで閉じ込められたままひたすら試行錯誤を繰り返す、というのはメンタル的に遠慮したかったところだ。分身だろうが模写だろうが、羽衣らしき人物（もとい妖精）が近くにいてくれるのは非常に心強い。

「……ちなみにさ、カグヤ」

そんなことを考えながら、俺は先ほどから気になっていた〝疑問〟を口にしてみる。

「それって、どういう技術で浮かんでるんだ？　単なる投影画像には見えないけど……もしかして、俺が知らないだけで今のＡＩってのはみんな浮かんで喋《しゃべ》るのか？」

『とても夢のあるお話だと思いますが、残念ながらちょっとだけ違います。この牢獄内に張り巡らされているのは、仮想拡張現実機能――通称ＶＡＲ。仮想現実《VR》と拡張現実《AR》を融合させて何段階かの独自進化を遂げさせた、次世代の《決闘《ゲーム》》システムです』

「VRとARの融合……？」

『はい。……ふふっ、凄《すご》いんですよ篠原さん？　《E×E×E《クロス・イー》》では仮想拡張現実《VAR》機能がプレイヤーの五感全てに干渉して、偽りの現実を生み出してしまうんです。視覚も聴覚も嗅覚も味覚も触覚も自由に制御されてしまうわけですから、起こり得ない現象なんてありません。この牢獄では文字通り〝何でもアリ〟というわけです』

「と、とんでもないシステムだな、それ……」

　カグヤの説明に思わず頬を引《ひ》き攣《つ》らせてしまう俺。

　技術が進み過ぎているせいで仕組みはとても理解できそうにないが……要は、実際に何かしらの映像を投影しているのではなく、俺の視界に干渉して〝そこに妖精《カグヤ》がいるように見せかけている〟わけだ。なるほどそれなら実物にしか見えるはずがない。というか、五感の全てが弄《いじ》られているんだから〝疑う〟なんて発想自体が生じ得ないだろう。

（で……だとしたら、例の〝抜け道〟を通ろうとした瞬間に意識がなくなったのもそのせいだよな。仮想拡張現実《VAR》機能はこの《決闘《ゲーム》》を成り立たせてる根幹、ってわけだ）

　そんな風に記憶を辿《たど》りながら、俺は小さく首を傾《かし》げて言葉を紡ぐ。

「けど……そんな大層な機能《システム》だってのに、公式戦とかでは全く使われてないんだな？」

『そこは大人の事情ですね。仮想拡張現実《VAR》機能を使って《決闘《ゲーム》》を運営すると、ちょっとした企業の年間収入くらい費用《コスト》が掛かってしまいますから……そのせいで、せっかく立派な舞台があるのにほとんど使われないままお蔵入りになってしまったんです。ただ、管理者権限を持っているのは泉《いずみ》家ですから。今回は間違いなくお二人の独断だと思います』

「や、何でそこまで……俺が言うのも変だけど、単なる監禁じゃダメだったのかよ？」

『ええと……そうですね、その質問の答えは〝はい〟になります。泉夜空《よぞら》さんと泉小夜《さよ》さんは彩園寺《さいおんじ》家の影の守護者――学園島の秩序を守るための存在です。ルール無用で学園島《アカデミー》を乗っ取ろうとする方々を〝ルールの上で〟叩《たた》きのめすのが泉家の流儀ですから、この島の理念に則《のっと》るべく《決闘《ゲーム》》という体裁には必ず従ってくれますよ。なのでたとえば、この部屋に実は監視カメラが隠されている……などということも絶対にありません』

「だから〝単なる誘拐〟じゃなくて〝《決闘《ゲーム》》への招待〟っていう体《てい》だったのか……」

そこまで言って、俺は小さく一つ息を吐く――そう、そうだ。この〝牢獄《ろうごく》〟は単に俺を閉じ込めるための檻《おり》ではなく、壮大な《決闘》の舞台だった。だからこそ俺は、ここから抜け出すために一刻も早く《決闘《そいつ》》を攻略《クリア》してやらなきゃいけない。

というわけで、

「――なあ、カグヤ。カグヤはさっき〝アンロック〟って言ってたよな？　あれって、要は〝俺がこの牢獄の中で何かしらの条件を満たすことで《決闘《ゲーム》》に関する情報やら特典なんかが解禁される〟みたいな意味で合ってるか？」

『！　なんと……もうそこまで分かってしまったのですね。さすがです、篠原《しのはら》さん』

ひらりとテーブルの上に舞い降りて、グラスの上に腰掛けたカグヤが続ける。

『その通りです。この牢獄を舞台とする秘密の《決闘《ゲーム》》こと《Ｅ×Ｅ×Ｅ《クロス・イー》》は、仕掛け人である泉小夜《さよ》さんの意向によって《決闘《ゲーム》》であることが伏せられていました。ただ、先ほど篠原さんが至った気付き――″これは《決闘》である″という理解に達したことで、基本ルールの一部が解禁されているんです。これを″アンロック″と呼んでいます』

「基本ルール……ってことは、そいつをカグヤが解説してくれるのか？」

『解禁されたルールは端末からも確認できますが……ふふっ、そんなにわたしとお話したいのですか篠原さん？　わたし、箱入りＡＩなのでちょっと照れてしまいます』

「……悪かったな。じゃあ一人で黙々と読んでおくよ」

『冗談です。こう見えてもわたし、ＡＩ界の中でもそれなりに高い性能を持っているんですよ？　それくらいのお仕事ならきっと完璧にこなせます』

くすっとからかうような声音でそんなことを言ってから、カグヤは天女のようなオーロラのヴェールをはためかせてひらひらとリビングの方へ飛んでいった。そうして彼女が壁掛けのモニターに白い指先を触れさせた途端、大きな画面いっぱいに――

《E×E×E《クロス・イー》》：Escape from the prison with Enchanted Elements.

——と、この《決闘《ゲーム》》のタイトルロゴらしき文字列が堂々と映し出される。

「おお……凄《すご》いな、これが高性能AIの力か」

『はい。こう見えてもわたし、手先が器用だねってお母様からよく褒められていたんですから。……といっても、今のは端末からデータを転送しただけですが』

「それで充分だよ。こっちの方が大分見やすい」

苦笑交じりにそんな言葉を返しながら、カグヤの後を追ってモニターの前へと移動する俺。重厚感のある革張りのソファに俺が腰掛けるのを待ってから、カグヤは長い金糸をふわりと揺らし、そよ風みたいに可憐《かれん》な声音でルール説明を開始する。

『先ほどから何度か口にしていますが……まず、篠原《しのはら》さんが参加している《決闘《ゲーム》》の名称は《E×E《クロス・イー》》。囚《とら》われの身となったプレイヤーが〝牢獄《ろうごく》〟からの脱出を目指す、とっても壮大で繊細で難攻不落かつ命懸けなステルスアクションゲームです』

「ん……牢獄からの脱出ってのは、要するにこの部屋から出ればいいってことか？」

『いいえ、そうではありません。この部屋はあくまでもスタート地点……篠原さんが囚われている牢獄は、学園島の地下に設えられた超巨大空間なんです。この部屋はそんな牢獄の片隅に位置していて、逆に牢獄の中心部には泉《いずみ》さんたちが控える中央管制室《コントロールルーム》が存在します。どうにかしてそこまで辿り着き、地上へ戻ることができれば篠原さんの勝利というわけです。……ふふっ、どうでしょう？　何だかとってもワクワクしてきませんか？』

「そりゃ、これがテレビゲームか何かの設定ならな……」

カグヤの説明に合わせて概念的なイメージ図が更新されていくモニターを眺めつつ、俺は嘆息交じりにそう答える。学園島《アカデミー》の地下に広がる超巨大施設——どうやら、俺が閉じ込められているのはそんな大層な場所らしい。そして《E×E×E》《クロス・イー》とは当の牢獄からの脱出、すなわち〝脱獄〟を目的とした《決闘》《ゲーム》だそうだ。

「ま、目標がはっきりしてるのはありがたい話だな。……それで？　ステルスアクションなんて銘打ってるんだから、この部屋の外には大量の〝敵〟がいたりするわけか？」

『大正解です、篠原さん』

絹のような金糸を揺らめかせてこくりと頷《うなず》くカグヤ。

そうして彼女が小さく指先を振った瞬間、モニターの表示ががらりと変わった。画面上部には〝看守〟の二文字が堂々と刻まれ、その下には監視カメラのような無骨な機体から立派な体格の犬、さらには黒い軍服のような……あるいは刑務官の制服のような格好をした女性が並んで映し出される。犬と女性は鍔《つば》付きの膨らんだ帽子を被《かぶ》っており、ついでに言えば女性の方は腰回りに警棒やら手錠やらをじゃらじゃらとぶら下げている。

そんな画面にちらりと視線を遣《や》ってから、カグヤは俺に身体《からだ》を向け直して続けた。

『この方々は通称〝看守〟——泉さんたちの指示を受けて囚人の監視を行うAIです。素体はいわゆるロボットなのですが、牢獄内では例の仮想拡張現実《VAR》機能が有効になっていますから、篠原《しのはら》さんには〝動物〟や〝人間〟に見えるはずです。特に【管理者】型の看守AI……こちらの女性は篠原さんの記憶から容姿や性格が設定されるので、もしかしたら身近な方と戦うことになるかもしれませんね』

「悪趣味な仕様だな、おい……っていうか、看守って。こっちは〝誘拐〟の被害者だってのに、まるで犯罪者みたいな扱いじゃねえか」

『はい。それは仕方ないと思いますよ？　だってここ、牢獄《ろうごく》ですから。篠原さんはきっと大変な罪を犯して捕まって、その上で脱獄を企てているとっても危険な方なんです』

「……いや、理不尽過ぎる」

『ふふっ。……でもわたし、危険な匂いのする殿方にはちょっとだけ憧れてしまいます』

くすっと笑いながらそう言って白い指先で微《かす》かに金糸を掻《か》き上《あ》げるカグヤ。ミニマムサイズとはいえその仕草は上品かつ嫋《たお》やかで、思わずドキッとさせられる。

『ちなみに牢獄の中には看守だけでなく、様々な〝罠《わな》〟も仕掛けられています。これらは全て、脱獄を目論《もくろ》むプレイヤーの足を止めるためのもの……つまり篠原さんは、可能な限り看守の目を避け、罠に掛からないよう神経を研ぎ澄まし、必要に応じて戦闘を行う。そんな、メ○ルギアソリッドにおけるス○ークさんばりの活躍が求められているんです』

「簡単に言ってくれるな……いやまあ、ゲームとしてはやったことあるけどさ」

『なんと、それならあっという間にクリアしてしまうかもしれませんね。むむ……困りました。わたし、一瞬で役目が終わってしまったらどうしましょう？』

　片手を頬に添えつつ曇り顔でそんなことを言うカグヤ。

　実際どれだけ時間が掛かるのかはまだ分からないが……ともかく、攻略の概要としては彼女の言う通りだろう。出来るだけ敵に見つからないように牢獄内を探索し、鉢合わせてしまった場合は仕方なく戦闘に移る。いわゆる隠密《ステルス》ゲームの一種と言っていい。

「ん……でもさ、さすがに何の武器も能力もなしでそんな牢獄を切り抜けろ、って言ってるわけじゃないんだろ？」

　確認も兼ねてそんな疑問を口にしながら、俺は傍《かたわ》らに投げ出していた端末にそっと指を触れさせた。いつの間にかトップ画面に追加されていた【所持要素《ピース》一覧】なる項目。そこには、先ほど獲得した《熱》という文字が確かに刻まれている。

「要素《ピース》の抽出、そんで付与……まだ正確な仕様は分かってなかったけど、一回実行したんだからその辺の情報もまとめてアンロックされてるはずだ」

『はい、間違いなく。……ちなみにですが、篠原さん。今の言葉の意図は〝要素《ピース》のこともわたしに手取り足取り教えて欲しい〟ということでいいですか？　ふふっ、篠原さんのような素敵な殿方に好かれるなんて、わたしとっても嬉《うれ》しいです』

「……そんなに嫌なら自分で調べるっての」

『いえいえ、嫌だなんて一言も言っていませんよ？　求められるのは大好きなので』

にこにこと上機嫌な口調でそんなことを言ってから、カグヤはふわりと高度を上げてモニターの近くまで移動する。そうして彼女がトンっと優しく画面に触れると、それに応じてモニターの表示がパッと一瞬で切り替わった。

『〝要素《ピース》〟……それは、この《決闘《ゲーム》》を支配する一つの物理法則のようなものです。直接的な意味としては〝欠片《かけら》〟といったところでしょうか？　この牢獄《ろうごく》内に存在する全てのモノは、無数の要素《ピース》によって構成されています——たとえば、先ほど篠原《しのはら》さんが持っていたペットボトルの水、ありますよね？　あれは《流》や《飲》や《潤》などといった要素《ピース》を持っている、と解釈することができます』

「ああ、なるほど……要はそのモノが持ってる性質とか特徴、みたいなことか。それが漢字一文字の〝要素《ピース》〟として表現されてる」

『そういうことです』

　俺の言葉に同意しつつ、ふわりと上品に金糸を揺らしてみせるカグヤ。

『もちろん、それだけなら何も不思議なことはありません。この牢獄内でなくても水は流れますし、美味《おい》しく飲めますし、わたしの喉を潤してくれます。ただし《E×E×E《クロス・イー》》において、その手の現象は一つ残らず《決闘》的に管理されています——つまりですね、篠原さん。水は《飲》というピースを持っているから飲めるんです。もしも何かしらの原因で《飲》を失ってしまった場合、その水はどうやっても飲むことができません』

「……そんなこと、実現できるのか？」

『はい、本当にそうなりますよ？　何故《なぜ》なら先ほどお伝えした通り、この牢獄はどこもかしこも仮想拡張現実の機能で覆われていますから。視覚も、聴覚も、嗅覚も、味覚も、触覚も……身体《からだ》で感じられる情報は、全て思いのままに操れてしまうんです』

心の底から楽しそうな表情を浮かべつつ、可憐《かれん》な声音でそんなことを言うカグヤ。

なるほど――確かに、仮想拡張現実《VAR》機能というオカルトめいた最新技術の存在を認めるなら、そんな常識外れの現象だって充分に起こり得るのだろう。というか実際、俺は先ほど《熱》の要素《ピース》を失った水がみるみるうちに冷えていく場面を目撃している。あれは本当に急速冷却的な何かが発生したわけじゃなく、単純にあの水が《熱》の要素《ピース》を失ったことで《E×E×E》《クロス・イー》の仮想拡張現実《VAR》機能が俺の感覚（主に触覚だろうか）を修正し、結果としてキンキンに冷えていると感じるようになっただけ、というのが正しい経緯《カラクリ》だ。

「そういうことか……けど、だとしたら本当に〝何でもアリ〟だな。この牢獄の中でだけはどんなファンタジーな出来事だって起こり得る、ってわけだ」

『ふふっ。分かっていただけて嬉《うれ》しいです、篠原さん』

嘆息交じりに首を振る俺に対し、カグヤはふわりと滑《なめ》らかな金糸を揺らしてみせる。

『というわけで、先ほど篠原さんが実行したコマンドが〝抽出〟です。これは、その物質が持つ要素《ピース》を一つだけ抜き出す行為……ただ、獲得できる要素《ピース》は好き勝手に選んでいいわけではありません。対象となる物質をタタンっと二回タップした時にポップアップ表示されるもの、具体的にはその時点で最も強調されている性質が漢字一文字の〝要素《ピース》〟という形で抜き取られるんです。これが〝抽出〟の全貌、ですね』

「最も強調されてる性質、か。じゃあ、さっきの水は〝飲む〟とか〝流れる〟とかを差し置いて、とにかく〝熱い〟ってのが一番特徴的な情報だったってことか？」

『そうですね。だって普通、冷凍庫に入れられていた水は熱くないですから。抽出できる要素《ピース》はその物質の状態や周りの状況によっても変わるんです。もしもポットから注いだばかりの白湯《さゆ》だったら、きっと全く違う要素《ピース》が獲得できていたと思いますよ？』

背後のモニターに巨大なイメージ図を表示させながらにこにこと続けるカグヤ。

対象の〝状態〟によって取り出せる要素《ピース》が変化する——少しばかり複雑な仕様だが、まあ基本的には言葉の通りだろう。同じ水でも、たとえば皿洗いをしている時なら《洗》が抽出できるかもしれないし、流しそうめんの最中なら十中八九《流》になるはずだ。一つの物質からでも、工夫次第で様々な要素《ピース》を獲得できる可能性がある。

「……なるほどな。それじゃ〝付与〟の方は？」

『ふふっ、こちらは想像通りの意味だと思いますよ？　何かから抽出したピースを別の何かに付け替える……この操作のことを《E×E×E《クロス・イー》》では〝付与〟と呼んでいます。たとえば篠原《しのはら》さんが持っている《熱》の要素《ピース》を冷凍食品に付与すれば、あっという間に解凍が完了するわけです。電子レンジもびっくりですね』

「へえ……性質を追加できるってことだな。それって、重ね掛けは出来るのか？」

『いいえ、残念ながら最初のうちは一つだけですね。何かから抽出できる要素《ピース》の数も、何かに付与できる要素《ピース》の数も、どちらも一つが上限です。ちなみに、端末に保管しておける要素《ピース》の数は三つまで、だそうですよ？』

「何だ、そうなのか。……ん？　最初のうちは、ってのは？」

『ふふっ。残念ながら、これ以上の情報はまだアンロックされていません』

そう言って、ぷつっとモニターの電源を落としてしまうカグヤ。……看守の目を潜《くぐ》り抜けて中央管制室《コントロールルーム》を目指す、という《決闘《ゲーム》》自体の大枠と、この牢獄《ろうごく》を支配する〝要素《ピース》〟の概要。今のところ俺に開示されているのはそれだけらしい。おそらく、無理やりにでも攻略を進めない限りまともな情報はアンロックされない仕組みなのだろう。

（まあ、泉《いずみ》たちは俺をここから出したくないんだから、当然と言えば当然だけど……）

嘆息交じりに首を振る。

何というか——現状で判明している仕様や設定を見るだけでも、この《E×E×E《クロス・イー》》が凄《すさ》まじい自由度を持つ《決闘《ゲーム》》だというのは明らかだ。全てのルールが公開されるより前に攻略を始める、というのは相当にリスクがあると言わざるを得ない。

「やっぱり、闇雲に動くわけにはいかないよな。もしゲームオーバーにでもなれば——」

『……？　変なことを言いますね。ゲームオーバーにならもうとっくになってますよ？』

「――……は？」

そこで彼女が発した意味不明な台詞《せりふ》に、俺は思わず呆《ほう》けた声を零《こぼ》す。

対するカグヤの方はと言えば、そんな俺の反応を見て『あ……』と何かに気付いたようだった。そうして彼女は再びオーロラの羽をはためかせてひらひらとこちらへ飛んでくると、ちょこんと俺の肩に腰掛けながら可憐《かれん》な声音で言葉を継ぐ。

『ごめんなさい。そちらのシステムは既に把握済みだと思っていたものですから……実はですね、篠原《しのはら》さん。この《E×E《クロス・イー》》には〝プレイヤーの脱落〟という概念がないんです。そもそも泉《いずみ》さんたちは篠原さんを拘束しておくことが目的なので、脱落されても困るというか……ですから、基本的には〝終わらない〟ようになっています』

「終わらない……？」

『はい。……篠原さんなら、この手のアクションゲームもご経験があるのではないでしょうか？　ゴールまでの道のりに無数の〝即死トラップ〟が仕掛けられていて、それを踏んでしまうとスタート地点まで戻される……ただし〝残機〟という概念がないので無限に続けられる、というタイプのものです。何度も挑むことで敵や罠《わな》を切り抜ける方法を習得して、一歩ずつ一歩ずつ前進していく〝死に覚えゲー〟というやつですね』

「……ある、けど。じゃあ、もしかして……」

『ふふっ。その〝もしかして〟ですよ？　篠原さん』

俺の肩に座ったまま、小さな身体《からだ》を揺らすようにしてくすくすと笑うカグヤ。

『この《E×E《クロス・イー》》は無限リトライ制——看守に捕まったり罠に掛かったりしても〝脱落〟には至りません。代わりに〝ゲームオーバー〟扱いになって、スタート地点であるこの部屋まで戻されてしまうんです。ペナルティは一時間の経過、もとい没収《ロスト》です』

「一時間……ああ、なるほど。じゃあ、さっきのあれが〝ゲームオーバー〟だったのか」

泉夜空《よぞら》に倣って秘密の抜け道に足を踏み入れ、直後に意識を失ってベッドに寝かされていたのを思い出す。何かあるのだろうとは思っていたが、要するにあれが〝ゲームオーバー〟に伴う戦線復帰処理《リスボーン》だった、というわけだ。

『……どうでしょうか、篠原さん？　大体のルールは理解してもらえましたか？』

耳元で囁《ささや》くようなカグヤの問い掛けに対し、俺は「ん……」と右手を口元へ遣《や》る。

（学園島《アカデミー》の地下に作られた〝牢獄《ろうごく》〟からの脱出を目指す《決闘《ゲーム》》……《E×E《クロス・イー》》。牢獄の中には〝看守〟と〝罠〟っていう妨害要因が配置されてて、俺はそいつらを掻《か》い潜《くぐ》りながら泉たちのいる中央管制室《コントロールルーム》まで辿《たど》り着かなきゃいけない。そのために与えられてる能力が〝要素《ピース》〟の抽出と付与……なんだけど、牢獄内で看守に捕まったり罠に掛かったりす

ると、どこまで進んでようが問答無用でスタート地点に戻される）

　まさしく牢獄《ろうごく》のようなゲーム性だ。順調に攻略を進められている間はともかく、ドツボに嵌《は》まると永遠に抜け出せなくなるような気さえしてしまう。けれどそれでも、脱獄のための手掛かりが欲しいならとにかく一歩でも前へ進み続けなければならない。

「ま……それなら、いつまでも迷ってなんかいられないか」

　自分に言い聞かせるようにそんな言葉を口にしながら、俺は静かにソファから立ち上がることにした。突然重心が変わったため、肩に乗っていたカグヤから『じ、地震かと思いました……もう、篠原《しのはら》さん？　こんなにスリリングなことをしてくれるならちゃんと予告してくださいね？』と妙な注文を付けられてしまったが、残念ながら今はカグヤとの小粋な会話を楽しんでいる暇なんか微塵《みじん》もない。

……だって、ここまで分かればあとは簡単な話だ。

　何をしたって〝敗北〟にはならないのだから、まずはひたすら試せばいい。

　そんな決意を固めた俺を見て、目の前に浮かぶカグヤがくすりと嫋《たお》やかに微笑《ほほえ》んだ。

『では篠原さん。まずは第一のミッション――【《E×E×E》《クロス・イー》のゲームシステムをひたすら身体《からだ》に叩《たた》き込《こ》め！】ですね。わたし、ちょっと高性能な人工知能《AI》ですから。習うより慣れろ、という素敵な諺《ことわざ》があることだってちゃんと知っているんですよ？』

「ハッ……さすが、いいこと言うじゃねえかカグヤ」

当面の目標を言語化してくれた頼れる相棒に対し、小さく口角を上げてみせる俺。

……と、まあそんなわけで。

巨大な牢獄の片隅で、俺とカグヤの〝脱獄作戦〟が密《ひそ》かに幕を開けたのだった——。

＃

俺が閉じ込められた白い部屋には、生活に必要なモノが一通り揃《そろ》っている。

家具の類《たぐい》はもちろん、数週間は飢えないだけの食料や大量の衣服、暇潰し用のアナログゲームやら玩具《オモチャ》の類まで、そのラインナップは非常に豊富だ。

そして——これらの諸々《もろもろ》が〝長いこと幽閉される俺に対する配慮〟だけを目的に用意されたモノというわけじゃなく、むしろ《E×E×E》の攻略〟に活用すべきモノだったのだと気付くまで、そう時間は掛からなかった。

「……〝抽出〟実行」

タタン、っと指先を素早く二回動かし、要素《ピース》の抽出を開始する。今回のターゲットは文房具入れに収まっていたハサミだ。当然と言えば当然ながら、視界のメッセージウィンドウには〝《切》の要素《ピース》が抽出可能〟だと表示される。

「こいつを抜き出して……そのままボールペンに〝付与〟」

今度はすぐ隣に置かれていたペンを手に取り、先ほどとは反対に〝付与〟のコマンドを選択してみる。こうして《切》の要素《ピース》を獲得したボールペンで軽くメモ用紙をなぞってみれば、黒いラインが引かれるのと同時にスゥッと鋭利な切れ込みが入っていくのが分かった。まあ、この辺りは要素《ピース》操作の基本といったところだ。

「で、次はこっちの扇子から《涼》の要素《ピース》を抽出して……っと、悪いカグヤ。そっちのテーブルからシャーペンを持ってきてくれないか？」

『構いませんよ、と言いたいところですが……篠原《しのはら》さん、そろそろ寝た方がいいのではないですか？　わたしはごく普通のＡＩなので睡魔と戦う必要もありませんが、篠原さんは違います。要素《ピース》の実験を始めてからもう丸一日以上経《た》っていますよ？　不安で眠れないならわたし、添い寝でも何でもいたしますが』

「添い寝って……妖精《カグヤ》と？　いやいや、それはサイズ的に無理があるだろ。寝返りで潰しちまわないか心配過ぎて逆に一睡もできないっての」

『……むむ。そこは、嘘《うそ》でも〝ドキドキするから嫌だ〟と言って欲しかったです』

「お前が原寸大のお嬢様だったらドキドキしっぱなしだったけどな。……でもまあ、今日くらいは無理させてくれよカグヤ。試しておきたいことが多すぎるんだ」

『なんと……ふふっ、篠原さんは好奇心旺盛ですね。前世は猫に違いありません』

にこにこと囁《ささや》きながら器用にシャーペンを運んできてくれるカグヤ。そんな彼女に「サンキュ」と礼を言ってから、俺は先ほど抽出したばかりの《涼》を当のシャーペンに付与してみることにする。そうしてカチカチっと芯を伸ばしてみれば、ペン先の部分から芯と同時に勢いよく風が吹き出してくるのが分かった。

「ん……形状とかは関係なく、無理やりにでもその性質を付与できるってとこか」

心地よい風を浴びながら、真面目《まじめ》な顔でそんな分析を行う俺。

「で、このシャーペンに〝抽出〟コマンドをぶつけると……まあ、そうか。これだけ風が強調されてるんだから、当然《涼》が回収できるんだな」

『はい、そのようですね。今のところ端末内に保管できる要素《ピース》は三つだけですが、種類によっては持ち運びやすいペンや紙に〝一時保存〟するような形でも運用できるかもしれません。ふふっ、一人暮らしには欠かせないお得な節約術を見つけてしまいました』

「確かに便利な方法だな。んで、今度は……」

カグヤの言葉に一つ頷《うなず》きを返しながら、俺はつい先ほど《涼》の要素《ピース》を抽出したばかりのシャーペンにもう一度タタンっと指を打ち付けてみる。……本来、一つの物質から抽出できる要素《ピース》は一つまでだ。ルール説明の際にカグヤもはっきりとそう言っていた。けれど眼前のメッセージウィンドウには、何故《なぜ》か〝《伸》が抽出可能〟だと表示されている。

「なあカグヤ。これって、やっぱり――」

『――その通りです、と高性能AIなわたしは食い気味に同意します。要素《ピース》の抽出や付与に関する〝回数制限〟は、元々その物質が持っていた要素《ピース》数からの〝ズレ〟のみで計算されているんです。そちらのシャーペンは先ほど《涼》を抽出されていますが、それはそもそも篠原《しのはら》さんが付与した要素《ピース》……ですから、この時点でシャーペンが持っている要素《ピース》の総数は基準値《プラマイゼロ》に戻っています。抽出も付与も可能な状態、というわけですね』

「なるほど、そういう処理になるんだな。で、通常状態《ノーマル》のシャーペンからは《伸》が抽出される、と。……てっきり《書》とか《折》とかになるのかと思ってたけど」

『ふふっ。たくさん風を吹かせるために芯を〝伸〟ばしていたのは篠原さんですよ？』

「あ、そうか……ってなると、結構な微調整ができそうだな」

物質の状態によって取り出せる要素《ピース》が変化する、というのはなかなか重要な設定だ。

そんな風に《E×E《クロス・イー》》のルールを振り返りながら《伸》の抽出を実行した俺は、しばらく前に《熱》の要素《ピース》を奪った水のボトルにタタンっと指を触れさせる。そうして代わりに《伸》を付与した瞬間、通常サイズだったそいつがぐんぐんと成長し、最終的には部屋を両断するほどの長さとなった。……やはり、基本的に〝不可能〟ということはないらしい。この牢獄《ろうごく》では、持っている要素《ピース》の内容こそが絶対的な効力を持つ。

「それなら、無理やり〝外〟にだって出られそうだけど……」

願望交じりの憶測を口にしながら、部屋を取り囲む白い壁に歩み寄る俺。例の〝秘密の抜け道〟は避けるようにして、真っ白な壁面にタタンっと指を打ち付ける——すると、視界の真ん中にポップアップ表示されたのは【要素《ピース》変更不可】なる文字列だった。この数時間で初めて見た、工夫の余地も何もない明確な拒絶。

「……ま、当然っちゃ当然なんだけどな」

『はい、残念ながら仕方ありません。確かにこの〝牢獄〟は仮想拡張現実《VAR》の最新技術で覆われていますが、壁や床といった〝構造的に必須〟な部分を改変されてしまうと大変なことになってしまいますから。だって、もし篠原さんがこの壁に《折》を付与したら、その瞬間に牢獄全体が崩れ落ちなければいけないはずなんですよ？　ただそんなことは物理的に起こせませんから、さすがに壁と床だけは――〝秘密の抜け道〟のような例外もありますが――基本的に【干渉不可】の設定になっているわけです』

白い壁に触れながら、カグヤは心なしか残念そうにそんなことを言う。

が……まあ、考えてみれば当然の話だ。仮想拡張現実《VAR》はあくまでも〝感覚〟を操作する機能であり、故にこの牢獄内で引き起こされる全ての超常現象は〝錯覚〟に過ぎない。実際には何の変化も起こっちゃいないんだ。たとえば俺がこの壁に穴を開けようとしたとして、それを〝俺の認識の中だけで〟叶《かな》えることはそう難しくないだろう。けれど本当はそんな穴なんかどこにも開いていないわけで、俺からすれば通れるはずの壁が通れないことになってしまう。感覚と現実がすぐに噛《か》み合《あ》わなくなってしまう。

だから壁やら床への干渉は基本的に禁止、というわけだ。……まあ、壁に《折》の要素《ピース》を付与した瞬間に牢獄全体が崩壊します、なんて仕様よりはいくらかマシだが。

「ん……」

とにもかくにも――これで、今すぐに把握しておきたい仕様には一通り触れることが出来たはずだ。もちろん他にも細かな設定は無数にあるのだと思うが、そちらは《決闘《ゲーム》》の攻略を進める中で一つ一つ拾っていくしかない。

そこまで考えた辺りで、カグヤが滑《なめ》らかな金糸をふわりと揺らして尋ねてきた。

『初回の試運転は終了ですか、篠原《しのはら》さん？』

「え？　ああいや……最後に一つだけ、大事なのが残ってる」

『なんと……底なしの体力ですね。ふふっ、わたしも見習わせていただきます』

感心したようにこくこくと頷《うなず》くカグヤ。

そうして彼女は、俺の考えていることくらいお見通しだとでも言わんばかりの表情ですっと笑みを浮かべると、オーロラのヴェールにも似た羽をはためかせてひらひらと廊下の方へ移動していった。俺は俺で、そんなカグヤの背中を追い掛けるような形でゆっくりと歩を進め、やがて俺たちは二人して行き止まりの扉へと辿《たど》り着く。

数時間前に対面した際はドアノブをピクリとも動かしてくれなかった開かずの扉。

俺をこの部屋に閉じ込めている、直接的かつ物理的な障壁。

鈍い光を発するドアノブに改めて触れてみるが、感触としてはやはり固いままだ。おそらく、普通のやり方では開かないように設定されているんだろう。

　けれど——先ほどと違って、俺はこの牢獄が丸ごと《決闘》の舞台だと知っている。

「この《決闘《ゲーム》》……《E×E×E《クロス・イー》》では、壁と床を除いたあらゆる物体に〝要素《ピース》〟が設定されてる。ってことは、この扉は〝絶対に開かない〟わけじゃなくて、単に〝プレイヤーを閉じ込めるための要素《ピース》を持ってる〟だけ、って理解になるはずだ。……だったら話は簡単だよな。ここを通りたいなら、それを妨害してる要素を取り払っちまえばいい」

　思考を整理するようにそんな言葉を口にしながら、右手の指先でタタンっと扉に触れる俺。すると直後、視界のド真ん中に見慣れたメッセージウィンドウが現れた。

【抽出可能な要素数《ピース》——1】
【内容：《閉》】
【要素《ピース》の抽出を行いますか？】

「——はい、だ」

　もはや迷うこともなくコマンド選択を完了する——と、それとほぼ同時、漆黒の扉は俺をこの部屋に縛り付ける能力を完全に失い、キィイイと音を立てて開いていく。

　そんな扉の先に見えたのは静まり返った廊下だ。どこもかしこも白一色で統一された静《せい》謐《ひっ》な空間。一見した限りでは何の変哲もない通路といったところだが、よく観察してみれば両側の壁には監視カメラらしきものが大量に取り付けられているのが見て取れる。清潔で、純白で、だからこそひりひりとした緊張感を伴う雰囲気。

すなわち……この先が真の牢獄、というわけだろう。

「…………」

独特な高揚感を抱きつつ、これから挑む《決闘《ゲーム》》の舞台をもう一度だけ睨《にら》みつけて。

直後に強烈な疲労と眠気に襲われた俺は、くるりと踵《きびす》を返すことにした。

＃

——一旦ぐっすりと眠って、迎えた元日の昼頃。

白い部屋の中で快適に目覚め、ダイニングに用意されていた昼食を美味《おい》しく平らげた俺は、さっそく《E×E×E《クロス・イー》》の攻略に乗り出さんとしていた。昨日の夜から《閉》の要素《ピース》を失ったままの扉の前に立ち、改めてカグヤとの作戦会議を決行する。

「とりあえず……色々と検証できたおかげで要素《ピース》の知識はかなり増えたと思う。この扉から抽出した《閉》は置いていくとして、シャーペンから取れる《伸》と納豆の《粘》は必須級だな。保管庫が二枠埋まっちまうけど、それくらいの価値は絶対にある」

『はい、とても良い選択だと思います。他に持っておきたい要素《ピース》がたくさん見つかってしまった場合でも、着ている服などに余った要素《ピース》を付与することで〝捨てる〟ことが可能ですから。……ふふっ、ねばねばの制服を着た篠原《しのはら》さんもちょっと素敵ですが』

「どんな期待だよ、ったく……あとは、ペットボトルの一本くらい持っておいた方がいいよな。仮に長期戦になった場合、喉が渇いて撤退なんてめちゃくちゃもったいない。それ以外は——って、いや。何も分からないのに考えまくったって仕方ないか」

『そうですね。少しでも攻略を進められれば情報がアンロックされるはずですし……それに、この《E×E《クロス・イー》》は何度ゲームオーバーになっても大丈夫な〝無限リトライ制〟ですから。篠原さんの命は牢獄《ろうごく》内で最も軽くて、その代わり何度でも蘇《よみがえ》ります』

　俺の目の前でふわふわと浮かびながら、嫋《たお》やかな笑顔でそんなことを言うカグヤ。

「……だな」

　冗談めかした彼女の言葉に苦笑交じりの同意を返しながら、俺は迷いを断ち切るように小さく首を横に振った。それから、コツンと音を立てて〝牢獄〟に足を踏み入れる。

——シン、と静まり返った白い廊下。

　昨日の夜にも一瞬だけ様子を窺《うかが》っているが……見た目の印象としては、かなり無機質なイメージだ。壁も床も天井も全てが〝白〟で構成されており、窓の類《たぐい》は一つもない。道順《ルート》としては真正面と左手側に一本ずつ通路が伸びているが、それらは単なる直線というわけじゃなく、途中で分岐していたり別の部屋に繋《つな》がっていたりするらしい。

『ふふっ……初めての脱獄トライ開始、ですね』

そうやって辺りを見渡していると、金糸をふわりと揺らしたカグヤが声を掛けてきた。

『第二のミッションは【スタート地点付近の地理を理解せよ！】……というわけで、まずは情報収集から参りましょう。この牢獄《ろうごく》は、基本的に直線だけで構築されています。方眼紙のようなマス目の上にマップが作られていると言いますか……あれです、数独《ナンプレ》みたいな感じです。もしくはイラストロジックとか？』

「ああ、なるほど……スタート地点の部屋があるのは四隅のどこかで、逆にゴールはド真ん中の中央管制室《コントロールルーム》ってわけか。……けど、いまいち規模感が掴《つか》めないな」

『大丈夫ですよ、篠原《しのはら》さん。そんなに心配しなくても、この牢獄はとっても広いです』

「狭い方がありがたかったんだけどな。ちなみにカグヤ、歩いたところが勝手にマッピングされていく、みたいな機能は《E×E×E《クロス・イー》》にもあったりするのか？」

『はい、それはサポート用AIであるわたしのお仕事ですね。篠原さんが足を踏み入れた地点の情報はしっかり記録しておきますから、安心して探索を進めてください』

右手をそっと胸に当てて上品な笑みを零《こぼ》してみせるカグヤ。そうして彼女は、オーロラのヴェールをはためかせながらふわりと俺の肩に着地する。

『ここで一つ、わたしからとっておきのアドバイスを差し上げます——いいですか、篠原さん？　この《決闘《ゲーム》》は、篠原さんの視点では〝脱獄〟を目指すものですが、泉さんたちからすれば〝篠原さんを牢獄から逃がさない〟ことを目的としたものになります』

「？　ああ、そうだな」

『はい。つまりは〝タワーディフェンス〟の一種なんです。拠点の前にたくさんの防衛ユニットを配置して襲い来る敵をどうにか退ける、という……そして《E×E《クロス・イー》》における防衛ユニットは〝看守〟と〝罠《わな》〟ですから、当然ながらその方々には〝コスト〟や〝配置制限〟といったルールが課されています』

「コストと配置制限……？」

『ふふっ……だって、不思議じゃないですか？　もし篠原さんの脱獄を強引にでも阻止したいなら、この部屋の前にたくさんの看守さんを配置しておけばいいんですから。そうすれば、いくら篠原さんでもきっと為《な》す術《すべ》がありません。必殺の布陣、です』

「……それは、確かに」

可憐《かれん》な声音で紡がれる物騒な説明を受け、俺は得心して静かに頷《うなず》く。確かに、泉《いずみ》姉妹からすればどう考えてもそれが最善手だ。部屋の目の前に即死トラップやら強力な看守やらが大量に並んでいたら、それだけで俺はほとんど詰んでしまう。

「そのための配置制限か……じゃあ、もしかしてここは、その辺にある〝監視カメラ〟みたいなやつしか置けないエリア、ってことなのか？」

『さすがは篠原さんです。わたし、感激してしまいました』

俺の推測を肯定するようにカグヤは上品な仕草でパチパチと拍手をしてみせる。

『この通路の壁に仕掛けられているのは【撮影機】型の看守AI……プレイヤーの動向を監視するためだけの看守です。一定の間隔でパシャリと写真を撮って、そのデータを中央管制室《コントロールルーム》にいる泉《いずみ》さんたちに送っているんだとか。ただし、設定されている要素《ピース》は《撮》だけですから、篠原《しのはら》さんを拘束するような能力は何も持っていません』

「……なるほど。問題なく突破は出来るけど、俺の居場所が泉にバレるのか」

『ふふっ、そういうことになりますね。ちなみに、スタート地点の部屋を出てから一つ目の扉を抜けるまでのエリアには【撮影機】さんしか配置できないことになっています。つまりは〝安全地帯〟なので、急に踊り出しても怒られません』

ひらひらとヴェールを翻《ひるがえ》しながらそんな言葉を口にするカグヤ。もちろん、その姿だって【撮影機】たちに捉えられてはいるのだろう——が、先ほど彼女も言っていた通り、今回のミッションは【スタート地点付近の地理を理解せよ！】。脱獄ではなくあくまで〝情報収集〟が目的なので、無理して居場所を隠す必要は特にない。

「ん……」

だから俺は、開き直って手近な【撮影機】型看守に歩み寄ってみることにした。白い壁から突き出すような形で設置されている【撮影機】。見た目としては本屋なんかによくある小型の監視カメラそのもので、画角は完全に固定されているらしい。それなりに広い角度をカバーしていそうだが、撮影のタイミングは十五秒に一回、といったところだ。相手が一基だけなら、映らずに駆け抜けることだって可能だろう。

「ただ……見える範囲で十台以上はあるんだよな、これ」

『はい。大体3メートルに一台くらいの間隔、でしょうか？　どうやら篠原さんは、よっぽどの大罪を犯してこの〝牢獄《ろうごく》〟に収監されているみたいですね』

「だから俺は無罪だってのの」

くすくすと笑みを零《こぼ》すカグヤに肩を竦《すく》めてみせながら、頭の中で色々な攻略プランを練ってみる俺。観察の結果、各【撮影機】がパシャっと音を鳴らすタイミングは完全にバラバラだ。正確に記録できればどのカメラにも映らずにこの通路を抜けることが出来るようになるかもしれない……が、難易度としてはそう簡単なものじゃないだろう。

「なあカグヤ。こいつらを黙らせる方法ってのは何もないのか？」

『！　なんと……【撮影機】さんたちは喋《しゃべ》るのですか？　でしたらわたし、たくさんお話がしたいです。むむ、どうすれば仲良くなれるでしょうか？』

「……比喩だよ、比喩。壊したり無力化したりする方法はないのか、って意味だ」

『ふふっ、分かっていますよ？　今のは高性能なAIジョークです』

嫋《たお》やかな笑みを浮かべながらそんなことを言って、カグヤはひらひら舞い上がると【撮影機】型看守の上に着地した。そうしてちょこんと腰を下ろしながら一言、

『先ほどの質問にお答えいたします。【撮影機】さんには——というより、この牢獄内に

存在する全ての罠《わな》と看守には〝無力化条件〟というものが設定されています。篠原《しのはら》さんがそれを満たすと対象の罠や看守は〝行動不能〟状態となり、直ちに全ての能力を失う仕様ですね。もちろん、一度ゲームオーバーになると復活してしまいますが』

「無力化条件……か。そいつは、個体ごとに違うのか？」

『いいえ、そんなことはありません。【撮影機】さんは【撮影機】さんで、みなさん共通の無力化条件が設定されています。ちなみに、とっても簡単な条件ですよ？　何しろ〝プレイヤーに直接触れられる〟だけで達成《アウト》ですから』

「え。……じゃあ」

カグヤの解説に目を丸くして、俺は試しに手を伸ばしてみることにした。そうして【撮影機】の側面に軽く触れたところ、きゅうううんと断末魔めいた音が響いてレンズ部分に蓋が下りる。どうやら、本当に機能を失ってくれたようだ。

「随分あっさりしてるんだな……」

『そうでしょうか？　コスト１の看守さんですから、こんなものかと思いますが』

「コスト……ああ、そういやさっきもそんなこと言ってたな。質問してばっかりで悪いけど、コストってのはどういう風に設定されてるんだ？」

『遠慮しないでください。わたし、篠原さんの補佐をするサポート用のＡＩですよ？　じゃんじゃん質問していただかないと存在意義がなくなってしまいます』

冗談交じりに言いながら絹のような金糸をふわりと揺らし、悪戯《いたずら》っぽい瞳で俺を見つめたカグヤは鈴を転がすような声音で続ける。

『この牢獄《ろうごく》内の物質には一つ残らず〝要素《ピース》〟が含まれていると言いました――それはもちろん、看守さんや罠たちも例外ではありません。この方々は泉《いずみ》さんたちによって牢獄内に配置されている防衛ユニットなのですが、その〝召喚〟にあたって、所有する要素《ピース》を一通り設定されているんです。そして、その数の二乗が〝コスト〟となります』

「へえ……持ってる要素《ピース》数の二乗、か」

『はい。たとえば【撮影機】さんは《撮》の要素《ピース》しか持っていませんから、配置コストはたったの〝1〟です。プレイヤーを拘束する能力を持っておらず、簡単に無力化されてしまう最弱の看守さん……ですが、その代わり量産するのも簡単です。現状、泉さんたちが使える総コストは〝1000〟だそうですから』

「そりゃ【撮影機】が何体壊されたところで痛くも痒《かゆ》くもないわけだ。……けどさ、だからって泉たちが【撮影機】ばっかり配置してるなんてことは有り得ないよな。この先にいる看守の方は、コストが高い代わりにもっと強力な要素《ピース》が設定されてるはずだ」

『その通りです。ちなみに篠原さん、ここにいる【撮影機】さんたちは他の看守の〝支援機〟として使われることが多いようですよ？　序盤のエリアで篠原さんの攻略ルートを予測して、向かう先に強力な看守を先回りさせる……というような』

「……なるほど。そう考えると、こいつらも普通に厄介だな」

微《かす》かに頬を引《ひ》き攣《つ》らせながらそんな感想を零《こぼ》す俺。

まあ、この《決闘《ゲーム》》の雰囲気は何となく掴《つか》めてきた――要するに俺は、この牢獄《ろうごく》を攻め落とそうとしている囚人サイドなんだろう。対する看守サイドである泉《いずみ》姉妹は、まずコストの軽い【撮影機】をバラ撒《ま》いて俺の攻略ルートを特定しつつ、その先に控える強力な看守で確実に俺を仕留めようとしている。まさしく〝タワーディフェンス〟だ。

「でも……だとしたら、とりあえず目についた【撮影機】を無力化しまくる、ってのはそう悪い作戦じゃないよな？　こっちには何のロスもないし」

『確かにそうですね。無力化するまでに撮影された写真は中央管制室《コントロールルーム》へ転送されてしまいますが、もちろん有効だとは思います。……ただ』

途中で言葉を止めたカグヤが意味深な仕草であちらこちらへ視線を投げるのを見て、俺も彼女に倣って「……？」と首を巡らせてみることにする。

そんな行為を続けること数秒、徐々に彼女の言いたいことが分かってきた。……【撮影機】は、何も全てが同じ高さに設置されているわけじゃない。むしろ天井付近だったり蛍光灯の真横だったり、俺が精一杯に背伸びしたところで届かないものがほとんどだ。さらにはプラスチックの防護壁のようなもので覆われている個体すらある。

「〝プレイヤーが直接触れれば〟機能停止……ってことは、要するに触らなきゃ無力化で、きないって意味だもんな。あいつらを止めるには要素《ピース》を上手《うま》く活用しろってわけだ」

『むむ……わたしが妖精ではなく巨人なら篠原《しのはら》さんのお役に立てたのですが』

「いや、巨人が常に隣にいたら脱獄の苦労が倍増するっての……」

右手をそっと頬に添えながら悲しげに首を振るカグヤに軽く苦笑を返しつつ、俺は【撮影機】型看守ＡＩの観察を切り上げることにした。とりあえず、今はこのくらい知っておけば充分だろう——というわけで、複数の【撮影機】に見られていることを承知の上で歩を進め、部屋から最も近い位置にあった分岐路を何となくの直感で左に折れる。

「お……」

そんな俺の目の前に現れたのは、ひたすら直進する一本の長い通路と、その途中に据え付けられた一つの扉だ。通路の方は行き止まりが見えないほど続いているようだが、こちらはどこまで行っても【撮影機】だけの安全地帯。今回の探索が〝情報収集〟を目的としたものであることを考えれば、やはり目先の扉を開けるべきだろう。

「なあカグヤ、ここから先は【撮影機】より上位の看守が出てくるエリアなんだよな？」

『その通りです、篠原さん』

再び俺の肩に舞い降りてきたカグヤが鈴を転がすような声音で同意する。

『スタート地点の目の前にある安全地帯——【撮影機】さんしか配置できないエリアを仮に〝A区画〟とすると、そこから扉を一つ抜けた先は〝B区画〟。今までの【撮影機】さんに加えて【猛獣】型の看守AIさんを配置できるエリアです』

「【猛獣】型……って、あれか。ルール説明の画面に映ってた犬みたいなやつ」

『はい。かなりの大型犬みたいですよ？　設定されている要素《ピース》は《速》《鋭》《掴》の三種類で、一体あたりの配置コストは〝9〟になります。動きが〝速〟くて、聴覚と嗅覚がとっても〝鋭〟くて、さらにはプレイヤーを〝掴《つか》〟んで離さない……【撮影機】さんに比べると段違いで強力な看守さんです。ふふっ、とってもわくわくしちゃいますね？』

「……そうかよ。俺は、どっちかっていうとピリピリしてるんだけど」

相変わらず好奇心旺盛なカグヤの囁《ささや》きに軽く溜《た》め息《いき》を吐《つ》きながら、俺は覚悟を決めてB区画――カグヤが使い始めた呼称だが分かりやすいので採用しよう――へ繋《つな》がる漆黒の扉をガチャリと開くことにした。ちなみにこの〝牢獄《ろうごく》〟は平面状に広がっているため、B区画に相当するエリアは一つだけでなく複数存在する。本格的に攻略を進める際は、その辺りの〝ルート選択〟にも充分に気を配る必要があるのだろう。

が、まあそれはともかく。

「『…………』」

新たなエリアに足を踏み入れ、揃《そろ》って息を潜める俺とカグヤ。

漆黒の扉の向こう側は――まあ、当然と言えば当然ながら、一見した限りではこれまでとあまり変わらない様相だった。直進の通路がしばらく続いた後、左手に折れる曲がり角や右側に繋がる扉なんかが見えている。白と黒だけで構成されたモノクロの牢獄。左右の壁に【撮影機】型の看守ＡＩが取り付けられている辺りもＡ区画と同様だが、数としてはこちらの方がやや少ないくらいだろうか。

もちろん、それは手抜きや手心の類《たぐい》ではなく、この〝Ｂ区画〟に控えている看守が【撮影機】型だけではない……という、何よりの証明になるのだが。

「……明らかに緊張感が上がったな」

『はい、とってもドキドキします。というより……篠原《しのはら》さんにも聞こえていますか、この音？　それとも、わたしが高性能なＡＩだから特別に聞こえているだけですか？』

「いや……残念ながら俺にも聞こえる」

肩の上で身を乗り出すようにしているカグヤに首を振って返す俺。

そう――目の前に広がるＢ区画は、基本的にはＡ区画と同様に静謐《せいひつ》な空間なのだが、とはいえ完全な静寂というわけではなかった。鼓膜を撫《な》でるのは微《かす》かな足音と、俺でもカグヤでもない何者かの息遣い。さほど近いわけではなさそうだが、少なくとも同じエリアの中に【猛獣】型の看守ＡＩが確かに存在していることが伝わってくる。

「けど……まあ、とりあえず進んでみないことにはな。今回のミッションは【スタート地点付近の地理を理解せよ！】――要は攻略じゃなくて〝情報収集〟が目的なんだから、躊躇《ちゅう》踏《ちょ》してたって仕方ない。最悪ゲームオーバーになってもいいくらいだ」

『ふふっ、さすがですね篠原《しのはら》さん。殿方らしく素敵で力強い選択だと思います』

「……そうか？　カグヤの方がよっぽど怖いもの知らずな気がするけどな」

『なんと……本当ですか？　それは嬉《うれ》しいです。わたし、小さい頃の夢は冒険家でしたから。七つの海を股に掛けるのも、牢獄《プリズン》を脱出《ブレイク》するのも憧れていました』

「そりゃいいな。この《決闘《ゲーム》》の攻略にはうってつけのＡＩだ」

　鈴を転がすような声で囁《ささや》いてくるカグヤに合わせ、小さく口角を上げてみせる。

　そうして俺は、宣言通りにＢ区画の探索を再開することにした。等間隔に【撮影機】が配置された白い牢獄《ろうごく》。最初の分岐路では左へ折れる道を選択し、聴覚に優れるという【猛獣】型の看守ＡＩに居場所がバレないようなるべく足音を殺して前進する。

　——と、

「っ……これ」

　そのまま少し進んだ辺りで、俺は眼前の床に強い違和感を覚えて足を止めた。

　一見した限りでは周りのそれと何も変わらない、真っ白で滑《なめ》らかな床——けれど、よくよく眺めてみれば微妙に光沢が薄いというか、反射の鈍い箇所があるのが見て取れる。まるで何か別の素材を用いて床を偽装しているかのようだ。

「……どう見ても罠、だよな。まずは定番の〝落とし穴〟からってとこか」

『！　凄《すご》いです、篠原さん。まさか初見で気付いてしまうなんて……ふふっ、篠原さんは下を向いて歩くのがとっても得意なのですね？』

「もうちょっとマシな褒め方をしてくれよ」

目を丸くしながらそんなことを言ってくるカグヤに苦笑を返しつつ、その場で腰を屈《かが》めて色の違う床に手のひらを乗せる俺。するとそれに応じて、俺の視界のド真ん中に半透明のメッセージウィンドウが〝ピコン♪〟と陽気に浮かび上がる。

【罠《わな》――種別：落とし穴】

【所持要素《ピース》一覧：《墜》《落》《隠》《帰》《？》《？》《？》《？》《？》】

【無力化条件：機能不全（落下機能の喪失）】

「……なるほど」

開示された文面を頭に叩《たた》き込《こ》みながら、俺は右手をそっと口元へ遣《や》る。

「パッと見で分かるような所持要素《ピース》の情報は先に公開してくれるってことか。プレイヤーの目から〝隠〟れるのと、嵌《は》めた相手をスタート地点に〝帰〟らせるのと……あとはもちろん〝落〟とすための能力なんだろうけど、何で《墜》と《落》が両方あるんだ？」

『とても良い着眼点です、篠原さん。要素《ピース》は全て漢字一文字で表される〝能力の欠片《かけら》〟ですから、組み合わせることで効果を増幅させたり、複数ある意味を特定の方向に限定させたりできるんです。この落とし穴の場合は単純に効力の強化、ですね』

「へえ、そんな仕様があるのか。じゃあ、あとは《?》の内容だけだけど……」

『はい。《?》はいわゆる〝隠し性能〟……その要素《ピース》に関連する能力が発動したタイミングで自動的に内容が開示されます。ちなみに、罠《わな》にも看守さんと同様に〝無力化条件〟が設定されているのですが、こちらはそう簡単に達成できるようなものではありません。狙えたら狙う、くらいの感覚でいいかもしれませんね』

「……？　いや、そもそも罠は看守と違ってプレイヤーを追い掛けてくるわけじゃないんだから、突破さえできればわざわざ無力化する必要もないんじゃないか？」

『いいえ、篠原《しのはら》さん。実は、それがそうでもないんです』

俺の言葉にふわりと金糸を揺らしてみせるカグヤ。

彼女は落とし穴の真上まで移動すると、くるりとこちらへ振り返って言葉を継ぐ。

『これは、先ほどの【撮影機】さんを無力化したことで新たにアンロックされた情報なのですが――プレイヤーが罠や看守の無力化に成功した場合、該当の罠や看守は〝ピースの操作が実行できる〟状態になるそうです。《E×E×E《クロス・イー》》における罠と看守は強力な〝防衛ユニット〟ですから、とっておきの要素《ピース》が獲得できるかもしれませんよ？』

そんなカグヤの説明に納得して、俺は「ああ……」と相槌《あいづち》を打つ。

罠や看守の〝無力化〟――それは探索の安全性を確保するための防衛手段というだけじ

ゃなく、強力《レア》な能力を獲得するための侵略行為でもあるようだ。実際【撮影機】が持っていた《撮》はともかく、この落とし穴に含まれる《落》や【猛獣】に設定されているという《速》なんかは今すぐにでも利用方法が思い付くくらい便利で強力な要素《ピース》だと言っていい。となると確かに、無力化の報酬《リターン》は想像以上に大きいのだろう。

「ただ、まあ……今のところ〝落下機能の喪失〟なんてのを達成する方法も思い付かないし、とりあえず今回は全力で回避してみるか。色の変わってる床はせいぜい二メートルくらいだし……多分、ジャンプすれば届くだろ」

『わくわく、です。わたし、篠原さんならきっと届くと信じていますよ？』

「そうしてくれ。……あのさ、カグヤ。一応訊《き》いておきたいだけなんだけど、この落とし穴も《E×E》《クロス・イー》内の物質《モノ》なんだから、結局は仮想拡張現実《VAR》機能で作られた〝幻覚〟なんだよな？　何ていうか、実際に落ちるわけじゃないんだよな……？」

『もちろんです。床が開くギミックくらいは搭載されていると思いますが、それでも落ちる距離はせいぜい20㎝くらい。下にはちゃんとクッションも敷かれていますよ』

「そっか。なら良かっ――」

『ただ、仮想拡張現実《VAR》機能で再現される〝錯覚〟は〝本物〟と区別できませんから。篠原さんの視点では、真っ暗な穴の中へ吸い込まれるようにして落ちていく感覚がはっきりと得られるはずです。もちろん《E×E》《クロス・イー》はHP制や残機制ではありませんから、落ちたらその時点でゲームオーバー。あっという間にスタート地点からやり直しです』

「………………」

にこにこと嬉《うれ》しそうな笑顔で厳しい現実を突き付けてくるカグヤに無言のジト目を返しつつ、俺は溜《た》め息《いき》交じりにその場で再び立ち上がる。……彼女の発言は残念ながら全て事実だ。事実だが、とはいえそんなのは〝脱獄〟を狙うと決めた時点でとっくに覚悟していたことでもある。《E×E×E《クロス・イー》》なる《決闘《ゲーム》》はちょっとやそっとの工夫で完全攻略《クリア》できるような代物《しろもの》じゃない。こんな序盤で躊躇《ちゅうちょ》している暇なんか微塵《みじん》もないだろう。

「よし……」

そんなわけで、俺は何歩か後退することで助走距離を確保して。

可能な限り勢いを付けて大きく踏み切りを――しようとした、瞬間だった。

《ピィィイイイイイイイイイイ!!》

「ッ!?」

……背後から俺を襲った猛烈な爆音。

それは、後にカグヤから聞いたところによれば、巡回型の看守――【飛翔体《ひしょうたい》】と呼ばれる類《たぐい》の防衛ユニットが発したものらしい。彼らはドローンのような翼を駆使して牢獄《ろうごく》内を飛び回り、プレイヤーを発見しては凄《すさ》まじい音を掻《か》き鳴らす。拘束能力はないものの、代わりに近くの【猛獣】型を一堂に集結させる〝アラート担当〟というわけだ。

（っ……や、ばっ）

ただ、少なくともこの瞬間の俺にとっては、踏み切りのタイミングで爆音を鳴らされたことがそもそも予想外の大アクシデントだった。驚いて振り返ろうとしてしまったが故にバランスが大きく崩れ、想定よりも随分と弱いジャンプになる。そうして俺の身体《からだ》が空中に放り出された瞬間、ガコッと床がスライドして漆黒の大穴が現れる。

（お、落ちる落ちる落ちる落ちるぅうう⁉）

さぁっと血の気が引いていくのを感じながら、それでも俺は対岸に向けて思いきり手を伸ばすことにした。直後、全身に衝撃——タイミングとしてはギリギリだったが、どうにか反対側の床に両腕でしがみつくことに成功する。

「っ……」

……真下に視線を遣《や》れば、目に入るのは底が見えないほどに深い深い大穴だ。

跳躍の慣性によって身体をぐらぐらと揺らされながら、俺は必死で動悸《どうき》を落ち着ける。

『えっと……大丈夫ですか、篠原《しのはら》さん？』

気遣うような声音にそっと顔を持ち上げてみると、視界に入ったのは穴の縁に腰掛けるような形でこちらを覗《のぞ》き込んでいるカグヤの姿だった。重力に導かれてさらりと流れ落ちる上品な金糸。何の焦《あせ》りも感じさせない彼女の様子に何となく安堵《あんど》しつつ、俺は呼吸を整えながら「……ああ」と静かに肯定を返すことにする。

「ま、なんとか無事って感じだけどな」

『なんと……篠原《しのはら》さんは見かけによらず屈強な肉体をお持ちなのですね。ただ、すみません。わたしはちょっとだけ高性能なＡＩなのですが、見ての通り非力な妖精なので、篠原さんを引っ張り上げるだけの力は設定されていないんです。しょぼん、です』

「いや、元々カグヤにそんなこと頼もうなんて思っちゃいねえよ」

『ふふっ、それなら安心しました。……ですが篠原さん、少し急いだ方がいいですよ？』

小さな顔の前で人差し指をピンと一本立てながら小首を傾《かし》げて告げるカグヤ。

『何しろ、先ほどの【飛翔体《ひしょうたい》】さんが思いきり招集命令《アラート》を発していましたからね。このエリア中の【猛獣】さんたちが今すぐ押し寄せてきてもおかしくはないはず――』

「っ⁉」

『――です、って、どうしたんですか篠原さん？　そんなに大きく目を見開いて……まるで、わたしの後ろに当の【猛獣】さんたちが迫っているみたいじゃないですか』

不思議そうな声音でそう言って、くるりと優雅に後ろを振り向くカグヤ。

そんな彼女の視線の先では――鍔《つば》付きの膨らんだ帽子を被《かぶ》った二匹の犬、すなわち【猛獣】型の看守ＡＩが覗き込むような形でこちらを見下ろしていて。

『……ふふっ。それでは頑張ってくださいね、篠原さん？』

「っ、おいカグヤ!?」

　にこやかな笑みと共に応援の言葉だけを口にして、カグヤは持ち前の浮遊能力で落とし穴の真上へと避難してしまった。戦場から余分なノイズがなくなったことで、先ほどから獰猛《どうもう》な呼吸を繰り返している【猛獣】型二体の標的《ターゲット》が完全に俺へと固定される。

「くっ……そ！」

　だから俺は、まだ乱れたままだった心臓の鼓動を整えるべく一度だけ深呼吸すると、振り子のように身体《からだ》を揺らして落とし穴の向こう側へと這《は》い上《あ》がることにした。そこで改めて対峙《たいじ》するのは、【猛獣】型の看守ＡＩ――犬をモチーフにした《Ｅ×Ｅ×Ｅ》《クロス・イー》の防衛ユニット。もちろん、犬とは言っても背丈が俺の腰くらいまであるビッグサイズだ。突進でもされようものなら妖精《カグヤ》じゃなくても吹っ飛ばされてしまうことだろう。

「――カグヤ！　こいつの無力化条件は!?」

『尻尾《しっぽ》を掴《つか》むこと、ですね。積極的に後ろを取るのがポイントです。……ですが、今の篠原さんには少し難しいと思いますよ？　何しろお相手の【猛獣】さんたちは《速》の要素《ピース》を持っていますから……いくら篠原さんが俊足でも、学校の体力測定でブイブイ言わせていたのだとしても、さすがに要素《ピース》の補助なしで対抗できるとは思えません』

「並程度の脚力だよ悪かったな。……それと、こいつらは確か《掴》の要素《ピース》を持ってるんだったよな？　プレイヤーを拘束するための能力……これは、実際どうなったらゲームオーバーになるんだ？　まさか触られただけでアウト、なんて言わないよな？」

『それに関しては朗報ですよ、篠原《しのはら》さん。《掴》は確かに拘束能力を示す要素《ピース》ですが、一つだけでは正常に機能しません。《掴》を所持する看守二人で同時にプレイヤーを捕まえた場合、もとい〝咥えた〟場合に限ってリスポーン処理が発生するようです。つまり、囲まれないように動いてさえいれば篠原さんの負けは絶対にありません。……ふふっ、どうでしょうか篠原さん。これが【猛獣】さんに対する〝必勝〟の戦術、ですよ？』

「無茶苦茶《むちゃくちゃ》言うな、おい……！」

落とし穴の脇で【猛獣】型看守ＡＩ二体と睨《にら》み合いつつ、カグヤの授けてきた無謀な策に思わず頬《ひ》を引き攣《つ》らせる俺。……要するに、速度ブースト系の要素《ピース》を何も持っていない状況で【猛獣】型を無力化するのは相当に難しい、ということなのだろう。ただ、この場をやり過ごすだけなら不可能というほどでないはずだ。何しろ彼ら――【猛獣】型の背後には、見える範囲だけでも別の区画《エリア》へ繋《つな》がる〝扉〟が二つばかり控えている。

それに、

（あいつら【猛獣】型の看守ＡＩは聴覚と嗅覚を同時に強化する《鋭》の要素《ピース》を持ってるけど、逆に《見》とか《視》みたいな〝視覚能力〟に関《かか》わる要素《ピース》は設定されてない。ってことは、あいつらはちゃんと俺を見てるわけじゃなくて、音とか匂いとかで大体の場所を把握してるだけってことだ。だったら、ここは……）

　この〝牢獄《ろうごく》〟の仕様を改めて整理しながら、俺は制服のボタンを一つ力任せに引き千切ることにした。続けてそれを、右手の壁に向かって勢いよく放り投げる。

『!?』

　カツン、と小さな音が通路に響いた刹那、二体の【猛獣】が揃《そろ》って音の発信源へと首を向ける――それを確認したのと同時に、俺は思いきり足を動かしていた。運動にはさほど自信があるわけじゃないが、出来る限りの速度で【猛獣】の脇を駆け抜ける。

『バウワウワウ!!』

　だが、もちろんそれを黙って見逃すような看守ではない。ボタンの音に気を取られたのはほんの一瞬で、俺が脱兎《だっと》のごとく駆け出したのを鋭い聴覚で感じ取ったのかすぐさま身体《からだ》をこちらへ向け直す。力強い溜《た》めからの跳躍と、全身をフル活用した追走――惚《ほ》れ惚《ぼ》れするほど綺麗《きれい》なスプリントだ。俺との距離はぐんぐん縮まっていく。

『凄《すご》いです、速いです篠原さん！　わたし、とってもドキドキします……！』

「はしゃいでないで少しは手伝ってくれ……よッ！」

　いつの間にか俺の肩に乗って臨場感のあるスリルを楽しんでいたカグヤに文句を言いながらも、俺は一番近くにあった扉の前まで辿《たど》り着いた。逃げるのに夢中でルートの把握なんか出来ていないため、この扉がA区画へ戻るルートなのか次の区画へと進む道なのかよく分からない。ただどちらにしても、ここで拘束されるよりはよっぽどマシだろう。

——が、

「！　……開かない!?」

そんな俺の思惑に反して、漆黒の扉が返してきたのは固い感触だった。すぐさまタタンっと指先を打ち付けてみると、スタート地点にあった扉と同じく《閉》の要素《ピース》を抽出することが出来る——けれど妙なことに、錠前代わりの《閉》を取り払ってもなおその扉は開かなかった。焦《あせ》ってガチャガチャとノブを回している間に、俺を追う【猛獣】型二体がまさしく目と鼻の先にまで迫ってきてしまう。

『大ピンチです。わたしと篠原《しのはら》さんの冒険はここで終わってしまうのでしょうか？』

「いやいや、何言ってんだよカグヤ。どうせなら最後の最後まで抵抗するっての……！」

鼓膜を撫《な》でるカグヤの囁《ささや》きに不敵な否定を返してみせながら、俺は隠し持っていたペットボトルの水を取り出すことにした。手早く蓋を開けると同時に〝要素《ピース》〟付与のコマンドを実行——端末に保管していた《粘》の能力をボトル内の水に付け加える。

そうして直後、俺は【猛獣】たちの目の前の床に勢いよくそいつをぶちまけた。

『!?!?』

とんでもない速度で突っ込んできていた二体の【猛獣】は、要素《ピース》によって強力な粘性を持った水に一瞬で足を取られ、その場でドタンと豪快に転んでしまう。そんな彼らの様子を一通り見届けてから、俺は近くにあったもう一つの扉にゆっくりと手を掛けることにした。……良かった、こっちは〝開かずの扉〟じゃないみたいだ。

『ふふっ……お見事です、篠原さん』

俺の目の前に移動したカグヤがパチパチと拍手をしながら嫋《たお》やかな笑顔を向けてくる。

『ですが、あの【猛獣】さんたちは放置してしまって大丈夫なのでしょうか？　《粘》は自力でも脱出できてしまう要素《ピース》ですから、きっと扉を開けて追い掛けてきますよ？』

「ああいや、それなら大丈夫だ」

こてりと首を傾《かし》げるカグヤの忠告に小さく否定の言葉を返しつつ、ドアノブをガチャリと回して扉の向こうへ身体《からだ》を滑り込ませる俺。まあ確かに、扉を一枚隔てたくらいで【猛獣】型を完全にシャットアウトできる、というのは甘い考えだろう。

けれど、

「要素付与《ピースふよ》――」

通ったばかりの扉を何の躊躇《ためら》いもなくバタンと閉じた俺は、その表面をタタンっと指先で叩《たた》くことにした。そろそろ慣れてきた要素《ピース》操作の実行アクション。端末内の保管庫から俺が選び取ったのは、当然ながら先ほど近くの扉から抽出したばかりの要素《ピース》だ。

「――この扉に《閉》の性質を付け加える」

コマンド成立。

開かずの扉を作り出す《閉》の要素《ピース》を移し替えることで、俺は実質的に【猛獣】型の追跡を振り払うことに成功した。この《E×E×E》《クロス・イー》において、要素《ピース》操作による〝特性の追加と削除〟は絶対的な効力を持つ。あの【猛獣】たちがどこかから《開》の要素《ピース》を持つ鍵束でも拾ってこない限り、ここを突破することは不可能だろう。

あっという間に強固な防壁へと昇格した扉を眺めて「ふぅ……」と安堵《あんど》の息を吐く俺。

「危ないところだったけど、どうにか逃げ切れたみたいだな」

『いいえ、篠原さん』

「…………、いいえ？」

ひらひらと眼前を舞うカグヤの妙な返答に俺が小さく眉を顰《ひそ》めた、瞬間だった。

『──えいっ♪』

やけに可愛《かわい》らしい声音と共に、背後から柔らかな感触が襲い掛かってきた。おそらく誰かにぎゅっと抱き締められているのだろう。ほのかに鼻をくすぐる柑橘系《かんきつけい》の甘い匂い。大きな胸が俺の背中に押し付けられてムニムニと形を変えているのがよく分かる。

「な……」

その声やら匂いやら感触やら、五感で受け取る情報の全てに覚えがあった──そう、これらは他でもない、ふわふわの栗色《くりいろ》ツインテールが特徴的な〝英明《えいめい》の小悪魔〟こと秋月乃愛が持つものだ。あざと可愛い6ツ星の先輩。けれど、当然ながら彼女がこの牢獄《ろうごく》にいるはずはない。その展開はさすがに〝囚人《おれ》〟にとって都合が良すぎる。

（じゃあ、まさか——）

そこで《E×E《クロス・イー》》のルール説明の際にカグヤがしていた発言を思い出し、俺は思わず目を見開いた。……彼女曰《いわ》く、この《決闘《ゲーム》》には【管理者】型なるタイプの看守AIが登場する。彼らは〝人間〟をモチーフにしており、その見た目や詳細設定に関しては例の仮想拡張現実《VAR》機能によって俺の記憶から構築される——まあ、要するに〝錯覚〟だ。記憶の中にいる誰かの姿を俺が勝手に再現し、そいつが目の前にいると心の底から思い込まされてしまう。そして、看守というのは俺をこの牢獄から出さないために配置されているわけだから、ただ記憶を参照するにしたって〝弱いヤツ〟を選ぶ理由は一つもない。

……だとしたら。

つまり、俺の身近な人間——中でも5ツ星なり6ツ星なりといった強力なプレイヤーたちが、容姿や強さや性格はそのままに〝看守として〟再現されている？

「ッ……！」

そんな荒唐無稽な推測を確かめるため、半ば強引に後ろを振り返る俺。

すると、そこには確かに、ちょこんと背伸びしながら俺に抱き着く秋月乃愛《あきづきのあ》が……もとい彼女の姿を完璧に模倣《コピー》した【管理者】型の看守AIが立っていて。

『えへへ……』

そんな秋月《あきづき》のニセモノは、俺の腰に手を回したままあざと可愛《かわい》い上目遣いを繰り出してきた。本物の彼女と遜色ない、どころか〝照れ〟が少ない分いつもより大胆な行動。偽《にせ》秋月はそのまま蕩《とろ》けるような笑顔で俺の耳元に唇を寄せると、甘い声音でこう囁《ささや》く。

『――緋呂斗《ひろと》くん、捕まえちゃった♡』

聞き慣れた秋月の声がそっと鼓膜を撫《な》でた刹那。

【管理者】型によるプレイヤーの〝拘束〟が成立し、俺の意識は一瞬にして闇に溶けた。

♭♭　――姫路白雪《ひめじしらゆき》②――

一月の初頭。

年が明けて早々のタイミングで、四番区英明《えいめい》学園の特別棟に位置する生徒会室には、わたしを含めて数名のプレイヤーが集結していました。

目的としては、ついに開示された〝期末総力戦〟のルールを読み合わせること……そして、必要に応じて作戦の方向性を練っておくことです。イベントの開始まではまだ一週間ほどあるものの、期末総力戦は数ヶ月《すうかげつ》規模の超大型《決闘《ゲーム》》ということもあり、勝利を狙うのであれば入念な計画と準備が欠かせません。

「──以上が、期末総力戦の基本ルールになります」

《ライブラ》から発表されたばかりのイベント概要を一通りなぞり終え、わたしは静かに室内を見渡しました。いつもより人が少なく、心なしか広く感じる生徒会室。そこでわたしの言葉に応じてくれたのは、この学園の生徒会長──三年生の榎本進司《えのもとしんじ》様です。

「ふむ。今年度最後の《決闘《ゲーム》》というだけあって、なかなか手の込んだルールだな」

「はい、そうですね。過去の期末総力戦と比べても前例がないほどの規模だそうです」

「だろうな。そして……これは、わざわざ僕が言うまでもないことだが」

身体《からだ》の前で腕組みをして目を瞑《つぶ》る榎本様。

この学園のまとめ役である彼は、渋いとも苦いとも取れる声で静かに言い放ちます。

「──篠原緋呂斗不在の英明学園は、非常に重いハンデを背負うことになる」

「…………」

改めて紡がれた事実に、わたしは小さく俯《うつむ》きながら下唇を噛《か》みました。

そうです──今年度最後の大型イベント・期末総力戦。この《決闘《ゲーム》》のルールでは、単なる戦力という意味合い以上に〝高ランカー〟や〝エースプレイヤー〟の存在が大きく物を言います。数日前から姿を消し、未《いま》だに見つかっていないご主人様……学園島《アカデミー》に一人しかいない〝7ツ星〟がこのまま戻ってこないようなことがあれば、英明学園は最初からとてつもない窮地に追い込まれてしまうことでしょう。

「一応訊《き》いておくが……まだ何の手掛かりも見つかっていないのか？」

「はい。……その節はありがとうございました、榎本様《えのもとさま》」

気遣うように投げられた問いに対し、わたしは心からの感謝と共にお辞儀をします。

わたしがご主人様の〝誘拐〟について英明《えいめい》学園の選抜メンバーに打ち明けたのは、つい二日前のことです。伏せておくには距離が近すぎる存在だったこと、そして他でもない期末総力戦の開催が間近に迫っていたこともあったため、見つかるまで隠し通すという選択はさすがに筋が通っていないように思えました。

そんなSOSを受けて真っ先に動いてくれたのが榎本様です。榎本様は英明の生徒会長として、細かい事情は伏せたまま——つまり〝ご主人様が誘拐された〟というショッキングな事実は隠したまま、必要な情報がわたしに集まるよう便宜を図ってくれました。

（それでも、今のところ手掛かりは0……ですが、これだけ痕跡を消すのが上手《うま》いとなると、倉橋《くらはし》様のようなポンコツでは絶対にありませんし、佐伯薫《さえきかおる》のようなコミュ力だけの似《え》非《せ》リーダーでもないでしょう。ご主人様を誘拐した犯人は明らかに〝プロ〟です）

白銀の髪を揺らしながら静かに思考を巡らせます。

ご主人様が姿を消してから数日、わたしはとある可能性に行き当たっていました——それは、わたしが幼い頃からメイドとして彩園寺《さいおんじ》家に勤めていたのと同様に、ずっと前から彩園寺家を守り続けてきた一族の存在です。もちろん確証はどこにもありませんが、ご主人様が誘拐されたのは女狐《めぎつね》様と柚葉《ゆずは》様から〝冥星〟の秘密を教わった直後のはず。だとしたら、彩園寺家の〝守護者〟が関《かか》わっている可能性はそれなりに高いでしょう。

（……やはり、まずはリナに尋ねてみるべきですね。今は身動きが取れないかもしれませんが、期末総力戦が始まった後の休日なら直接顔を合わせることも叶《かな》うはずです。これ以上、英明学園の皆さまに迷惑をかけるわけにはいきません）

決意を固め直すように一つ頷《うなず》き、わたしはもう一度丁寧に頭を下げました。

そんなわたしの感謝を受けて、榎本様はいつもの仏頂面で小さく首を横に振ります。

「いいや、あれは僕の私利私欲だ。もはや篠原《しのはら》なしで英明学園は成り立たん」

「そーそー。だから進司《しんじ》のことくらい遠慮なく使い倒していいからね、ゆきりん。もちろん、ウチだって何でも手伝うし！」

「っ……ありがとうございます、榎本様。それに、浅宮《あさみや》様も」

謙遜とも照れ隠しとも取れる言葉を返してくれる榎本様と、その隣から大きく身を乗り出して好意１００％の笑顔で励ましてくれる華やかな金髪の先輩・浅宮七瀬《ななせ》様に対し、わたしは名状しがたい温かな感情を抱きつつそんな返事を口にします。……学園島《アカデミー》の三年生にとって、期末総力戦は〝卒業時の等級〟に直結する非常に重要な《決闘《ゲーム》》——一切の誇張なく、人生を左右しかねない大型イベントです。その直前に英明学園の最高戦力が失踪してしまったわけですので、もしかしたら皆さまを激怒させてしまうかもしれないと覚悟を決めていたのですが……本当に、この先輩たちを甘く見ていたようです。わたしも気付かないうちに、いつの間にか本物の〝仲間〟になっていたようです。

「ん……」

感極まった表情を先輩方に見られたくなくて、わたしは少しだけ視線を横へ動かしました。浅宮《あさみや》様のすぐ隣——普段は正義感に溢《あふ》れる真面目《まじめ》な後輩・水上摩理《みなかみまり》さんが座っている場所ですが、今日のところは朝からずっと空席です。

「摩理ちゃんは、まだ立ち直れてないみたいだね」

無言のままそれを見つめていると、隣から囁《ささや》くような声が投げ掛けられました。声に反応してそちらへ身体《からだ》を向ければ、わたしの方へ顔を寄せてきていたのはこれまた6ツ星の三年生、秋月乃愛《あきづきのあ》様。小柄ながら反則的なスタイルを武器とする、ふわふわのツインテールがあざと……とても可愛《かわい》らしい先輩です。さらに言えばご主人様のことが心の底から大好きな、恋する女の子でもあります。

そんな秋月様は「えへへ」と笑って言葉を継ぎます。

「あとで乃愛から電話して、ルールの読み合わせくらいしておくね♪　一年生だけど、摩理ちゃんはもう英明《えいめい》のメイン戦力だし♡」

「ん……そう、ですね。ありがとうございます。……ちなみに、秋月様はもう立ち直っているのですか？　その、ご主人様が姿を消してしまったことについて……」

いつも通りの振る舞いを見せるばかりか摩理さんへの気遣いすら発揮し始める秋月様に失礼ながら少しだけ意外な感情を抱いてしまって、わたしはおずおずとそんな問いを投げ掛けました。何というか……ご主人様が〝誘拐〟されたことで一番落ち込むのは、あるいは秋月様かもしれないと思っていましたので。

「えへへ……愚問だね、白雪《しらゆき》ちゃん♪」

そんなわたしの予想を裏切るように、秋月様はにっこりと笑みを浮かべました。普段のあざとさなんて欠片《かけら》も感じられない、もっともっと純粋な表情です。

真《ま》っ直《す》ぐにわたしの目を覗《のぞ》き込みながら、秋月様は気丈な声音で続けます。

「もちろん、そんなの寂しいに決まってる――乃愛は緋呂斗《ひろと》くんのことが大大大好きだから、会えないのはすっごく寂《さみ》しい。悲しいし、泣いちゃうくらい辛《つら》い。でも、不安だけは全然ないよ？　乃愛は緋呂斗くんのことを信じてるから。どんな状況でも緋呂斗くんが乃愛を置いていなくなるわけないって……絶対に帰ってきてくれるって思ってるから、だからちっとも不安じゃない。……ほら、遠距離恋愛みたいな感じ♡」

「…………」

「それに、期末総力戦って三ヶ月《さんかげつ》近く……それこそ卒業式の直前まで続くんだから。緋呂斗くんが帰ってきてくれた時に乃愛たちが脱落してたら困っちゃうもん♪」

「……強いのですね、秋月様は」

本当は感情のままに喚《わめ》き散らしたいはずなのに、大声で泣いてしまった方がずっと楽なのに、自分に言い聞かせるような形で不安を抑えている秋月《あきづき》様。そんな姿を見て、わたしは思わず心からの称賛を口にしてしまいます。それが〝わたし自身にも不安がある〟ことを言外に認める発言であることを確かに自覚しながら。

すると秋月様は、ふわふわの栗色《くりいろ》ツインテールを揺らしながらぱちり☆と可憐《かれん》なウインクを決めて、戸惑うわたしにこんな言葉を返してくれました。

「うん♪　だって乃愛《のあ》ちゃんは、強くて賢くて可愛《かわい》くて……ついでに、緋呂斗くんと白雪ちゃんの〝先輩〟だもん♡」

「っ……」

「だから白雪《しらゆき》ちゃん、今くらいはいっぱい乃愛に甘えていいんだよ？」

冗談めかした口調で囁《ささや》きながら実際に両手を広げ、小柄な体でぎゅぅっと優しくわたしを抱き締めてくれる秋月様。柔らかな感触と甘い匂いに全身が包まれて、わたしの中にあった不安がゆっくりと溶けていくような気がしました。

「……えへへ、元気出た？」

耳元でそっと紡がれる穏やかな声。

そんな秋月様に対して、わたしは……こくん、と小さな頷《うなず》きを返してから、珍しく素直な気持ちで甘えるように抱き着いたのでした。

＃

――三度《みたび》、真っ白な部屋の中で目を覚ます。

「ん……」

ぼんやりとする頭で記憶を遡りながら、傍《かたわ》らの端末に触れて時刻を確認しておくことにする。現在は一月二日の午前十一時三十四分……どうやら、それなりに長いこと牢獄《ろうごく》内を探索していたようだ。Ａ区画の【撮影機】ゾーンを抜け、Ｂ区画で落とし穴のトラップに遭遇し、それを飛び越えようとしたところで【飛翔体《ひしょうたい》】にアラートを鳴らされ、バランスを崩している間に近寄ってきた【猛獣】型二体に囲まれて。

それすらも何とか振り切った――と安堵《あんど》しかけた瞬間に〝秋月乃愛〟の容姿を持つ【管理者】型の看守ＡＩに秒殺、もとい拘束されたというのが前回のハイライトだ。

「ってことは、あそこはもうＣ区画……前進する方の扉を開けちまったってわけか」

そんな情報を脳裏に刻みつつ、俺は改めてベッドから出ることにした。一時間しか眠っていないため――それも睡眠というより気絶にあたるため――疲れはまるで取れていないが、とはいえまだ午前中だ。今日の探索を打ち切るような時間じゃない。

と――、

「……ん？　って、お前……」

立ち上がって伸びをした瞬間、俺はリビングのソファに座っている人物を見つけて微《かす》かに目を細めた。革張りのソファの上で寝転がりながら呑気《のんき》に欠伸《あくび》をしている少女。下手すればスカートの中が見えてしまいそうな体勢の小生意気なJK、もとい泉小夜《いずみさよ》は、そこでようやく俺の存在に気付いたとでも言うように少しだけ顔を持ち上げる。

「あ、おはようございますっす先輩」

「……いや、何でお前がここにいるんだよ」

「え〜？　それはほら、先輩が初めての脱獄作戦に失敗しちゃったからに決まってるじゃないっすかぁ。泉、モニター越しに見てたんすけど、まさかこんなに早く負けちゃうなんて想像もしてなかったっす。やっぱりよわよわじゃないっすか、先輩♡」

「メンタルダメージを狙ってるつもりなら無駄だぞ、それ。っていうか……お前は、これが《決闘《ゲーム》》だってことすら隠しておきたかったんだろ？　誤算じゃないのかよ」

「あはっ、もしかして泉《いずみ》に褒めて欲しいとか思ってるんすか？　誤算なんか一つもないっすよ。どうせ最後まで隠せるような秘密じゃないんで、軽く遅延になれば充分っす☆」

「……そうかよ。ったく、そいつは寛容な誘拐犯だな」

嘆息交じりに首を振りながら平然と彼女の脇を通り抜け、ダイニングの椅子に腰掛ける俺。からかうような態度の泉小夜に全く苛立《いらだ》たないということはないが、煽《あお》り合いなら彩園寺《さいおんじ》とのあれこれで必要以上に経験値が溜《た》まっている。後輩ギャル（泉）に舐《な》められた程度で平静を失ってしまうようなことは絶対にないと言っていい。

だから俺は、泉小夜の存在を半ば無視して端末内の情報を確認することにした。真っ先に開いたのは【所持要素《ピース》一覧】なる項目だ。先ほどの攻略では《伸》が使わずじまいだったはずだが、保管庫には一つの要素《ピース》すらも残っていない。

そこで、俺の制服の襟元辺りから妖精《カグヤ》がちょこんと顔を覗《のぞ》かせた。

『ふむふむ……抽出、および付与した要素《ピース》は全て、篠原《しのはら》さんのゲームオーバーに伴ってリセットされてしまうようですね。わたし、また一つ物知りになりました』

「……いたのか、カグヤ」

『もちろんですよ、篠原さん。わたしは篠原さんの《決闘《ゲーム》》攻略をサポートするためのAIですから、勝手に家出なんかしたりしません。小夜さんに見つかると困ってしまうので今はこんなところに隠れていますが……ふふっ、不思議と居心地は悪くありません』

「？　あいつに？」

『はい。だってあの人、彩園寺家の守護者ですよ？　最終兵器のようなものですよ？　そ、い、い、い、彩園寺家の箱入り娘であるわたしより弱いわけないじゃないですか』

「――――」

滑《なめ》らかな金糸を揺らしながら衝撃の事実を告げてきたカグヤに、俺は思わず言葉を失ってしまう。……もちろん、彼女が話しているのは少なくとも一年以上前の話だ。まだ羽衣《はごろも》紫音《しおん》が〝彩園寺更紗《さいおんじさらさ》〟だった頃の昔話。けれどそれでも、いつかの《修学旅行戦》や《習熟戦《リフレイン》》で俺が羽衣《カグヤ》に圧倒されていたのは紛《まぎ》れもない事実なんだ。そんな彼女を守護するための存在が泉《いずみ》姉妹なのだと考えれば、なるほどそれは弱いはずがない。

（改めてだけど……とんでもないやつを相手にしてるんだな、俺）

そんな感慨を抱きながらも、俺は先ほどカグヤとの話題に上がった要素《ピース》操作の追加仕様を頭に叩《たた》き込《こ》むことにする。プレイヤーが一度ゲームオーバーになると、それまでに抽出したり付与したりしていた要素《ピース》の効果は全て白紙に戻ってしまう……ちなみにこれは、看守や罠《わな》の〝無力化状態〟についても全く同様のことが言える。

「だから、相打ちで看守の数を減らすとか、即死覚悟で罠を無力化して貴重な要素《ピース》を抽出する……みたいなプレイングはあんまり効率が良くないんだよな。最終的には一回の攻略で〝ゴール〟にあたる中央管制室《コントロールルーム》まで辿《たど》り着かなきゃいけないんだから」

『はい、残念ながら途中セーブは出来ないようですね。ただその代わり、知識はい、い、い、いくらでも増えていきますから。トラップ満載の即死ゲームだって潜伏ゲームだって結局は"覚えゲー"の類です。わたし、記憶力には結構自信があるんですよ？　何度もゲームオーバーになることでパターンを把握して、最終的には華麗に脱獄しちゃいましょう。……というわけで篠原《しのはら》さん、第三のミッションは【《管理者》型看守ＡＩを撃破せよ！】です』

「なるほど……そりゃまた随分な難題だな、おい」

「……む」

と――俺たちの会話が一段落した辺りで、ソファに寝転んでいた泉小夜《さよ》が不満げな声を零《こぼ》した。視線の方向からしておそらくカグヤの存在には気付いていないはずだが、単純に俺がすっかり《決闘《ゲーム》》の攻略に集中してしまっているのが面白くないんだろう。うつ伏せの体勢で頬杖《ほおづえ》なんか突きながら、彼女は嘆息交じりに言葉を続ける。

「全く、つまんない先輩っすねえ……せっかくこうして遊びに来てあげてるんすから、もうちょっと泉との会話を楽しんでくれてもいいと思うんすけど」

「まともに話をする気もないくせによく言うよ」

「何言ってるんすか？　泉は先輩とお話したいっすよ。クラスの中で気になる子の話とか割と普通にしたいっす。具体的には一ヶ月《いっかげつ》くらい」

「……だらだら引き伸ばしたいだけじゃねえか」

相手が大親友だとしても長すぎる雑談の誘いに呆《あき》れた声を零す俺。

が、まあそんなのは単なる軽口に過ぎなかったのだろう。泉小夜は薄紫のツインテールを微《かす》かに揺らすと、煽《あお》るような笑みを浮かべてこんな追撃を繰り出してくる。

「ねえ、先輩？　そういえば昨日、地上では期末総力戦――今年度最後の大規模イベントが、ようやくそのルールを開示したみたいっすよ。どこの学区もメイン戦力になる高ランカーは続々と作戦会議を始めてるっす。すっかり乗り遅れちゃったっすね、先輩？」

「お前らがここから出してくれればすぐにでも合流するんだけどな」

「あはっ。もちろん、先輩が《E×E×E《クロス・イー》》を完全攻略《クリア》してくれたら今この瞬間にでも帰らせてあげるっすよ。無様に引き止めたりはしないっす。ま、さっきのプレイングを見てる限り、期末総力戦が始まるまでに〝脱獄〟するのは絶対に無理……エントリーの最終締め切りにだって99％間に合わないと思うっすけど、努力自体は否定しないっす」

「………………」

「あ、ちなみに期末総力戦のルールは結構特殊っすよ？　先輩がいないだけで、英明学園全体がピンチになるっす。もしかしたら、早めに脱落しちゃうかもしれないっすね」

ソファの上で足をパタパタさせながら他人事《ひとごと》のように続ける泉小夜《いずみさよ》。

そうして彼女は不敵に笑って、最後まで煽《あお》るような口調と表情でこう言った。

「ま、せいぜい頑張ってくださいっす――先輩」

♭♭　――彩園寺更紗《さいおんじさらさ》②――

「――報告するわ、更紗ちゃん。四番区英明《えいめい》学園所属の7ツ星・篠原緋呂斗《しのはらひろと》は、依然として行方《ゆくえ》不明。クリスマスが明けた辺りから学園島《アカデミー》のどこにも姿を現してないみたい」

……冬休みの最中《さなか》、まだ年が明けて間もない頃。

三番区桜花《おうか》学園の特別棟――通称〝大会議室〟の真ん中で、この学園の実質的なリーダーを任されている彩園寺更紗《あたし》は、誰にもバレないよう密《ひそ》かに苦い顔をしていた。

現在はいわゆる作戦会議中だ。新年早々に今年度最後の大規模《決闘《ゲーム》》こと〝期末総力戦〟のルールが開示されたため、学園内の有志で集まって簡単な打ち合わせをしておくことになった。そこで一通りのルールを確認し終え、他学区の動向を見ておこうというタイミングで真っ先に出てきたのが〝篠原失踪〟の情報だ。

スタンドマイクに顔を近付けた綾乃《あやの》先輩――三年生にして5ツ星ランカーでもある清水《しみず》綾乃先輩は、ほんの少し興奮気味な口調で続ける。

「事情は今のところ分かっていないわ。体調不良なのか、帰省でもしているのか……だけど病院を利用した形跡はないし、学園島《アカデミー》から出た記録もなし。どちらかと言えば、7ツ星の重圧に耐えきれなくなって放浪でもしてるんじゃないかって説が濃厚ね」

「……放浪、ですか」

「ええ。でも、そんなことはどうでも良くて……大チャンスだわ、更紗ちゃん！」

とん、っとテーブルに両手を突くようにして大きく身を乗り出してくる綾乃先輩。

倫理的な話をするならどう考えても〝ズレて〟いるものの、篠原《あいつ》がこれまでずっと一人勝ちしていたせいか、四番区以外ではこういった意見の方が完全に主流だった。

「今年度の初めに更紗ちゃんの色付き星《ユニークスター》を奪ってから、英明学園は破竹の勢いで勝利を積み重ねているわ。だけどそれは、あくまでも篠原緋呂斗の存在あってのこと。彼の才能や能力は私も認めているけど、7ツ星がいない英明《えいめい》学園なら――」

「――そこまでにしてくれますか？　綾乃《あやの》先輩」

一言《ばっさり》。

ここ数日の島内SNS《STOC》で何度も見たような主張にどうしても我慢できなくなり、気付けばあたしは目の前のマイクを引っ掴《つか》んで綾乃先輩の台詞《せりふ》を遮っていた。突然の暴挙に周りのみんながきょとんとした瞳を向けてくる。失言による窮地《ピンチ》……に見えないこともないけれど、この程度の失態を取り返せないようじゃ〝彩園寺更紗《さいおんじさらさ》〟は務まらない。

そんなわけで、あたしはあくまでも〝桜花《おうか》の絶対的エース〟として、手入れに膨大な時間が掛かる豪奢《ごうしゃ》な赤の長髪を掻《か》き上げながら不敵な声音で続ける。

「違います、篠原《しのはら》なんかいてもいなくても関係ありません。私たち桜花は、去年の学校ランキング第一位――そして、今年もそうなるんです。それも圧倒的な大差で」

「！　〰〰〰っ、ええ！　そうね、その通りね更紗ちゃん！」

「はい。……ですから先輩、行方《ゆくえ》不明の学園島《アカデミー》最強なんて放っておいて、私たちは持てる限りの力を尽くしましょう？　強豪は英明だけじゃありませんから」

議論をすり替えるような言葉で会話を着地させつつ、あたしは密《ひそ》かに息を吐く。

綾乃先輩のおかげもあって〝彩園寺更紗〟としての体裁は取り繕えたものの……今の発言は、どう考えても綺麗ごとだ。学園島《アカデミー》が発足してからの二十数年間、7ツ星が不在のまま期末総力戦に突入した年なんて、一度もない。そして当の期末総力戦では、各学区における〝エース〟の存在がいつも以上に重要な役割を果たすことになる。……ここまで揃《そろ》っていれば答えは一つだろう。英明学園を追い落とすべきは間違いなく〝今〟だ。

（分かってる……あたしだって、桜花を率いる立場なんだから本当は真っ先に英明を叩《たた》かなきゃいけない。でも、そんなことしたら篠原が――じゃなくて、英明が負けたら篠原の色付き星《ユニークスター》が奪われて、同時にあたしの嘘《うそ》もバレるんだから。だから、あたしが焦《あせ》るのは当然のことだわ。別に篠原のことなんか全然心配じゃないけれど……）

……約束、したはずなのに。

絶対に負けないって、そう言ってくれたはずなのに。

「っ……」

心の中に渦巻く色々な感情を抑え込みながら小さく首を横に振る。……ダメだ、今はこんなことを考えていられるような状況じゃない。少なくとも桜花にとっては最高の風向きなんだから、綾乃先輩みたいにニコニコしているのが当たり前だ。むしろ、ここで悲しげな表情なんか浮かべていたら変な目を向けられてしまう。

そんな風に思い直して、あたしは静かに顔を持ち上げる――と、その瞬間だった。

（……え？　あの子……）

大会議室の片隅で暇そうに端末を弄《いじ》っている彼女の姿を見つけて、あたしはぱちくりと目を瞬《まばた》かせた。……見知らぬ相手、なんてことはもちろんない。普段は全く学校に通っておらず、公式《決闘《ゲーム》》の類《たぐい》にも参加していない……それでも彩園寺更紗《あたし》にとってはある意味で最も関係が深く、替え玉の嘘を部分的に共有している〝身内〟の一人。

その名も、泉小夜《いずみさよ》という。

「ん……」

何故《なぜ》か楽しげな表情でツインテールを揺らしている小夜の姿を遠目に見ながら、あたしはじっと思考を巡らせ始める。ユキから連絡を受けて約一週間、《ヘキサグラム》の残党や《アルビオン》を調査してみたけれど何の情報も出てきていない。ただ、あたしにはもう一つだけ微かなアテがあった——それこそが、他でもないあの子たちだ。

泉夜空《よぞら》と泉小夜。

あの二人の〝忠誠心〟は、あたしから見ても相当なものだ。彩園寺《さいおんじ》家を守るためならきっと何でもする……となれば、8ツ星に手を掛けた篠原《しのはら》を無理やり潰す可能性はあるんじゃないか？　誘拐だって厭《いと》わないんじゃ？　そんな疑念は、実を言えば何日か前から確かに頭の中にあった。外部犯に限らないなら充分以上に有り得る話だろう。

(まあ、今は単なる想像に過ぎないけれど……とりあえず、調べてみる価値はありそうね)

そんなわけで——。

黙って待つのが苦手なあたしは、とにかく〝捜査〟を始めてしまうことにした。

LNN -Librarian Net News- 号外

学園島最強の失踪！？

四番区英明学園所属・篠原緋呂斗——言わずと知れた７ツ星の学園島最強。数々の大規模《決闘》を華々しい勝利で飾ってきた彼が、なんと去年の末頃から姿を消しているという衝撃の情報を入手したにゃ。ワタシこと風見鈴蘭もまだまだ混乱中にゃけど、《ライブラ》記者の使命としてまずは速報記事をお届けするにゃ……！

事件か？事故か？あるいは…？

７ツ星・篠原緋呂斗くんの所在が分からなくなったのはほんの数日前のことにゃ。その知名度からどこを歩いていても島内SNSに写真がアップされるのが通例なのに、クリスマスを過ぎた頃からその手の投稿がぱったり止まっているにゃ。そして、つい最近ルールが開示された〝期末総力戦〟にも未だエントリーしていないことが判明…これが〝失踪〟と題した要因にゃ。

期末総力戦への影響

みんなも知っての通り、３学期を丸ごと使った大規模《決闘》こと期末総力戦はあと数日で幕を開けることになるにゃ。７ツ星が不在となれば前代未聞……ルールの関係上、学校ランキング１位をひた走る英明学園は非常に厳しい戦いを強いられることになりそうにゃ。

情報提供求ム！

この記事はあくまでも〝速報〟にゃ。篠原くんの所在については《ライブラ》も調査中にゃから、何か情報を持っている人がいたらぜひぜひ連絡して欲しいのにゃ！

第三章　難攻不落の【管理者】

＃

――学園島《アカデミー》の地下に広がる牢獄《ろうごく》内のとある一室。

妖精《カグヤ》によって〝C区画〟と名付けられたエリアにて、激しい戦闘が行われていた。

『ストーカーさんは、そろそろ諦めた方がいい……何回来ても、一緒。大人しく、部屋で寝てるべき……まだ気付かないの？　《決闘《ゲーム》》攻略なんて、時間の無駄……』

俺の対面で鞭《むち》のような武器をしならせ、ついでに帽子の鍔《つば》をくいっと持ち上げてみせるのは、他でもない【管理者】型の看守ＡＩだ。仮想拡張現実《VAR》機能によって俺の記憶の中にある人間の容姿やら性格やらを好き勝手にコピーする特殊な看守。中でも優先してピックアップされるのは、俺が〝強い〟と感じているプレイヤーだけらしい。

牢獄が平面状に広がっているため〝C区画〟に相当する部屋も複数あり、攻略ルートによって対峙《たいじ》する相手も変わるのだが、今回俺の前に立ち塞がっているのは水色のショートヘアをさらりと揺らす気怠《けだる》げな少女――《凪《なぎ》の蒼炎《そうえん》》こと皆実雫の見た目を持った【管理者】だった。少なくとも、五感を操作されている俺には本人にしか見えていない。

「……くそっ」

ただ、今は見知った顔に出会えた安心感よりも焦燥感の方がよっぽど強かった。何しろ俺がC区画に到達したのはこれが一度目や二度目というわけじゃない。初めてこの部屋でゲームオーバーになってから数日間、B区画までは安定して抜けられるようになったものの、俺はまだ一度も【管理者】型を突破できていなかった。

『む。逃げないで……ちゃんと、わたしに負けて。引き分け、禁止……』

眠たげなジト目をこちらへ向けて静かに歩み寄ってくる偽皆実《にせみなみ》。

彼女がひたすらに距離を詰めようとしてくる理由は簡単だ。【管理者】型の看守ＡＩは俺に三秒間触れ続けることで拘束完了、すなわちゲームオーバー状態に追い込むことができる。接近すればするほど彼女にとって有利な間合いになる、というわけだ。

「……逃げるに決まってるだろうが。相手が皆実《おまえ》ならなおさら、な」

だからこそ俺は、じりじりと後ろに下がりつつ制服のポケットからとあるモノを取り出すことにした。それは、いわゆる〝電源コード〟というやつだ。部屋の家電に付随していたコード類を何本か適当に拝借してきた。もちろん単なる戯れというわけじゃない。何せこの牢獄には、要素《ピース》の操作という少しばかり特殊な物理法則が存在する。

「ってわけで――あいつに向かって思いっきり〝伸〟びろ！」

全力の投擲《とうてき》。

電源コードの一端を固く握り締めた俺は、もう一方の端を皆実（偽）に向かって思いきり投げつけていた。俺と彼女との距離は目算でざっと十五メートル。普通なら届くはずもないが、当のコードは空中でみるみるうちに長さを増し、ヒュンッと投げ縄のような軌道を描きながら彼女の被《かぶ》る帽子目掛けて飛んでいく。

そう——実を言えばあのコードは、カグヤに課された第三のミッション【《管理者》型看守AIを撃破せよ！】をクリアするべく用意した〝武器〟だった。何の変哲もない電源コードに《伸》の要素《ピース》を付与することで、射程を何倍にも引き延ばしている。

『ふ……こんなの、当たるわけない。幼稚園児、レベル……』

そんな攻撃を軽々と躱《かわ》し、ゆるゆると首を振ってみせる偽皆実《にせみなみ》。彼女たち【管理者】型は単に見た目を模倣《コピー》しているだけでなく、俺の記憶から該当プレイヤーの〝強さ〟すらも真似《まね》ているらしい。故に、偽皆実が強敵になるのは当然と言えば当然だろう。

ちなみに——彼女の容姿は間違いなく〝皆実雫《しずく》〟の完全コピーだが、服装だけはその限りじゃなかった。以前の偽秋月《あきづき》が着ていたのと同じ軍服のような漆黒の服。厳《いか》めしいデザインではあるものの、ところどころに入った青色のラインが皆実らしさを表している。頭には看守らしく鍔《つば》付きの膨らんだ帽子を被っており、右手には鞭《むち》のような武器を、腰の辺りには手錠やら拘束具なんかをじゃらりと剥《む》き身でぶら下げている。

「……ふぅ……」

それらをじっと眺めながら、小さく一つ息を吐く俺。

改めて確認しておくが……別に、俺は彼女を痛めつけようとしているわけじゃない。戦闘とは言っても相手にダメージを負わせるつもりは毛頭ない。何せ《E×E×E》《クロス・イー》では全ての看守に〝無力化条件〟が設定されており、それを満たすだけで自動的に相手を行動不能に追い込むことが出来るからだ。たとえば【撮影機】型の看守なら単に〝触れる〟ことが、【猛獣】型なら〝尻尾《しっぽ》を掴《つか》む〟ことが無力化のキーになっていた。

そして、彼女たち【管理者】型の無力化条件は――所持品を一つ奪うこと。

（これがなあ……）

頭の中でルールを振り返りつつ、俺は思わず溜《た》め息《いき》を零《こぼ》しそうになる。

いや……まあ、最初は妥当というか順当な条件だと思っていた。服やらアクセサリーを奪うのは当然ながら難しいにしても、【管理者】型の看守AIは〝帽子〟やら〝武器〟やら〝手錠〟やら、見て分かる範囲だけでも色々な所持品を身に着けている。不意を打つことでそれらを奪い取ることは充分に可能だろう、と高を括《くく》っていた。

――けれど、

【看守――種別：管理者】

【所持要素《ピース》一覧：《視》《考》《憶》《捕》《遠》《育》《倣》】

（強すぎるんだよ、こいつら……！）

視界のウィンドウにポップアップ表示されている【管理者】型看守ＡＩの性能《スペック》を眺めながら、俺は微《かす》かに頬を引き攣《つ》らせて内心でそんな悪態をつく。

そもそもこの《Ｅ×Ｅ《クロス・イー》》において、看守や罠《わな》——すなわち泉《いずみ》姉妹が操る〝防衛ユニット〟の価値は設定されている要素《ピース》の総数、ひいてはコストによって表現される。最弱の看守である【撮影機】が要素《ピース》一種でコスト１、次の【猛獣】が要素《ピース》三種でコスト９だったのに対し、このＣ区画を守る【管理者】型看守ＡＩの所持要素《ピース》は七種類、配置コストは驚異の49だ。プレイヤーの動きを追う《視》や泉たちからの遠隔指示を受け取る《遠》なんかはシステム的な効果に過ぎないが、その他の要素《ピース》があまりに厄介すぎる。

何せ——【管理者】型の看守ＡＩは自ら〝考〟えて行動し、プレイヤーの行動やら作戦を一度見ただけで完璧に〝憶〟え、俺の記憶にある強力な誰かの動きを模〝倣〟し、さらにはそれらを基にひたすら〝育〟っていくんだから。

「ッ……」

だからこそ小手先の技なんか通用するはずがないし、奇抜なトリックを使って出し抜いたところで次回の攻略時には対応されている。実際《伸》を用いた攻撃だって、最初はもう少し効果があったんだ。けれど、今となっては歯牙にも掛けられない。

『——むむむ。あの、今回は諦めて撤退しませんか、篠原《しのはら》さん？』

そんな俺に後ろ向きな提案をしてきたのはサポート用AIことカグヤ（妖精）だ。彼女はオーロラのヴェールをはためかせて俺の頭上をひらひらと舞いながら、絹のような金糸をさらりと流して気遣うような声を掛けてくる。

『これ以上粘るのは分が悪いです。もしかしたら、睡眠時間が足りていないのが原因なのかもしれませんよ？　ふふっ、良かったらわたしが子守唄を歌って差し上げます』

「……別に、眠いわけじゃないって。子守唄なんか必要ない」

『もう、意地を張り過ぎですよ篠原さん？　わたし、篠原さんのお身体《からだ》が心配です』

「そうかよ、そいつは悪かったな。けど、とりあえずまだ武器《コード》は残って――!?」

『――ストーカーさんに、忠告。あまりにも、隙を見せすぎ……言語、道断』

最後の一撃をお見舞いするべく俺がポケットに手を突っ込んだ瞬間、対面に佇《たたず》んでいた偽皆実《にせみなみ》がくいっと足を動かすのが見えた。そんな彼女の足に絡まっているのは、先ほど俺が投げたばかりの電源コードだ。《伸》の要素《ピース》を組み込んだ特注品。奇襲が失敗に終わったためこちら側の一端は既に手放しており、それが俺の足元に転がっていた。

唸《うな》るような風切り音と共に、凄《すさ》まじく長いそのコードが勢いよく俺の足にぶち当たる。

「っ……」

言葉通り足元を掬《すく》われてあっという間にバランスを崩す俺。

軽々と放り投げられた身体《からだ》をふわりと受け止めてくれたのは、他でもない偽皆実《にせみなみ》で。

『一、二、三。……タイムアップ。今回も、わたしの勝ち……連戦、連勝』

──【管理者】型看守AIによる拘束条件達成。

こうして俺は、通算十二回目のゲームオーバーを突き付けられることと相成った。

＃

『むぅ……何と言いますか』

それからちょうど一時間後。

白い部屋で再び目覚めた俺の眼前で、カグヤが清楚《せいそ》かつ上品な困り顔を浮かべていた。

『もしかして、篠原《しのはら》さんは【管理者】さんたちに気があったりするのでしょうか？　今回の方もとっても可愛《かわい》らしかったですし……だから何度も捕まっている、とか？』

「……どうやったらそう見えるんだよ。本人ならともかく【管理者】《あいつら》は単なるコピー人格だし、それにもし気があるんだとしたら全力でいいとこ見せるに決まってるだろ」

『！　なんと、篠原さんはヒーロー気質な殿方だったのですね。とっても素敵だと思います。ただ……一応訊《き》いておきたいのですが、それは〝無力化されて意識を失った看守さんたちにあんなことやこんなことをしたい〟という意味では……？』

「絶対にないから安心してくれ」

不名誉な濡れ衣《ぎぬ》を着せられないよう明確な否定を返しつつ、俺はゆっくりとベッドから起き上がった。続けて日課のように傍《かたわ》らの端末を覗《のぞ》き込む。……現在の日時は一月十一日水曜日、午後一時半。地上ではつい二日前に期末総力戦が開幕してしまった。途中参加のエントリー締め切りまではあと二十日を残すばかりだ。

そんな現実を改めて受け止めながら、俺はリビングにある革張りのソファへと移動することにした。もちろん一刻も早くクリアしたいところだが、焦《あせ》って捕まっていては意味がない。強制送還《リスポーン》の回数を減らすためにも少しだけ頭を整理したかった。

「……これまで十日以上かけて、A区画とB区画――牢獄《ろうごく》の最序盤はどうにか安定して抜けられるようになったと思う。特に、A区画はもう作業ゲーみたいなもんだ」

『ふふっ、そうですね』

天使みたいなヴェールと金糸を揺らしてふわりと俺の肩に降り立つカグヤ。

『A区画はそもそも【撮影機】さんしか配置できない安全地帯でしたが、篠原さんの攻略ルートがバレてしまうと泉《いずみ》さんによって牢獄内の【管理者】さんたちが一つの部屋に集められ、C区画が〝突破不可能〟な状態になってしまっていました。そのため、本格的な攻略を始める前に、まずはスタート地点周りの【撮影機】さんを全て〝無力化〟する……これなら篠原さんの居場所は絶対にバレません。高い場所に設置されていた【撮影機】さんたちも、要素《ピース》の操作によって簡単に手が届くようになりました』

「ああ。だから時間は掛かるけど……俺がゲームオーバーにならない限り途中でこの部屋に戻ってきても要素《ピース》操作の状況がリセットされない、ってのは大発見だったな。これなら準備万端になるまでいくらでもA区画をフラフラできる」

『そうですね。ちなみにそれ、気付いたのはわたしです。偉いですか？』

「めちゃくちゃ偉いよ、本気でな」

羽衣紫音《はごろもしおん》の人格をベースにしているというだけあってとてつもなく頼りになるサポート用AIことカグヤ。泉《いずみ》たちがその存在に全く触れないところを見るに、やはり彼女は羽衣紫音によって秘密裏に《E×E×E《クロス・イー》》へと組み込まれたシステムらしい。そんなことを考えながら、俺は冗談めかした口調で心からの称賛を送っておく。

「で、次のB区画。……【猛獣】型に関しては、こっちも《速》の要素《ピース》を持ってれば普通に対処できることが分かった。俺が速くなってるっていうよりは、あいつらを遅くすることで相殺してるんだろうな。まあ、要素《ピース》が見つかるまでは苦労したけど……」

『テレビは偉大ですね。倍速、三倍速、五倍速……ふふっ、要素《ピース》が抽出し放題です』

「だな」

モニターから抽出した《速》の要素《ピース》を俺自身に付与することで【猛獣】型の看守はそこそこ簡単に突破できるようになった。もちろん、他にも対処方法はいくつかある。仕掛けられている罠《わな》も初級編といったところだし、今となっては恐れる必要もない。

「……だけど、C区画に入るといきなり難易度が跳ね上がるんだよな」

嘆息交じりにそう言って俺は右手をそっと口元へ遣《や》る。

C区画――スタート地点であるこの部屋から三つ扉を抜けた先にあるエリア。A区画やB区画と違って入り組んだ通路が展開されているわけじゃなく、広めの部屋が一つだけというシンプルな構造になっている。交戦が始まると他の看守が入ってこられないが、代わりに相手を無力化するまで外に出ることもできない〝決戦仕様《ボス》〟の区画だ。

そして、そんな場所で俺を待ち受けている【管理者】型が厄介なことこの上ない。

「最初は《速》がない分【猛獣】型より対処しやすいと思ってたけど、やっぱり学習能力が高い敵ってのはめちゃくちゃ面倒なんだな。生身の人間を相手にしてるのとほとんど変わらない……っていうか、他の要素《ピース》のことも考えればそれより手強《てごわ》いくらいだ」

『ふふっ。それについては、篠原《しのはら》さんがとっても強力な高ランカーの方ばかりを想定しているのが悪いような気もしてしまいますが』

「……悪かったな。別に狙ってるわけじゃないんだけど」

『冗談です。確かに《倣》の要素で実行される〝模倣能力〟も厄介なのですが、それがなくても【管理者】さんは強敵なんですよ？　《E×E×E《クロス・イー》》自体はまだまだ序盤のはずですが、あの方々はいわゆる中ボス……もしくは小ボスのようなものでしょうか』

「あれだけ強いのに中ボスですらないのかよ」

『はい、この牢獄《ろうごく》はとっても広大ですから。……というわけで、やはり意表を突くしかないでしょうね。高い思考能力を持つ【管理者】さんを倒すためには、まだあの方々に見せていないような〝とっておきの方法〟で所持品を奪わなくてはいけません』

「まだ見せてないやり方、ね……」

楽しげなカグヤの発言を受けてさらに思考を巡らせる俺。

これまで、俺が《E×E《クロス・イー》》内でゲームオーバーになった回数は十二回——たかが十二回、されど十二回だ。もちろん毎回それまでとは違う作戦やら攻撃手段を持ち込んではいるわけで、そろそろノータイムでは案が浮かばなくなってきている。

（あいつら【管理者】型は《憶》の要素《ピース》を持ってるから、俺が一回でも使ったことのある戦法に関しては完璧に対応してくる……その代わり、初めて見せる戦い方には確かに多少は翻弄されてくれる。だからここは、なるべく惜しまずにいきたいんだよな。二つか、理想としては三つ以上……いくつかの策を囮にして確実に〝本命〟を通す）

要はフェイントを仕込む、ということだ。それも適当な策を並べるわけじゃなく、いずれも【管理者】にはまだ見せていない〝採用レベル〟の案を単なる囮《おとり》として使う。もちろんそれらは全て一回限りで使い物にならなくなってしまうわけだが、とはいえ要素《ピース》の組み合わせなんて無限に近いほどあるんだ。試してみる価値はあるだろう。

（一応、使えそうな作戦はあと二つ残ってるから……早いところ〝もう一押し〟になるような策を見つけないとな）

『というか……篠原《しのはら》さん、篠原さん。作戦会議も重要ですが、先にお食事を取ってはいかがですか？　夜空《よぞら》さんが来てくれていたみたいですよ』

「え？　……ああ、本当だ」

ひらひらと舞うカグヤの背中を目で追って、そこで初めてダイニングテーブルに乗せられていたトレイの存在に気付く俺。どうやら俺が〝牢獄〟へ挑んでいる間に泉《いずみ》夜空がこの部屋を訪れていたらしい。添えられた手書きのメモには〝今日のお昼ご飯です。あまり無理をしないでくださいね〟と綺麗《きれい》な文字でメッセージが記されている。

『……優しさなのか、じっとしていろという意味なのか……難しいところですね』

「まあな。けど、確かに腹は空《す》いてる」

苦笑交じりに言いながらダイニングの椅子に腰を下ろす。

テーブルの上に用意されていたのは麻婆《マーボー》豆腐と大盛りの白いご飯だった。ツンと辛そうな匂いが一気に食欲を刺激する。傍《かたわ》らにはスパイスの類《たぐい》も並べられており、味の調整も大胆なアレンジも自由自在だ。そしてそもそも、泉夜空は充分以上に料理が上手《うま》い。

相変わらず豪華なメニューを見て、俺の肩に乗ったカグヤがむぅと唇を尖《とが》らせる。

『美味《おい》しそうですね。この時ばかりは篠原さんが羨ましいです……わたしがちょっと高性能なだけのＡＩでなければ喜んでご一緒させていただいたのですが』

「悪いな。カグヤに《食》の要素《ピース》でも付与すれば味覚が生まれるかもしれないけど、一歩間違えば〝食べられる側〟になっちまいそうだ。……うん、辛くて美味《うま》い」

レンゲを使ってひき肉と豆腐をまとめて口の中に放り込む俺。ピリピリと痺《しび》れるような山椒《さんしょう》の旨味と癖になりそうな辛さが舌を覆って――

「……って」

そこで、俺はふとあることに思い至って食事の手を止めた。……これは、もしかしたら使えるかもしれない。先ほど思い描いていた〝三段構え〟の作戦。この要素《ピース》なら、本命を隠して押し通すためのブラフにはぴったりかもしれない。

『……？　どうかしましたか、篠原《しのはら》さん？　まさか毒でも入っていたのでしょうか？』

「だとしたらもっと苦しそうにしてるっての。そんなんじゃなくて……やっと完成したかもしれないんだよ。第三のミッ、ミッ、ミッションをクリアするための方法が、さ」

不思議そうに首を傾《かし》げるカグヤに不敵な笑みを返しつつ。

俺は、上機嫌のままに残りの麻婆《マーボー》豆腐と白ご飯をガツガツと掻《か》き込んだ。

＃

――その日の夜。

A区画の【撮影機】を予《あらかじ》め黙らせておいた俺は、改めて〝牢獄《ろうごく》〟の攻略を開始した。

カグヤとも話した通り、序盤の攻略方法については既にそこそこ手慣れている。B区画に点在している〝落とし穴〟は部屋から持ってきたシーツに《硬》の要素《ピース》を付与することで反応すらさせず、悠々とした足取りで通過。そうやって穴を渡り切った辺りで、今度は自身の制服に《遮》の要素《ピース》を付与してやる。

この《遮》というのは、基本的には牢獄内の扉に組み込まれている要素《ピース》だ。音と匂いに敏感な【猛獣】型の看守だが、捕捉されていない限りは扉を抜けてまで襲ってくるようなことはない——これは、扉に付与されている《遮》の要素《ピース》が音やら匂いを貫通させない性質を持っているからだ。だからこそ、視覚的な能力を持たない【猛獣】型は《遮》だけでおおよそ完封することができる。まあ、正確には〝音〟と〝匂い〟の他にもう一つ防げるモノがあるのだが、それはネタ晴らしの瞬間まで伏せておくことにしよう。

……と、いうわけで。

『えへへ。また来てくれたんだ、お兄ちゃん。今日もいっぱい遊ぼうね！』

探索開始から約二時間——俺は、十三回目の突入となるC区画に辿《たど》り着いていた。

A区画の【撮影機】を丁寧に無力化してきたおかげで、目の前にいる【管理者】型の看守は一人だけ。その見た目は《カンパニー》が誇る天才中学生こと椎名紬だ。ぶかぶかの黒服にぶかぶかの帽子、手に持っているのは魔法のステッキか何かだろう。鮮やかな漆黒と深紅のオッドアイが楽しげにこちらを見つめている。

（よし……）

ここで偽椎名《にせしいな》のルートを選んだのは意図的なものだった。既に散々思い知らされている通り、彼女たち【管理者】は《倣》の要素《ピース》によって〝俺の記憶の中にいる誰かしら〟の容姿や性格、強さまでも完璧に模倣してくる。よって基本的には5ツ星以上の高ランカーばかりが選出されるのだが、椎名も《アストラル》や《MTCG》で対峙《たいじ》しているためか強敵の扱いになっているようだ。とはいえ、秋月《あきづき》や皆実《みなみ》に比べればずっと戦いやすい。

さらに、

『って……あれ？　お兄ちゃんお兄ちゃん、その子どうしたの？』

俺の右側、正確には右下の辺りに視線を向ける偽椎名に、俺はニヤリと笑みを返す。

そう——実を言えば、俺は決戦の地であるこのC区画に単身で乗り込んできたわけじゃなかった。もちろんそれはサポート用AIであるカグヤがいる、というだけの意味じゃない。しっかりと《決闘《ゲーム》》に干渉できる〝戦力〟を引き連れてきている。

それこそが、こいつ——

『グルルル……!!』

——獰猛《どうもう》な大型犬の姿を持つ【猛獣】型の看守AI、だ。

「ハッ……どうだ？　ちょっとは意外だっただろ」

威勢よく唸《うな》る【猛獣】の頭を撫《な》でながら、俺は頬を緩めてそんな言葉を口にする。

「撃退されてばっかり、ってのも癪《しゃく》だからな。今回は〝仲間〟を連れてきたんだよ」

『仲間って……え～、ズルいよお兄ちゃん！　その子、わたしの手下だもん！　魔界を一瞬にして灰に変える〝ティンダロスの猟犬〟ちゃん！』

「物騒な名前とエピソードだな、おい……ま、確かに元々はお前らの仲間だったんだと思うぜ？　だけど、この《E×E》《クロス・イー》では性能やら特徴だけじゃなく〝所属〟すらも要素《ピース》で決まる――だったら簡単な話じゃねえか。《懐》の要素《ピース》さえあれば、こいつが俺の脱獄を阻む看守だろうが何だろうが問答無用で手懐けられるってわけだ」

――そう。

俺の隣で従順にこちらを見上げている【猛獣】型の看守ＡＩは、何もバグや不具合で俺に従っているわけじゃない。部屋にあった〝けん玉〟から抽出した《懐》の要素《ピース》――最新ゲーム機の隣に置いてみた途端に〝懐かしい〟が最大の特徴になったらしい――を組み込むことで、後天的に〝俺の仲間〟だという設定が付与されている。

「これで二対一、だな」

『む、むむ……でもでも、それくらいの戦力じゃわたしには勝てないよ？　なんたってわたし、魔界を統べる王様だもん！　わたしの【魔眼】に掛かれば、その子だってお兄ちゃんだって簡単に寝返っちゃうんだから！』

「そうか？　ならやってみろよ」

挑発するようにそう言って、俺は【猛獣】型看守AIの背中をそっと押す——刹那、規格外の体格を持つその犬はまるで弾丸のような速度で偽椎名《にせしいな》へ向かって走り始めた。元々持っていた《速》の効果を遺憾なく発揮して、みるみるうちに距離を詰める。

『わわわ、速い速い！　……でも、あなたのご主人様はわたしの方っ！』

けれどそれでも、偽椎名は全くと言っていいほど怯《ひる》む様子を見せなかった。嬉《うれ》しそうな笑顔のまま【猛獣】型の接近を待ち構え、ぶかぶかの刑務官服を咥《くわ》えられるのとほぼ同時に、身体《からだ》ごと両手を伸ばしてそいつの尻尾を掴《つか》みに行く。同じ看守として【猛獣】型の無力化条件くらいはもちろん把握しているのだろう。細い指先が【猛獣】型の尻尾《しっぽ》にちょんっと触れた瞬間、もふもふの大型犬が『きゅう……』とその場にうずくまる。

——直後、

『んにゃっ!?』

突如として空間を引き裂いた悲鳴のような声……それは、他でもない偽椎名が零したものだった。彼女は【猛獣】の尻尾を掴んだと同時にびくんと大きく身体を跳ねさせ、そのまま——まるで大型犬の隣に寝そべるように——こてんと床に倒れ伏す。

そんな彼女の姿を見て、俺は微《かす》かに口角を持ち上げた。

「迂闊《うかつ》に触るのは早計だったな、椎名。その【猛獣】型は、元々持ってた《掴》を取り除いて、代わりに《懐》と《痺》を付与してあるんだ。触ったらしばらく動けないぜ」

『《痺》……そ、そんなのどこで……？』

「あー……何ていうか、ちょうどいいスパイスがあったんだよ」

人差し指で頬を掻《か》きながら偽椎名との距離を詰める俺。……漆黒と深紅のオッドアイはとろんとした瞼《まぶた》でほとんど隠れ、さらさらの黒髪が頬やら首筋やらをくすぐっている彼女だが、とはいえ《E×E×E《クロス・イー》》のルール的にはまだ〝機能停止〟したわけじゃない。【管理者】型の看守を無力化するには、所持品を何か一つ奪い取る必要がある。

その辺りで、肩の上のカグヤがこそっと俺に耳打ちしてきた。

『ええと……篠原《しのはら》さん？　他の【管理者】さんならともかく、この方の服を脱がすのはいけないことですよ？　わたし、法律にはちょっとだけ詳しいんです』

「いや、相手が誰でもダメに決まってるだろ……奪うのは武器か何かで充分だって」

『なるほど、お楽しみは相手の武力を完全に奪ってからということですね。ふふっ……さすが篠原さん、とっても思慮が深いです』

「…………」

冗談めかしてそんなことを言うカグヤに抗議のジト目を向けながら、俺は足を進めて偽椎名の真横に辿《たど》り着く。そうして彼女の隣にしゃがみ込もうとした、瞬間。

『――ふふん！　なーんて、ね！』

ぱちっと大きく目を開けた偽椎名《にせしいな》が、すぐ隣まで近付いていた俺の足をがばっと両手で掴《つか》んできた。細くか弱い彼女の腕はどう見ても非力だが、しかし彼女は〝椎名紬《つむぎ》〟ではなく【管理者】型の看守AIだ。力任せに振《ふ》り解《ほど》くことなど到底できない。

漆黒と深紅のオッドアイを輝かせた椎名は嬉《うれ》しそうな声音と表情で続ける。

『飛んで火に入る夏の虫だよ、お兄ちゃん！　わたしは魔界の王だから、ちょっとビリビリしたくらいで動けなくなったりしないもん。えっへん、またわたしの勝ち！』

「――……ああ、そうだな」

『？　何で驚かないの、お兄ちゃん？　っていうか……あれ？　もう三秒以上経ってるはずなのに、何でゲームオーバーにならないの……？』

さらさらの黒髪を揺らしながら不思議そうな声を零《こぼ》す偽椎名。

まあ、その疑問はもっともだろう――彼女が半ば抱き着くような体勢で捕まえているのはプレイヤーである俺の右足。もちろん制服のズボン越しではあるが、これまでの経験から【管理者】型の看守による〝拘束〟判定は衣服を貫通することが分かっている。だとしたらとっくに強制送還《リスポーン》処理が発生していないとおかしいタイミングだ。

ただ、

「悪いな、椎名……今回はそこまで織り込み済みなんだ」

――《遮》には〝接触〟を防ぐ効果が含まれるため、当然そんなことは起こらない。

「っと……」

高い学習能力を持つ【管理者】にわざわざ種明かしをしてやる理由もないため、俺は微《かす》かに口元を緩めつつその場で腰を屈《かが》めると、彼女がずっと持っていた魔法のステッキ（みたいな何か）を丁重に掠《かす》め取《と》ることにした。武器が手を離れた瞬間、ぽかんと口を開けていた偽椎名は『ぁ――』とだけ力ない声を零してがっくりと機能を停止する。

そう、すなわち――【管理者】型看守AIの無力化成功。

都合十三回目となる〝脱獄〟トライにして初めての白星、いや大金星だ。

『ふふっ……おめでとうございます、篠原《しのはら》さん』

最後の攻防に巻き込まれないよう避難していたカグヤがひらひらと肩に降りてくる。

『ようやく雪辱を果たすことが出来ましたね。わたし、まだドキドキが止まりません』

「だな。ま、勝率にしたら一割以下だけど……【猛獣】型看守の眷属《けんぞく》化に《痺》を使った仕込み罠《わな》、ついでに《遮》からのカウンター。これくらい全力で〝囮《おとり》〟を採用すれば【管理者】でも対応しきれないってことだ。次からはどんどん勝てるようになる」

『なんと……では、毎回これだけ複雑な手順を踏む、ということですか？　そのようなことをしていたら、いつか作戦が尽きてしまいそうですが』

「要素《ピース》が無限にあるんだからその辺はどうにでもなるだろ。こいつら【管理者】に設定されてる《考》とか《憶》なんて、こっちは生まれた時から持ってるんだから」

自分自身を鼓舞するつもりでそんな言葉を口にしながら、俺は偽椎名《にせしいな》の身体《からだ》をふかふかの【猛獣】型看守に預け、ついでにその肩へタタンっと指先を触れさせた。ずらりと並ぶ所持要素《ピース》の中から、とりあえず《育》を抽出してみる。

「ようやく【管理者】に勝てるようになったことだし、これからはこの辺の要素《ピース》も色々と試してみなきゃいけないけど……ま、今回は何となく経験値が溜《た》まりそうなやつで」

『はい、素敵な選択だと思いますよ？　《E×E×E》《クロス・イー》は無限リトライ制なので、いくら看守さんを無力化しても篠原《しのはら》さんのレベルが上がることはありませんが』

「期待くらいさせてくれっての」

苦笑と共に肩を竦《すく》めつつ、部屋の奥へと歩を進める俺。

C区画は入り組んだ通路の類《たぐい》を一切持たない、ただただ大きな部屋が一つあるだけのエリアだ。いわゆる〝決戦仕様《ボス》〟の区画。故に、そこを守護する【管理者】型の看守ＡＩを無力化することで初めて次の扉――D区画へと繋《つな》がる扉を開けることが出来る。

オーロラのヴェールを揺らしたカグヤが嬉《うれ》しそうに言葉を紡ぐ。

『ふふっ……何にしても良かったですね、篠原さん。これで第三のミッションこと【《管理者》型の看守AIを撃破せよ！】も見事にクリアです。この勢いなら中央管制室《コントロールルーム》くらいあっという間に辿《たど》り着いてしまうかもしれませんよ？』

「だといいんだけどな。ちなみにカグヤ、次の目標……第四のミッションは何になる？」

『ん……そうですね』

ふむ、と滑《なめ》らかな金糸を揺らして考え込むカグヤ。

『少し先の話ですが、E区画にあたるエリアにとっても強い看守さんが配置されているみたいです。牢獄《ろうごく》全体の広さを考えれば、この方が本当の〝中ボス〟かもしれません』

「……なるほど。じゃあ、次はそいつを——……って、え？」

今後の攻略方針を話し合いながらガチャリと扉を開け放った、瞬間。

俺の視界に映ったのは、見慣れた白い牢獄——ただし〝何の変哲もない〟と形容するのは少しばかり難しかった。何故《なぜ》なら他でもなく、その天井がズガガガガッと凄まじい音を立てながら滑り落ちてきているからだ。いわゆる天井落下系のトラップ。落とし穴とまではいかないが、アクションゲームなんかじゃまあ定番には違いない。

もちろん《E×E×E《クロス・イー》》のことだから、実際に押し潰されるわけじゃなく仮想拡張現実《VAR》上での〝錯覚〟が発生するだけなのだろう。けれどそれでも、本能的な恐怖がぞくっと襲ってくる。それによって《硬》の付与がほんの一瞬だけ遅れてしまう。

（いや、マズ——）

『あ。……これは、もうダメですね』

カグヤの囁《ささや》き声がそっと鼓膜を撫《な》でたのを最後に。

凶悪な罠《わな》の餌食となった俺は、抵抗することもできずあっという間に意識を手放した。

【〃期末総力戦〃エントリー最終締め切りまで――残り十九日】

♭♭ ――姫路《ひめじ》白雪《しらゆき》&彩園寺《さいおんじ》更紗《さらさ》③――

一月十四日、土曜日。

姫路白雪《わたし》は彩園寺家のお屋敷に……もっと言えば、リナのお部屋にお邪魔していました。

もちろん（という枕詞《まくらことば》もどうかと思いますが）正式に招かれた客人、というわけではありません。今のわたしは〃偽りの7ツ星〃である篠原緋呂斗《しのはらひろと》様の専属メイド。三番区の方に見つかればスパイ扱いをされてしまうことでしょう。ですので今日は、かつて羽衣紫音《はごろもしおん》様が――すなわち〃本物の彩園寺更紗〃様がお屋敷を抜け出す際に使っていた裏道の一つをお借りしてここまで忍び込んでいるのでした。

「ん……」

豪邸と称して何一つ誇張のないお屋敷と、中でも際立って豪華なリナの寝室。

久しぶりに訪れたこの部屋に感慨深い気持ちがないわけではありませんが……残念ながら、今は思い出に浸っている暇なんてありませんでした。ご主人様が誘拐されてからは既に半月が、期末総力戦の開始からは一週間近くが経過しようとしています。

だからこそ――ベッドの縁に腰掛けたわたしは、さっそく〃本題〃を切り出しました。

「……ご主人様がいなくなったことについては、以前お伝えした通りです」

「ええ」

シンプルながら上質な椅子に座って小さく頷《うなず》くリナ。その拍子に、部屋の灯《あか》りをキラキラと反射する綺麗《きれい》な赤の長髪がわたしの前でさらりと揺れます。

「今もまだ見つかってない、って認識でいいのよね？」

「はい、その通りです。《カンパニー》でも捜索は進めているのですが……」

「手掛かりも何もない状況、なんでしょ？　あたしの方も同じよ。はっきり言って、ユキから聞いた以上のことは何も分かっていないわ」

「……そう、ですか」

思わず俯《うつむ》いてしまいます。学園島《アカデミー》の統治者である彩園寺家なら、わたしたち《カンパニー》が掴《つか》み得ない情報を持っている可能性も充分にありました。リナが〝分からない〟というのなら、ご主人様は本当の本当に雲隠れしてしまっているのでしょう。

ですが、そんなことを確かめるために来たわけではありません。

「実は……一つ考えていることがあるのです、リナ。知っての通り、ご主人様は負の色付《ユニーク》き星《スター》こと〝冥星〟の秘密に近付きました。言い換えれば、彩園寺家の地位を脅かしかねない立場に手を掛けました。今は単なる想像に過ぎませんが……この状況なら、動くのではないでしょうか？　彩園寺家の影の守護者が」

「……奇遇ね、ユキ。あたしもそう思っているわ」

こくり、と。

意外と言えば意外な話ですが、リナから返ってきた言葉は真正面からの肯定でした。

「彩園寺《さいおんじ》家を守る影の守護者、泉《いずみ》家——学園島《アカデミー》を不正な手段で乗っ取ろうとする相手を諫《いさ》めるための懐刀《ふところがたな》。それだけなら頼もしい存在なのだけれど、あの子たち……小夜《さよ》と夜空《よぞら》がかなりの〝過激派〟だってことはあたしもよく知っているわ。不正とか正当なんて関係なく、彩園寺家を脅かす相手ならとにかく問答無用で排除するでしょうね」

「それは……随分と好かれているのですね、リナ？」

「あたしは彩園寺家の一員なんかじゃないもの。……ま、替え玉のことは分かった上であたしに尽くしてくれるから、一途《いちず》な子たちではあるのだけどね」

庇《かば》うように言いながらリナはそっと溜《た》め息《いき》を吐《つ》きます。

「でもあの子たちは、あたしと篠原《しのはら》の関係なんか当然知らないわ。色付き星《ユニークスター》を六つも持っているあいつを彩園寺家にとっての〝敵〟だって認識してもおかしくない……今回の誘拐を企てた犯人だって可能性は正直かなり高いのよね」

「なるほど。……ちなみに、リナ個人の立場《スタンス》としてはどうなるのでしょうか？」

「もちろん、対外的には桜花《おうか》が期末総力戦に勝てるよう最善の努力を尽くさなきゃいけないわ。だけど実際、最悪なのは篠原が……というか、英明《えいめい》が《決闘《ゲーム》》に負けることよ。そうなったらあたしも一緒に破滅するだけなんだから」

右手でそっと頬杖《ほおづえ》を突きながらリナは物憂げな表情を浮かべます。……もし本当に泉家のお二人が誘拐の首謀者だった場合、実質的な〝雇い主〟である彩園寺家としては何かしらの後始末を付けなければならないのでしょう。本当に頭の痛くなるお話です。

ですが、それを考えるのはご主人様が戻ってきてからでも遅くはないはずでした。

「お二人がどこで何をしているのか、尾行やカメラなどで探れないものでしょうか？」

「ん……そうね、試してみてはいるのだけれど」

見惚《みと》れてしまうくらい豪奢《ごうしゃ》な赤色の髪がふるふると横に揺らされます。

「小夜も夜空も普通にお屋敷に帰ってくるし、普通に出ていくのよね。監視カメラにも妙な動きは映ってないわ。……一つだけ気になることがあるとすれば、いつも小夜か夜空のどちらかしか顔を見せないことかしら。二人揃《そろ》ってる瞬間が全くないの」

「さらに怪しさが増しますね」

ご主人様のように思考を巡らせながらわたしはこくりと小さく頷《うなず》きます。

「ただ……カメラに映っていないのだとしたら、いっそ地下くらいしか考えられませんが」

「────地下？」

そこで、わたしの言葉を聞いたリナが微《かす》かに眉を顰《ひそ》めて鸚鵡《おうむ》返しにそう囁《ささや》きました。リナは続けてそっと腕を組むと、紅玉《ルビー》の瞳をわたしに向けながら改めて口を開きます。

「そういえば……紫音《しおん》がまだ〝彩園寺更紗《さいおんじさらさ》〟だった頃に、学園島《アカデミー》の地下を使った巨大《決闘《ゲーム》》が開発されたって話を聞いたことがあるわ。当時は何度かイベント戦で使われていたそうだけれど、運営コストが掛かり過ぎて封鎖されることになったとか」

「一体どんな技術を使っているのでしょうか……」

「詳しいことはあたしも知らないわ。でも、その管理をしているのが泉家《いずみ》だったはず」

「……なるほど」

リナの補足にようやく得心して頷《うなず》くわたしです。……少なくともわたしの目からは、全ての辻褄《つじつま》が合っているように思えました。地下にいるのなら通信が届かないのも当然と言えば当然ですし、ご主人様が島内のあらゆるカメラに映らないのも当たり前です。おそらくは、泉様たちの自室から地下へと繋《つな》がる直通のルートがあるのでしょう。

「だとしたら、余計に厄介なことになってしまいますが……」

「そうね。……でも、対抗策がないわけじゃないわ」

紅玉《ルビー》の瞳を好戦的に輝かせながら不敵に笑うリナ。ちなみにですが、こういう時のリナはイカサマモードのご主人様と同じくらい頼もしくて格好いいです。

わたしの前で二本の指を立てながら、リナは意気揚々と言葉を続けます。

「必須のタスクは二つ。まず一つは、あの子たちの口を割らせること……篠原《しのはら》の誘拐は泉家の独断行為だから、あたしが異議を唱えれば無視はできないはず。だけど、隠されたらお終いだもの。決定的な証拠を掴《つか》んで、そのまま地下まで案内してもらうわ」

「確かに、それが理想ではありますね。……では、もう一つのタスクというのは？」

「さっきも言った通り、小夜《さよ》と夜空《よぞら》は彩園寺家を守ることに一途《いちず》すぎるのよ。仮にあたしが介入したとしても、罰を受ける覚悟で篠原を解放してくれない可能性があるわ。……だから、どうにかして篠原には〝勝って〟もらわなきゃ困るのよ」

「ん……」

リナの推理を頭の中でまとめてみます。泉家のお二人について、わたしはそれほど詳しくありませんが……話を聞く限り、リナに誘拐の件を暴かれたお二人が〝開き直る〟可能性は確かに高そうでした。そうなればご主人様は解放されません。

「つまり、わたしたち《カンパニー》がご主人様のサポートをすればいい、と」

「そういうこと。多分だけど、管制室のような場所があると思うのよ。たとえ地下であっても《決闘《ゲーム》》が成立しているのだから通信自体は可能なはず……きっと、有線で地下の管制室と繋がっているアクセスポイントがあるんだわ。それがどこにあるのかさえ分かれば地下の《決闘《ゲーム》》にだって無理やりハッキングが通るってわけ。……その辺りなら、あたしよりユキの方がずっと適任でしょ？」

そう言ってリナは、赤の髪を掻《か》き上《あ》げながら真っ直《まっす》ぐにわたしを見つめてきます。

状況を整理しましょう——ご主人様を誘拐した犯人は泉様たちである可能性が非常に高

いです。だからこそリナが直接お二人に探りを入れ、言質《げんち》を取り、最終的にはご主人様のいる地下へ案内してもらうのが本命ルート。ですが、それだけでは泉《いずみ》様たちが開き直った場合にご主人様が解放されず、期末総力戦にエントリーできない可能性がありました。だからこそわたしたちが〝不正が通る場所《アクセスポイント》〟を探り、ご主人様を無理やり勝たせると。

　途方もないお仕事ですが……それでも、ただ嘆いているだけよりは性に合っています。

「そっちは任せたわ。ま、篠原《しのはら》と違ってユキなら安心して背中を預けられるわね」

「はい、任されました。……リナの方も、心の底から成功を信じています」

「当たり前でしょ？　あたし、これでも６ツ星のお嬢様なんだから」

　最後に軽く視線を交わし合って。

　姫路白雪《わたし》と彩園寺更紗《リナ》は、今この瞬間から〝反撃〟を始めることにしたのでした。

＃

　……夢を、見ていた。

　期末総力戦が本格的に開幕した地上で、みんなが俺を待ってくれている夢だ。姫路《ひめじ》を筆頭にした英明《えいめい》学園の選抜メンバーが《E×E×E《クロス・イー》》に勝利した俺を満面の笑みで迎えてくれている。彩園寺《さいおんじ》も、桜花《おうか》のリーダーという立場を考えれば篠原緋呂斗《おれ》が復帰したところで素直に喜ぶことなど出来ないだろうに、密《ひそ》かに口元を緩めてくれている。

『お帰りなさいませ、ご主人様。心の底からお待ちしておりました』

『遅かったじゃない篠原。でもやるわね、どうやってあの子たちを突破したわけ？』

『ああ、それは…………って、あれ？』

地下での大冒険を説明しようと口を開いた俺だが、何故《なぜ》かそこから言葉が続かない。

頭を捻《ひね》って、首を傾《かし》げて、記憶を浚《さら》って、そして――……


「――【管理者】型の初撃破おめでとうっす、先輩」

目を覚ますと、ベッドの脇から泉小夜《さよ》がニヤニヤとこちらを見下ろしていた。

寝起きでぼんやりとした意識のまま静かに記憶を遡る――そう、そうだ。前回の脱獄トライで、俺は初めて【管理者】型を撃破した。けれど、そのまま意気揚々と次の区画に足を踏み入れた瞬間に天井落下の罠《わな》を食らい、あえなく強制送還《リスポーン》させられたんだ。

「……それで？　何でお前がここにいるんだよ、泉」

薄紫のツインテールを垂れさせながら顔を覗《のぞ》き込んできていた泉小夜に対し、露骨に嫌そうな表情を返す俺。すると彼女はくるりと俺に背を向けて、ベッドの端の辺りにぽふんと腰掛けた。その拍子に短いスカートが捲《めく》れそうになり、俺は慌てて目を逸らす。

「え～、何でって……」

それに気付いているのかいないのか、いつも通り袖が長めのセーターを着用した泉小夜は、両手をちょこんとシーツに触れさせながら上半身をこちらへ向ける。

「相変わらず素直じゃないっすねえ先輩。可愛《かわい》い後輩がおめでとうって言ってあげてるんすから、まずは無邪気に喜んだらどうっすか？」

「お前に無邪気さを諭されたくはないけどな。そもそも、本気で褒めてるのかよ？」

「や、そんなつもりは正味ゼロっす。一ミリも嬉《うれ》しくないっすね」

不機嫌そうに唇を尖《とが》らせ、泉小夜《いずみさよ》は嘆息交じりにそんな言葉を口にする。

「地上《うえ》の期末総力戦はとっくに始まってるっすけど、規模からすればまだまだ序盤……泉としては、まだしばらく先輩をこの〝牢獄《ろうごく》〟に押し留めておかなきゃいけないっす。ナメクジみたいな進捗とはいえ、攻略を進められるのは普通に鬱陶しいっすね」

「ナメクジ、ね。まあ強がりだって思っとくよ」

「……その余裕な感じ、ムカつくっす」

む、と頬を膨らませながら俺にジト目を向けてくる泉小夜。

彼女はその表情を保ったままトンっと軽やかにベッドを降りると、傍《かたわ》らに投げ出していた端末を拾い上げて何やら操作をし始める。

「はぁ……にしても面倒っすねえ。先輩が【管理者】型の看守を倒したってことは、今から《E×E×E》のレベルをちょっとだけ上げなきゃいけないじゃないっすか。ただでさえ運営に手間のかかる《決闘《ゲーム》》なんすから、本当に勘弁してほしいっす」

「……《E×E×E》《クロス・イー》のレベルを、上げる？」

「あ、はい。そうっすよ？」

聞き慣れない言い回しに思わずベッドから身体《からだ》を起こした俺の問いに対し、薄紫のツインテールを揺らした泉小夜は〝狙い通り〟とでも言わんばかりの意地悪な笑みを浮かべながら肯定を返してきた。彼女はそのまま煽《あお》るように言葉を継ぐ。

「先輩は勘違いしてるかもしれないっすけど……今の《E×E×E》《クロス・イー》は、まだまだチュートリアル版みたいなものなんすよ。解放されてない機能だって残ってるっす」

「………………」

「ただ、先輩が〝【管理者】撃破〟の条件《キー》を満たしちゃったもんすから、今からそれが一段階だけ解放されるっす。……あはっ、せいぜい気を付けてくださいっす先輩。よわよわな先輩じゃ、すぐに降参したくなっちゃうかもしれないっすから☆」

俺を見下ろしながらからかうような表情でそんなことを言ってくる泉小夜。

それで全ての用件は済んだのだろう。彼女は「～～♪」と上機嫌な足取りで壁の方へ歩いていくと、例の〝秘密の抜け道〟を使ってさっさとこの部屋を去っていった。そうして残された俺はと言えば、先ほど紡がれた意味深な言葉を思い返しつつ右手をそっと口元へ遣《や》る。……《決闘》《ゲーム》のレベルを、上げる。泉小夜の発言から連想される仕様はいくつかあるものの、結局のところ実際に試してみなければ何の確証も得られない。

「飯を食ったら、しばらくは情報収集のターンだな……」

と、いうわけで。

ベッドから抜け出しつつ、俺は気持ちを切り替えるように小さく息を吐き出した。

♯

泉小夜《いずみさよ》が残した言葉の意味は、探索再開からすぐに明らかになった。

【撮影機】しか配置できないA区画は特にこれまでと変わらなかったが、扉を一つ隔てたB区画に立ち入った瞬間、大きな違和感が無理やり俺の足を止めさせる。

「っ……こんな罠、設置されてたか？」

――そう。

今まではせいぜい落とし穴くらいしか設置されていなかったはずのB区画。その入り口に、新たな罠《わな》が増設されていた。左右の壁からセンサーのような赤い光が無数に放たれているという定番の罠……おそらく、この光に触れてしまうと爆音か何かが鳴り響き、近くの【猛獣】が集まってきてしまうのだろう。センサーはかなり広い範囲を埋め尽くしており、以前の落とし穴のようにジャンプ一発で回避できるような代物《しろもの》じゃない。

ひらひらと俺の頭上を舞うカグヤもやや難しい声を零《こぼ》している。

『いえ……わたしの記憶が確かなら、というか高性能なAIなので間違いなく確かではあるのですが、この牢獄《ろうごく》内では初めて出会った〝罠〟ですね。妖精《わたし》だけならセンサーの間をすいすいと抜けられそうですが、人間の篠原《しのはら》さんにはきっと無理難題です』

「ああ、単純に躱《かわ》すのは無理だろうな。まあでも、一旦部屋に戻れば洗面台の上に鏡はあるし、あれから《反》みたいな要素《ピース》を抽出できればどうにかなりそうか？」

『この罠に関して言えばそうかもしれません。……ただですね、篠原《しのはら》さん。どちらかというと、重要なのは〝罠が増えている〟ことそのものです』

ふわりと俺の肩に着地して、鈴を転がすような可憐《かれん》な声音で囁《ささや》くカグヤ。

『いいですか、篠原さん？　最初にお話しした通り、この《E×E×E》《クロス・イー》は篠原さん視点だと〝脱獄ゲーム〟に、泉さんたちの視点だとそれを防ぎ続ける〝タワーディフェンス〟になります。そして、一般的なタワーディフェンスと同様に《E×E×E》《クロス・イー》にも配置できるユニットにコスト的な制限がありますから、看守や罠を〝増やす〟というのは——そもそもコストを温存していたのでない限り——基本的に不可能です』

「？　ああ、そうだな」

『それなのにこうして罠が増えました。……つまりは、それがレベルアップの内容です』

そこでカグヤに促され、俺は端末を開いて《E×E×E》《クロス・イー》の項目をタップする。

すると、いつの間にアンロックされていたのか、そこには見知らぬ情報がいくらか列挙されていた——まずもって、この《決闘》《ゲーム》には**【脱出警戒レベル】**という特殊な数値が設定されている。これはいわゆる〝イージー〟とか〝ハード〟といった難易度設定にあたるもので、今回の《E×E×E》《クロス・イー》においては1から5の五段階。プレイヤーが特定の攻略要件を満たすごとに仕掛け人《ゲームマスター》である泉《いずみ》姉妹がレベルを引き上げる、という仕様らしい。

「ん……」

端末画面をじっと見つめながら、俺は思考を整理するべくあえて言葉を発する。

「《決闘》《ゲーム》が始まった瞬間は脱出警戒レベル1で、初めて【管理者】型の看守AIを無力化するとレベル2に上昇……で、この先も条件を満たすごとに上がっていくわけか」

『はい、その通りです篠原《しのはら》さん。そして《E×E×E》《クロス・イー》では、脱出警戒レベルが上昇するごとにプレイヤーと泉さんたちの両方にメリットが生まれるそうです』

こちらをご覧ください、と囁《ささや》きながら投影画面の一つに触れるカグヤ。そこに表示されているのは、端末内に保管できる要素《ピース》数の説明だ。

『篠原さんにとって一つ目のメリットは、端末の中に保管できる要素《ピース》の総数が〝三つ〟から〝五つ〟に増えることです。持ち運べる要素《ピース》の数が増えるわけですから、単純に作戦の幅がぐっと広がります。いきなり力持ちになってしまいましたね、篠原さん？』

「なるほど……ついでに、その隣に書いてあるルールも大きいな。牢獄《ろうごく》内に存在するあらゆるモノから抽出できる要素《ピース》の数、それと付与できる要素《ピース》の数が〝一つ〟じゃなくて〝二つ〟になる。要はこれ、今まで取り出せなかったピースが簡単に抽出できたり、一つの物体に色んな性質を重ね掛けできたりするってことだ。自由度が一気に跳ね上がる」

『そうですね。……ですが、もちろん良いことばかりではありません』

ちら、と背後のトラップを見つめながら可憐《かれん》な声音で続けるカグヤ。

『今の二つは、攻略難易度が上がることに対する補填《ほてん》のようなものです。脱出警戒レベルというくらいですから、むしろ本命の仕様はこちら――レベルが１から２に上昇したことで、泉さんたちがユニット配置に使用できる総コストが１０００から２０００に倍増しています。看守や罠《わな》を追加したり、既存の看守を強化したりするのも思いのままというわけです。……ふふっ、とってもドキドキしてしまいますね？』

「普通は〝期待〟じゃなくて〝緊張〟のドキドキだけどな。看守の強化、ってのは？」

『言葉の通りですよ、篠原さん。たとえば【猛獣】さんが持っている要素《ピース》は通常なら三種類……《速》と《鋭》と《掴》ですよね？　ただ、思い出してみてください。前回の攻略で、篠原さんは【猛獣】さんに《痺》の要素《ピース》を付与しました』

「あ、ああ……そうだな」

『それと同じように、泉さんたちはコストを消費することで看守さんに追加のピースを持たせることが出来るんです。今となっては簡単に切り抜けられる【猛獣】さんですが、たとえば《視》を手に入れたら？　《飛》を持っていたら？　《隠》があったら？　……もちろん強くなればなるほど配置コストは増えてしまいますが、それを段階的に可能にしてくれるのが〝脱出警戒レベル〟という仕様なんです』

「っ……」

『ふふっ……忠告しますが、篠原《しのはら》さん。この先は魔境になっているかもしれませんよ？』

くすっと楽しげに言いながらこの上なく好戦的な表情を浮かべるカグヤ。

そんな彼女の言葉を頭の中で整理しつつ、俺は無言のまま目を細める——追加要素《ピース》。通常、看守が持っている要素《ピース》は種別ごとに共通のモノだけだが、泉《いずみ》たちはそこに追加の性質を付与することが出来るらしい。もちろんコストは決して安くないのだろう。共通の要素《ピース》を〝七つ〟所持する【管理者】なら配置コストは〝49〟だが、そこに新たな要素《ピース》を一つ加えれば〝64〟に、もう一つ追加すれば〝81〟にまで膨れ上がる。

けれどそれでも、要素《ピース》操作の本質は〝組み合わせ〟による相乗効果だ。付与される要素《ピース》の内容次第では、とんでもない強敵が爆誕してしまうことだろう。

と——俺がそこまで思考を巡らせた、瞬間だった。

『グルルル……』

「！……【猛獣】型か」

左右の壁から放たれる無数の赤い光の向こうに鍔《つば》付きの膨らんだ帽子を被《かぶ》った大きな犬が座っているのが見て取れて、俺は小さく舌打ちをする。威嚇するような唸《うな》り声を上げつつ獰猛《どうもう》な眼差《まなざ》しで俺を睨《にら》みつけてくる【猛獣】型の看守ＡＩ。彼だか彼女だかも分からないそいつは、俺を例の白い部屋に叩《たた》き返すべくじっと様子を窺《うかが》っている。

『いきなり手荒い歓迎ですね。どうしましょうか、篠原さん？』

「大丈夫だ。あいつらを完封できる《遮》は持ってきてるし、いざとなったら《眠》を付与した水もある。切り抜けるのは簡単、だけど……あれ？」

そこで覚えた微《かす》かな違和感に小さく眉を顰《ひそ》める俺。

「なあカグヤ。この通路ってしばらく一本道だよな？　少なくとも手近な場所に扉やら分岐路は一つもない。……じゃあ、あいつは、どこから出てきたんだよ？」

『実は、わたしも同じことが気になっていました。わたしたちがここへ入ってきた時にはまだ誰もいなかったはずですが……もしかしてあの方、幽霊さんなのでしょうか？　だとしたらわたし、とっても興味があります。色々お話してみたいです』

相変わらず好奇心旺盛なカグヤの声を耳元で聞きながら、俺はごくりと息を呑《の》みつつ視界のメッセージウィンドウを覗《のぞ》き込んでみることにする——と、そこには。

【看守——種別：猛獣。強化個体】
【所持要素《ピース》一覧：共通要素《ピース》三種&《捕》《視》《瞬》：配置コスト36】

「何だ、この要素《ピース》……《瞬》？　これって、まさか——瞬間移動の、瞬？」

俺がそんな言葉を呟《つぶや》いた、刹那。

『――ばうっ！』

ブゥウゥン、と空気の中に滲《にじ》んでいくように、視線の先にいたはずの【猛獣】があっという間に姿を消した。そうして文字通り一瞬の後、無数の赤い光を丸ごと飛び越えて、俺とカグヤの目の前に大型の犬が現れる。

「な……ッ!?」

あまりにも現実離れした光景に大きく目を見開く俺。

もちろん、これが通常の【猛獣】型看守であれば、そもそも〝二体以上で挟み込む〟形でしかプレイヤーを拘束できないため現状はピンチでも何でもない。ただしそれは、彼らが《掴》の要素《ピース》しか持っていないからだ。強化個体であるこいつは泉《いずみ》によって《捕》を追加付与されているため、一体でも俺をゲームオーバーに追い込める。

「くっ……そ！」

だから俺は、手に持っていたペットボトルの水を一切の躊躇《ちゅうちょ》なくそいつにぶちまけることにした。見た目はただの透明な液体でしかないが、この水には部屋のベッドから抽出した《眠》が付与されている。性能としては麻酔薬のようなものだ。皮膚に浴びせたくらいじゃ大した効果は見込めないが、それでも【猛獣】型の動きがやや鈍くなる。

よって、

「――逃げるぞ、カグヤ」

『はい。仰せのままに、篠原《しのはら》さん』

眼前にまで迫っていた大型犬の目がとろんと蕩《とろ》けるのを見届けてから、俺たちはそいつの脇を駆け抜けて〝前〟へと進むことにした。振り返ればすぐにでもA区画へ繋《つな》がる扉に手を掛けられるのだが、ここで後退するくらいならゲームオーバーになるのとそう変わらない。カグヤ的に言うなら第四のミッション・改――【脱出警戒レベル2の世界を掌握せよ!】だ。少しでも情報を得たいと思うのなら、今はひたすら前に進むしかない。

《ビー！　ビー！　ビー！　ビー!!》

罠《わな》を無視して赤い光の中を突っ切ったため、辺り一帯に大きな音が鳴り響く。このエリア内にどれだけの看守がいるのかは知らないが、程なくして大量の【猛獣】たちがここに集結してしまうことだけは紛《まぎ》れもない事実なのだろう。

「カグヤ、一番近い扉はどっちだ？」

『次の角を曲がって数メートル進んだ先にありますね。……あ、いえ、ですがこちらは例の〝開かずの扉〟でした。ええと、C区画に繋がっている扉だと――』

「………、いや？」

カグヤの発言を制止するように小さく声を上げる俺。

開かずの扉――それは、もうずいぶん前になる〝初回探索〟の際に俺とカグヤが遭遇した、《閉》の要素《ピース》を抽出したにも関《かか》わらず一向に開かなかった扉のことだ。あの時は〝そういうもの〟として半ば無視していたのだが、ある程度《E×E《クロス・イー》》に慣れた今なら分かる。この牢獄内で〝物理的に開かない扉〟というのは絶対に有り得ない。扉が開かないなら、それは《閉》を所持しているからだ。そして《閉》を取り除いてもまだ開けられないというのなら、他にも同系統の要素が追加設定されている可能性が非常に高い。

「っ……！」

そんな推測を立てながら例の扉に駆け寄って、タタンっと指を打ち付ける。

途端、目の前のメッセージウィンドウに浮かび上がるのは**【どの要素《ピース》を抽出、あるいは付与しますか？】**というお馴染《なじ》みの文面《テキスト》だ。まずは前回と同様に《閉》の要素《ピース》を抽出してみるが、やはり扉が開く気配はない。……が、そのまま続けてコマンドを実行すると、今度は《締》が抜き出せる。さらに適当な要素《ピース》を付与した上でもう一度――最後に《封》の要素《ピース》を取り払った瞬間、固く閉ざされていたドアノブがガチャリと回る。

「……よし」

予想通りの手応えに思わず口角が持ち上がる。……そう、そうだ。こいつは〝開かずの扉〟なんかじゃなくて、単純に〝閉鎖系の要素《ピース》が三つ仕込まれた扉〟――すなわち《E×E》の脱出警戒レベルが2になることで初めて開けられるようになる特殊な扉だったんだ。初回探索の時点では三つの要素《ピース》全てを抽出することがルール上できない。となると扉を開けた先は、ゲームでよくある〝ボーナス部屋〟のようなものなのだろうか。

滑《なめ》らかな金糸を揺らすカグヤは俺の頭上で驚いたような声を上げている。

『なんと、そういう仕組みだったのですね。素晴らしい発想力です、篠原《しのはら》さん。……ですが、もしこの扉がモンスターハウスか何かに繋《つな》がっていたらどうしましょうか？　そうなったらわたし、嬉《うれ》しくてにこにこしてしまうかもしれません』

「いやいや……そんな理不尽なことされたら速攻で☆１レビューだっての」

何故《なぜ》か楽しげなカグヤの問いに苦笑を返しながらそっと扉を押し開く俺。

そんな俺たちの前に広がったのは――何というか、端的に言えば雑多な部屋だった。広さにして十畳程度の、この牢獄《ろうごく》全体の規模に比べれば非常に小さな空間。そして、床やら小さな棚の上やらに散らばっているのはガラクタの類《たぐい》だ。電池の入っていない懐中電灯に壊れたエアガン、ラバーが剥《は》がれた卓球のラケットに薄汚れた縄跳び。

よく言えばバザーか何かのような、悪く言うなら断捨離ができない誰か（具体的には加《か》賀谷《がや》さん）の部屋みたいな、そんな混沌《こんとん》とした場所。

けれど――俺からしてみれば、これこそまさに宝の山だ。

今まで手に入らなかった〝特性〟やら〝効果〟の要素《ピース》がここでは無限に獲得できる。

「ハッ。こいつは……忙しくなりそうだな、カグヤ」

『ふふっ、そうですね。忙しくなるどころか、楽しすぎて眠れないかもしれません。第四のミッション・改は【脱出警戒レベル2の世界を掌握せよ！】としておきましょうか』
「…………いや、まあいいけど」
この手のネーミングセンスが妖精《カグヤ》と（もとい羽衣紫音《はごろもしおん》と）丸被《かぶ》りしているらしい、という事実をどう受け止めればいいか分からず、小さく首を横に振る俺。
が、まあとにもかくにも——俺たちは、嬉々《きき》としてボーナス部屋の物色を開始した。

＃

「っと……」

脱出警戒レベルの上昇に伴ってB区画の〝ボーナス部屋〟が解禁されたしばし後。

俺とカグヤは、再びC区画——【管理者】が守護する決戦場《エリア》へと舞い戻ってきていた。

泉《いずみ》側の総コストが倍になったことでB区画を徘徊《はいかい》する【猛獣】型の数が増え、罠《わな》も増設されていたため決して簡単な道のりではなかったが、それでもやはりボーナス部屋の存在は非常に大きかった。戦闘で使える要素《ピース》の選択肢が何十倍にも膨れ上がり、同時に戦術の幅だって面白いくらいに広がっている。

たとえばエアガンから抽出できる《射》は〝射出〟能力として。

卓球のラケットから抽出できる《弾》は〝バネ〟の能力として。

スケートボードから抽出できる《滑》は〝滑走〟の能力としても扱えるわけだ。

　実際、例のボーナス部屋を出てすぐに俺たちが試した作戦というのは、扉に《弾》を付与することで法外な初速を獲得し、そのまま《速》と《飛》を付与したスケートボードに乗って通路を爆走。さらには《滑》を付与した水を前方の床やら壁に振りまくことで摩擦を限りなくゼロに近付けつつアクロバティックに全ての看守を置き去りにする、というなかなか破天荒なモノだった。実際は〝周りの反応を遅らせているだけ〟なのだろうが、ここにきてようやく《E×E×E》《クロス・イー》の真髄を体感できているような気がして悪くない。

　そして――、

『……もう。また来ちゃったんですか、篠原《しのはら》先輩？　ダメですよ、悪いことをした人は更生しなきゃいけないんです。私も後輩として――いえ、看守として最後まで付き添いますから、脱獄なんか諦めてしっかり罪を償ってください……っ！』

　そんな俺の正面に立っているのは、当然ながらC区画の守護者である【管理者】型看守だ。今回のコピー元は俺の後輩にあたる真面目《まじめ》で健気《けなげ》な一年生、水上摩理《みなかみまり》。流麗な黒髪が厳格な刑務官の制服にぴったりとフィットしている。厳しい口調の中に俺を思い遣《や》るような言葉が混ざっているのは、やはり俺の主観が含まれているからだろうか。

【看守――種別：管理者】
【所持要素《ピース》一覧：《視》《考》《憶》《捕》《遠》《育》《倣》】

念のためポップアップウィンドウを覗《のぞ》いてみるが、彼女はいわゆる〝強化個体〟というわけではなさそうだった。持っている要素《ピース》は【管理者】全員に共通する七種のみ。先ほど出会った【猛獣】型のように厄介な追加性能は付与されていない。

「ハッ……」

だから、というだけの理由じゃないが、俺はあくまでも余裕の表情で口火を切る。

「前回の攻略で他の【管理者】があれだけ綺麗《きれい》に負けたってのに、随分と余裕な言い草だな。記憶は共有してるんだろ？　それとも都合の悪い部分だけ忘れるクチかよ」

『違いますよ、先輩。篠原《しのはら》先輩がああいう卑怯《ひきょう》なことをしてくる方なんだと再認識できたので、もう同じミスは繰り返さないよう心に誓っただけです。この牢獄《ろうごく》内では私たち看守が〝正義〟なんですから、あんな作戦が何度も通用するとは思わないでください！』

「そうかよ。ま、別にいいぜ？　同じやり方で勝てるだなんてそもそも思っちゃいない」

言いながら脇に抱えていたスケートボードを地面に置き、同時に後ろ手でタタンっと背後の扉を叩《たた》いて《弾》の要素《ピース》を付与しておく。

このＣ区画はかなりの広さがあるため先ほどのような〝アクロバティック走法〟は再現できないが……今回もまた、制服のポケットには《伸》を付与した電源コードを数本忍ばせてある。こいつに《硬》を上乗せして目の前の空間に放り投げてやれば、それだけで空中を縦横無尽に走り回るための〝レール〟が完成するという寸法だ。

（やっぱり、使える要素《ピース》が増えたおかげで組み合わせの幅も広がりまくってる……全体の進捗としてはそう悪くないはずだ。泉《いずみ》たちから追加の要素《ピース》を設定されてる強化個体ならともかく、ノーマルの【管理者】くらい簡単に倒せなきゃ嘘《うそ》ってもんだろ！）

多少の期待も織り交ぜてそんなことを考えながらボードに足を掛ける俺。

その拍子にほんの一瞬だけ視線が下を向いた……瞬間だった。

『──隙あり、です！』

「ッ……!?」

これまで戦ってきた【管理者】型の看守ＡＩからは考えられないくらいの超スピードでぐんと加速し、一気に俺との距離を詰めてくる偽水上《にせみなかみ》。《速》の要素《ピース》を持つ【猛獣】型と比較しても全く遜色ない速度だ。さらさらと風に靡《なび》く流麗な黒髪とドキッとするほど整った顔立ちが、いつの間にか目と鼻の先にまで近付いてきている。

（い、いやいやいや……速くない!?）

完全に計算違いの事態に慌てて《滑》の要素《ピース》を叩き込みつつスケートボードを走らせようとする俺だが、その直前に偽水上がぎゅぅっと腰の辺りに抱き着いてきた。コンマ一秒遅れてボードが滑り出したため、まるで二人乗りでもしているような体勢になる。

俺の背中にコツンと額を押し当てながら、偽水上は懸命に声を上げる。

『は、やい……ですが、ちゃんと捕まえましたよ篠原《しのはら》先輩！　もう逃げられませんっ！』

「っ……何だよ、今の速さは。種明かしくらいしてくれたっていいんじゃないか？」

『？　いえ、別に種も仕掛けもないですけど……あ、もしかして篠原先輩、聞いてないんですか？　脱出警戒レベルが2になると、《E×E×E》の全参加者は一つずつアビリティを登録できるんですよ。看守側《こちら》では既に《数値管理》が採用されているので、私を含めた全看守の能力値が少しだけ底上げされているんです』

「――――」

『……その、不意打ちしてしまってごめんなさい。篠原先輩も当然知っているものだと思っていたので……反省します。正義を志す看守として恥ずべき行いでした』

　俺の背中に抱き着きながら何やら謝罪を始める偽水上《にせみなかみ》だが、俺からしてみればそんなことはどうでも良かった。……なるほどそうか、アビリティか。確かに《E×E×E《クロス・イー》》の中ではこれまで一度も聞いていない単語《ワード》だ。今回は出番がないのかとも思っていたが、どうやらそれすら脱出警戒レベルに応じて途中で追加される仕様だったらしい。

　そして泉《いずみ》姉妹は《数値管理》を採用し、牢獄《ろうごく》内の看守たちを軒並み強化した――。

　故に、俺の後ろにいる【管理者】は、前回倒した〝偽椎名《しいな》〟よりも遥《はる》かに強いだろう。

　……だとしたら、

『むぅ……これは、アレですね。第四のミッション・改――【脱出警戒レベル2の世界を掌握せよ！】は、達成《クリア》までしばらく掛かりそうな予感がしてきました』

飛ばされないよう全身で肩にしがみついているカグヤの声を聞きながら。

俺は、爆走するスケートボードの上でゆっくりと意識を手放した。

＃

——【管理者】の初攻略から数日が経過した。

脱出警戒レベルが〝2〟に上がったことで変更があった点は主に四つだ。各アイテムから抽出および付与できる要素《ピース》の数が増えたこと、端末内に保管しておける要素《ピース》の総数が増えたこと、それらの恩恵と引き換えに泉姉妹が使える〝総コスト〟——防衛ユニットの配置や強化に必要なリソースが一気に倍増したこと。

そして、残る一つがアビリティの導入である。……偽水上に敗れた後でもう一度端末を確認してみたところ、確かに情報がアンロックされていた。

《E×E×E《クロス・イー》》——脱出警戒レベル：2

【全参加者は、アビリティを一つまで登録《セット》することができる】

……〝牢獄〟の脱出難度を大きく左右しかねないアビリティ制度の解禁。

ただし、これについてはさほど不公平なルールでもないことが明らかになっていた。

『いけないわ、いけないわ！　わたくし、ヒロトの強さに見惚《みと》れてしまったわ……！』

「そりゃどうも」

膝を突きながら称賛してくる不破《ふわ》すみれ（のコピー）に口元を緩めてみせる俺。

そう――《E×E×E》《クロス・イー》において、アビリティは何も泉《いずみ》たちだけが使える特権というわけじゃない。全参加者を対象とする恩恵なんだから、もちろん俺だって受け取れる。

故に、俺もあの後すぐに《数値管理》を登録《セット》し、各要素《ピース》による効果量を増幅させることにしたんだ。それによって一方的に押し負けることはなくなり、以前までと同様に〝見せたことのない戦略を複数持ち込めば【管理者】型に対抗できる〟地盤が復活した。

B区画の【猛獣】も超強化されているため攻略時間はかなり伸びてしまったが……こうしてC区画の【管理者】型を突破できる割合は少なくとも三回に二回くらい。攻略初期の勝率が一割台だったことを考えれば悪い数字じゃないはずだ。

（よし……）

偽《にせ》すみれが被《かぶ》っていた帽子を奪い取りつつ俺は順調に足を進める。

続くD区画は、初めて足を踏み入れた際に〝天井落下〟のトラップで押し潰されたことからも分かる通り、罠による排斥がメインのエリアだ。もちろん【猛獣】や【飛翔体】《ひしょうたい》なんかもそれなりに多く配置されており、一筋縄ではいかない仕様になっているのだが、やはり《考》やら《憶》といった要素《ピース》が相手方に仕込まれていないのはとてつもなく大きかった。罠《わな》も【猛獣】も【飛翔体】も基本的には決まった動き《ムーブ》しかしないため、何度も挑んでいるうちに攻略方法は自ずと見えてくる。

「………………」

そんなわけでカグヤによるマッピングもD区画の大半を埋め尽くし、元々第四のミッションに据えていた〝E区画への突入〟が現実味を帯びてきてはいるのだが――などと、これまでの経緯を軽く振り返りながらもう何度目の訪問かも分からないD区画に足を踏み入れた瞬間、俺は小さく目を見開いてタタンっと指先を動かしていた。

「っ!?　……《隠》付与！」

制服に〝不可視〟の要素《ピース》を付与しつつ、息を殺して周囲の状況を窺《うかが》う。……変だ、明らかにおかしい。前回までは大量の罠に加えて【猛獣】と【飛翔体】くらいしか配置されていなかったはずのこのエリアに、明確な異常事態が起こっている。

（看守の数と種類がめちゃくちゃ増えてる……？　どうなってんだ？）

――そう。

D区画に踏み入った俺とカグヤを出迎えたのは、以前よりも遥《はる》かにその数を増した看守AIだった。それも【猛獣】型や【飛翔体】だけじゃない。今まではC区画でしか遭遇していなかった【管理者】が平然とその辺を歩いている。偽皆実《みなみ》に偽椎名《しいな》に偽秋月《あきづき》。きょろきょろと辺りを見回しているのは、当然ながら〝俺を探すため〟なのだろう。

「な、何なんだよ、これ……？」

目の前の現実が受け止められず、視線を上に向けながら小声で尋ねる俺。そんな疑問に対し、俺の頭上でふわふわと舞っていたカグヤは絹のような金糸をさらりと零《こぼ》して首を傾《かし》げると、鈴を転がしたような可憐《かれん》な声で言葉を紡ぐ。

『ん……何でしょう、確かに不思議な現象ですね。篠原《しのはら》さんがいつも食事の時間にいないせいで、夜空《よぞら》さんがいよいよ怒ってしまったのでしょうか？』

「ちゃんと残さず食ってるよ。っていうか、そんなことで看守を増やされてたまるか」

『ふふっ、冗談ですよ篠原さん。ただ、やっぱり妙な話です。看守さんが増えたということは泉《いずみ》さんたちの〝総コスト〟が増えたということ……つまりは脱出警戒レベルが上がった、ということですが、今回は特に目立った成果や進捗なんて出ていません。難易度上昇のためには条件《キー》があるはずなのですが……むむ、どういうことでしょう？』

カグヤの意見を受けて、俺は状況確認のためにも端末を取り出してみることにする。そうしてやや躊躇《ためら》いながらも〝脱出警戒レベル〟の項目を選択《タップ》してみれば、

【《E×E×E《クロス・イー》》——脱出警戒レベル：3】

──確かに、《決闘》の難易度が2から3に上昇しているのが見て取れて。

「えっと……」

付随する説明文を一通り眺めながら、俺はそっと右手を口元へ遣《や》る。

「端末内に保管できる要素《ピース》数の増加、一つのモノから抽出&付与できる要素《ピース》数の増加、泉側の総コスト増加……アビリティの解放が絡まない以外はレベル2になった時と同じような変化だな。にしても、何でいきなり上がったんだ……？」

『泉さんが痺《しび》れを切らしたのではないですか？　だって、こちらの方が楽しそうです』

「だとしたら最悪だけどな……こんな要塞、どう突破すればいいのか見当も付かないし」

嘆息交じりに首を振る俺。確かに使える要素《ピース》はさらに増えているかもしれないが、それ以上に防御側の戦力が底上げされまくっている。まさしくハードモードというやつだ。

「って言っても、まずは行けるところまで行ってみるしかないか。さっきみたいなボーナス部屋があるかもしれないし、強化個体の看守を無力化できれば珍しい要素《ピース》が手に入るかもしれない。焦《あせ》って台無しにするよりは、確実に攻略を進めて──」

──そこまで思考を進めた、瞬間。

慎重に動こうとする俺を嘲笑《あざわら》うかのように……〝ドンッ!!〟と激しい音が耳を劈《つんざ》いた。

「っ……!?」

このエリア一帯、どころか牢獄《ろうごく》全体に鳴り響くような凄《すさ》まじい轟音《ごうおん》と、同じく強烈な振動。真《ま》っ直《す》ぐ立っていられないほどの揺れが足元を襲い、俺は思わず床に膝を突く。上品な金糸を揺らしたカグヤがわくわくとした表情で『篠原《しのはら》さん、篠原さん！』と制服の肩を引っ張ってくるが、とてもそれに構っていられる余裕なんてない。

（ど、どうなってんだよ、これ……!? この〝牢獄《ろうごく》〟で一体何が起こってる!?）

両手を耳に押し当てる形でどうにか爆音をやり過ごしながら、俺はぐるぐると高速で思考を巡らせる。遥《はる》か彼方《かなた》から聞こえた激しい音と凄《すさ》まじい揺れ……おそらく俺を狙った攻撃ではないはずだ。見える範囲の看守はまだ俺を捕捉できていないし、近くに発信源があるならさすがに気付く。そう断言できるくらいにはとんでもない轟音《ごうおん》だった。

まるで——誰かが強大な敵を撃破した、とでもいうような。

「！　じゃあ、まさか……」

そんな想像からとある可能性に思い当たり、俺は手に持っていた端末をもう一度操作してみることにした。先ほど起こった謎の脱出警戒レベル上昇、そして今の爆音。これらが全く無関係の事象というわけじゃなく、むしろ密接に関わっているのだとしたら。

「っ……」

結論から言えば、その予感は的外れでも何でもなかった。

【《E×E×E《クロス・イー》》——脱出警戒レベル：4】

……前回の確認から数分と経《た》っていないにも関《かか》わらず、更なる脱獄難易度の上昇。

ここまで来たら、もう可能性というより確信に近かった。つい先ほどカグヤも零《こぼ》していた通り、脱出警戒レベルというのは〝プレイヤーが一定の条件を満たした場合〟にのみ引き上げられる数値《モノ》だ。けれど、俺は難易度上昇に関わるような何かをした覚えはない。

だとしたら、答えは一つしかないだろう。

「やっぱり、誰かいるんだ……この牢獄には、俺以外にもプレイヤーがいる」

——そう。

いくら考えてみても、それ以外には有り得なかった。そもそも《E×E》《クロス・イー》は泉《いずみ》姉妹からすればタワーディフェンスであり、その単語は〝複数の敵から拠点を守る〟ゲームジャンルを意味している。一対一でやるような《決闘》《ゲーム》じゃない。

それに、1000も2000もコストを使えるなら、本当はもっとたくさんの看守が牢獄内を徘徊していないとおかしいんだ。【管理者】型のコストは通常49。俺に対する防衛だけを考えるならもっともっと数は増やせる。ただ実際は、他にも守らなければならない箇所があったから——つまり俺の他にも〝脱獄〟を狙うプレイヤーがいたから、そちらにも一定のコストを割かざるを得なかったわけだ。

そしてそのプレイヤーは、現在精力的に《決闘》《ゲーム》の攻略を進めているのだろう。今までは休んでいたのか手こずっていたのか知らないが、ともかくここに来て一気にコマを進めた。だからこそ、俺が何かをしたわけじゃないのに脱出警戒レベルが上がったんだ。何しろ《E×E×E《クロス・イー》》における脱出警戒レベルというのはプレイヤー個人に設定されているものではなく、この〝牢獄《ろうごく》〟全体に作用する概念だから。

「…………」

一見すれば、これはかなり突飛な発想だ。……だって、そうだろう。俺以外にプレイヤーがいるということは、その人物もまた俺と同様にこの牢獄へ閉じ込められているということになる。泉《いずみ》姉妹によって期末総力戦への参加を妨害されているということになる。そうされるだけの理由がある人間なんて、7ツ星である俺以外には滅多《めった》にいない。

（だけど。あいつらだけはその条件を満たしてる――）

『……あ！　えへへ、緋呂斗《ひろと》くんみーつけた♪　乃愛《のあ》たちってば、やっぱり運命の赤い糸で結ばれてるのかも♡』

制服に付与していた《隠》の効力が切れ、秋月《あきづき》乃愛の見た目をした【管理者】型の看守AIが複数の【猛獣】を引き連れてこちらへ駆け寄ってくるのを視界に捉えつつ、それでも俺は一歩も動くことなく自身の思考に没頭する。

泉姉妹が俺を誘拐した理由……それは、俺が期末総力戦で勝利してしまうと〝七色持ち《オールカラー》の7ツ星〟になってしまい、その事実が〝8ツ星昇格戦〟とやらの発生に繋《つな》がり、そうなった時点で冥星周りの諸々《もろもろ》が軒並みバレてしまうからだ、という説明があった。けれどだとすれば、俺以外にも対処しておかなければならない連中がいる。

それこそが——学園島非公認組織《アルビオン》。

俺を引き摺《ず》り下《お》ろして8ツ星に至ろうとしている彼らは、リーダーである越智春虎《おちはるとら》が二つ、霧谷凍夜《きりがやとうや》が二つ、不破兄妹《ふわきょうだい》が二人で一つ、そして阿久津雅《あくつみやび》が一つと、組織全体で計六つの色付き星を保有している。故に、もし期末総力戦で七番区森羅《しんら》高等学校が色付き星《ユニークスター》を獲得し、代わりに俺が星を失う——つまり7ツ星の座が空くようなことになれば、その時点で《アルビオン》の方が8ツ星昇格戦の挑戦条件を満たしてしまうことになる。

だから……だから、そう。

《アルビオン》のメンバーもまた、泉によって〝誘拐〟されていなければおかしいのだ。

『えへへ、つーかまーえたっ♪』

……そんな結論に至った刹那、むぎゅっと柔らかい感触に全身を包まれて。

【管理者】型の看守AIに拘束条件を満たされた俺は、あっという間に意識を失った。


【〝期末総力戦〟エントリー最終締め切りまで——残り十五日】

第四章　王道と邪道

――この牢獄《ろうごく》には俺以外にもう一人、《アルビオン》の誰かが幽閉されている。

そんな事実に思い至ってから、俺の《E×E×E《クロス・イー》》攻略は飛躍的に調子よく……進むはずもなく、むしろ明らかに難航していた。

＃

『くくっ……あーはっはっはっは！　逃げ惑え、泣き叫べ！　僕の女神を汚した罪を悔いて哀れにも跪《ひざまず》くがいい、篠原緋呂斗《しのはらひろと》ッ!!』

『あは、なかなか威勢がいいですね。ですが……《我流聖騎士団》でしたっけ？　貴方《あなた》のような三流組織のリーダーには引っ込んでいてもらいたいところですね。元《ヘキサグラム》の首魁《しゅかい》として、僕はそこの彼にちょっとした恨みがあるもので』

『……ふん、貴様らなど不要だ。篠原緋呂斗の相手はこの私――《鬼神の巫女《みこ》》が仕《つかまつ》る』

（お、おいおいおい、今度は6ツ星ランカー揃《ぞろ》いかよ……!?）

C区画へ突入した途端に三人の【管理者】に取り囲まれ、じりじりと後ずさる俺。

八番区音羽《おとわ》学園のエースプレイヤーにして《我流聖騎士団》のトップでもある久我崎晴嵐《くがさきせいらん》に《SFIA《スフィア》》をめちゃくちゃにした元《ヘキサグラム》のリーダーこと佐伯薫《さえきかおる》、そして十六番区栗花落《つゆり》女子学園のトップランカー・枢木千梨《くるるぎせんり》……もちろん本人というわけじゃないため圧倒されるほどの迫力はないが、それでも彼らの持つ《傲》の効果により、俺が抱いている〝強敵だ〟という印象がそのまま性能《スペック》に反映されてしまっている。

（くっそ……！）

牢獄の脱出警戒レベルが二段飛ばしで〝4〟に上がってから早二日——俺の脱獄トライは、こうして立て続けに完封されてしまっていた。

いや……もちろん、攻略の自由度そのものは上がっている。脱出警戒レベルが4になったため、端末内に保管できる要素《ピース》の総数は9。加えて一つのアイテムから抽出、および付与できる要素《ピース》数は4になった。ガラクタが大量に転がっているボーナス部屋も追加で見つかり、思い付く限りの手は打てるようになったと言っていいだろう。

ただ、それでも攻略が行き詰まっているのは、脱出警戒レベルが4になったことでアビリティの二枠目《セット》が登録可能となったため——そして他でもなく、泉《いずみ》姉妹が採用した二つ目のアビリティがなかなかの凶悪さを誇っていたためだ。

それこそが、

『むむ……やっぱりとても強力ですね、泉さんの《弱者生存》アビリティ……』

――そう。

頭上をひらひらと舞うカグヤが難しい声で囁《ささや》いている通り、泉《いずみ》姉妹がこの《決闘《ゲーム》》に採用したのは《弱者生存》なるアビリティだ。能力としては、文字通り〝弱者〟に法外な加護を与える補助効果……これが《E×E×E《クロス・イー》》に落とし込まれたことで、いわゆる〝最弱の看守〟こと【撮影機】たちが一切干渉不能になってしまった。

これが何を意味しているのかと言えば、答えは恐ろしいほどに簡単だ。

「……ああ。最初は【猛獣】型やら【管理者】を強化されるよりよっぽどマシだと思ってたけど……【撮影機】を守られると、俺の攻略ルートが筒抜けになっちまう」

鈴を転がすようなカグヤの声に苦い表情で返事を告げる俺。

そう――そうだ、そういうことだ。俺たちは今まで、まずA区画とB区画に存在する大量の【撮影機】を全て無力化し、泉たちに攻略ルートを悟られないようにしてからC区画に突入する、という作戦を取り続けてきた。配置コストの関係で【管理者】の数はそれなりに限られているため、泉たちからすれば各エリアに散らしておくしかない。よって、これまではほぼ確実に〝一対一〟の状況を実現できていた。

けれど《弱者生存》の登場により【撮影機】を封じられなくなったため、俺の居場所が確実にバレるようになってしまった。そして《遠》の要素《ピース》を持つ【管理者】たちは中央管制室にいる泉たちの指示をいつでも受け取ることができる。よって俺がB区画を進んでいる間に泉が【管理者】たちを移動させ、C区画では三体以上の【管理者】が悠々と俺を待ち構える……という対面を必ず作られるようになってしまったのだ。それも総コストに余裕があるからか、どの【管理者】も追加要素《ピース》持ちの強化個体という有様である。

個体によって強化《バフ》の方向性は違うようだが、試しに目の前にいる【管理者】型三体のデータを覗《のぞ》いてみれば、設定されている要素《ピース》はこんな感じだ。


【管理者（久我崎晴嵐《くがさきせいらん》）：共通要素《ピース》七種＆《飛》《瞬》《速》：配置コスト１００】

【管理者（佐伯薫《さえきかおる》）：共通要素《ピース》七種＆《封》《留》《縛》：配置コスト１００】

【管理者（枢木千梨《くるるぎせんり》）：共通要素《ピース》七種＆《電》《燃》《流》：配置コスト１００】


……いずれも追加要素《ピース》三つ、すなわち一体あたりの配置コストが〝１００〟となる重たいユニットだが、それだけの価値はあると言えるだろう。瞬間移動やら飛行能力やらを付与された偽《にせ》久我崎は素早い動きで俺を翻弄し続け、足止めと嫌がらせに特化した偽佐伯は俺の逃走を許してくれない。そして攻撃能力に振り切った偽枢木は、少しでも気を緩めた瞬間に俺の息の根を止めようと静かに機を窺《うかが》っている。

一体だけでも非常に厄介な【管理者】の強化個体。

それが三体も並ばれたら……今の俺には、抵抗なんて出来るはずもない。

（くそ……ダメだ、戦力差が絶望的すぎて次のミッションすら浮かんでこない。何か、何かないのかよ。このままじゃずっとここで足止めだ……！）

下唇をぐっと噛《か》み締《し》めながら、俺は観念するように目を瞑《つぶ》った。

＃

──目が覚めると、部屋に泉小夜《いずみさよ》がいた。

「〰〰♪」

相変わらずの萌《も》え袖セーターに身を包んだ彩園寺《さいおんじ》家の守護者。何のつもりかは知らないが、ダイニングのテーブルに広げたサラダをもしゃもしゃと頬張っている。そのままはらくご機嫌そうに足をパタパタとさせていた彼女だが、やがて俺が目覚めたことに気付いたのか、ごくんとレタスを呑《の》み込んでから椅子と一緒にこちらを向いた。軽やかな所作に伴って薄紫のツインテールと短いスカートがふわりと揺れる。

「おはようございますっす、先輩。意外とねぼすけさんっすね」

「……ゲームオーバーから一時間経《た》たないと起きられない仕様《ルール》なんだよ。そんなことはお前が一番よく知ってるはずだろうが」

「まあそうなんすけど、暇だったんでつい」

椅子の縁を両手で掴《つか》みつつ剥《む》き出しの素足をぶらぶらとさせる泉小夜。その表情は相変わらず楽しげで、ついでに俺を挑発するようなそれだ。

「っていうか……知ってます、先輩？　今日の日付は一月十九日、期末総力戦の追加エントリー締め切りまであと二週間を切ってるっすよ。それなのに全く脱獄できる見込みがないとか……あはっ、さすがの先輩でもちょっと焦《あせ》っちゃってるんじゃないっすかぁ？」

「……ハッ。何言ってるんだよ、泉」

セーターの袖で半分ほど隠れた右手を口元に当てて思いきり精神を逆撫《さかな》でしてくる泉小夜に対し、俺はあくまでも平静を保ったまま小さく肩を竦《すく》めてみせる。

「焦ってるのはお前らの方だろ？　あと二週間近くは閉じ込めておかなきゃいけないってのに、今の段階で脱出警戒レベルが〝4〟まで上がっちまってる。この《決闘《ゲーム》》の難易度は最大でもあと一段階しか上げられない、ってことじゃねえか」

「そうっすけど、よくそんな自信満々に言えたもんっすね？　《E×E×E《クロス・イー》》の脱出警戒レベルが4になったのは、別によわよわな先輩の手柄じゃないんすけど……」

不満そうな様子でむっと唇を尖《とが》らせる泉小夜。けれどそんな反応は一瞬のことで、彼女はすぐさま気を取り直したように意地悪な笑みを浮かべ直す。

「ま、問題ないっすよ。どっちにしても、この《決闘》で泉たちが負けるなんて有り得ないっすから。特に【管理者】の強化個体くらいで手詰まりになってるよわよわな先輩じゃ絶対にクリアできないっす。ずっと寝てた方が遥《はる》かにマシっすね」

「…………」

「あは、もしかして怒っちゃったっすか？」

「いや？　調子に乗った勢いで攻略情報の一つや二つ口滑らせてくれないかな、って」

「何すかそれ、冷静すぎて超ムカつくっす。……でも、まあいいっす。先輩がいないおかげで、期末総力戦は桜花《おうか》学園——というか、更紗《さらさ》さんが無双してるっすから。他の学園もそこそこ順調みたいですし、英明《えいめい》なんかさっさと脱落しちゃうんじゃないっすか？」

「……へえ？　彩園寺《さいおんじ》が、か」

「はい、更紗《さらさ》さんっす。鬱陶しい先輩が消えてくれて絶好調、って感じっすよ」

俺を焦《あせ》らせたいのか、あるいは苛立《いらだ》たせたいのか、スミレ色のツインテールをふわりと揺らした泉小夜《いずみさよ》はニマニマとした笑顔でそんなことを言ってくる。

けれど、対する俺の方はと言えば、別の部分が気になって思わずそっと右手を口元へ遣《や》っていた。……ああ、そうか。そういえば泉姉妹《こいつら》は彩園寺家の側近にして桜花の所属プレイヤーなんだから、今でも地上で彩園寺更紗と接触する機会があるのか。だとしたらそれは、使いようによっては強力な〝武器〟になる——かもしれない。

（多分、彩園寺のやつは俺を探してくれてるはずだ。で、状況とタイミングを考えれば泉たちが怪しいって気付いててもおかしくない。だけど泉は〝彩園寺家にも内緒でこの件を始末する〟って言ってた。つまり、誘拐の件は彩園寺にも隠してるわけだ。……なら、どうにかして彩園寺《あいつ》にヒントを渡せれば、牢獄《ここ》まで辿《たど》り着いてくれるんじゃないか？）

「ん……まあいいっす。泉の話はそれだけっすから、この辺でバイバイっす」

俺がそこまで思考を巡らせた辺りで、泉小夜はごちそうさまと手を合わせると、短いスカートをひらりと翻《ひるがえ》しながら秘密の抜け道へと消えていく。

そんな背中が完全に見えなくなったところで、俺は嘆息交じりに首を振った。

「ふぅ……っと、そろそろ出てきてくれよカグヤ。泉ならもう行ったから」

『あ、はい。ふふっ、今回もどうにか逃げ切れました。わたし、かくれんぼの世界大会に出たらあっさり優勝できてしまうかもしれません』

「妖精が出るのは反則だろ。というか、出くわしたって何もされないと思うけどな」

ベッドの影から顔を出したカグヤに苦笑を零《こぼ》しつつリビングのソファへ移る俺。

これから何をするのかと言えば――もちろん、今後の脱獄トライに向けた作戦会議だ。

「カグヤも分かってるとは思うけど……正直、脱出警戒レベルが4に上がってからは手詰まりになってるってのが実際のところだ。泉の《弱者生存》のせいで【撮影機】が封じられないから、結局【管理者】に手も足も出せなくなってる。第五のミッションは【《管理者》の撃破リターンズ】だ、なんてとても言えない」

『はい、そうですね。使える要素《ピース》は増えているのでいずれ進捗は出そうですが……』

「確かに、これまでの経験からしても〝完全な詰み〟ってことはないと思う。少しずつ知識を重ねていくのが《E×E×E《クロス・イー》》の王道だしな。……けど、残念ながら俺にはそこまで時間があるわけじゃない。期末総力戦のエントリー締め切りまでもう二週間を切ってるんだ。そろそろ地上に戻らないと取り返しがつかないことになっちまう」

三学期を丸ごと費やして行われる超大規模《決闘《ゲーム》》こと期末総力戦。泉小夜《いずみさよ》の話がどこまで真実なのかは知らないが、当のイベントでは〝高ランカー〟やら〝エース〟の存在が非常に重要になってくるそうだ。7ツ星（偽《にせ》）である篠原緋呂斗《おれ》を欠いた英明《えいめい》が集中砲火されればどうなるか、それくらいは想像に難《かた》くない。

「……だから、ここで一つ手を打ちたいんだよ。成功する保証は全くないけど、もしかしたら攻略を一気に進められるかもしれない邪道ルートだ」

『！　なんと……そんな魔法のような作戦があるのですか？　わたし、とっても気になります。教えてください、篠原《しのはら》さん！』

興味津々《しんしん》といった様子で絹のような金糸を揺らし、ぐいっと文字通り身を乗り出してくるカグヤ。そんな彼女に頷《うなず》きを返しつつ、俺は端末を取り出すことにする。

「っと……」

操作に応じて俺たちの目の前に投影展開されたのは、他でもない。《E×E×E《クロス・イー》》をプレイする中で俺とカグヤが出会ってきた〝罠〟の数々だ。無力化条件や捕縛回数といった情報も蓄積されているのだが、とりあえず名称と所持要素《ピース》の一覧だけを表示させる。

【罠《わな》――種別：落とし穴】
【所持要素《ピース》一覧：《墜》《落》《隠》《帰》《開》《再》《暗》《深》《風》……】
【罠――種別：天井落下】
【所持要素《ピース》一覧：《落》《潰》《速》《重》《硬》《帰》《即》……】
【罠――種別：赤色センサー】
【所持要素《ピース》一覧：《感》《応》《鳴》《爆》《光》《多》《継》《呼》……】

『……罠？　罠がどうしたのですか、篠原さん？　《E×E×E《クロス・イー》》の攻略においては、そこまで重要なものではないと思っていましたが……』

俺の肩にちょこんと座って小さく首を傾《かし》げるカグヤ。

彼女の疑問に対し、俺は「まあそうなんだけどさ」と前置きしてから説明を始める。

「ちょっと気になってたんだ。たとえば落とし穴――こいつは《落》の要素《ピース》だけでも罠として成立してるように見えるけど、そこに《墜》を重ねることで〝穴〟だってのを強調して、さらに《隠》やら《深》やら《暗》やらを突っ込んでディテールを掘り下げてるっていうか、落とし穴としての性質を確定させてる。他の二つも似たようなもんだ」

『そうですね。確かに、そういった側面はあると思います。要素《ピース》の重ね掛けというか、コンボというか……あ、なるほど。罠《わな》にそれが適用されるなら、プレイヤー側にも同じことが出来なければおかしいですよね。……ふふっ、凄《すご》いです篠原《しのはら》さん。つまりは色々な要素《ピース》を組み合わせて最強の武器を作る、ということでしょうか？』

「ああ、それも試したいところだけど……まずはこうするってのはどうだ？　外の廊下から《通》を、エアコンのリモコンか何かから《信》を抽出する」

『外に出られなくなって、エアコンが利かなくなりました』

「……ま、まあ、今回は脱獄目的じゃないってことで」

廊下が通れなくなると下手したら詰んでしまいかねないが、幸いにしてこの部屋には秘密の抜け道があるため〝自滅〟するのは何も難しいことじゃない。

と、まあそれはともかく。

「罠の仕様を見る限り、色んな意味を持ってる要素《ピース》は組み合わせることで性質を確定できそうだろ？　だから端末に《通》と《信》を組み込めば——もちろん電波がないんだから地上との連絡は無理だろうけど——トランシーバーの要領で、牢獄内の誰かとなら通信が繋がるかもしれない。俺以外の〝もう一人〟とコンタクトできるかもしれない」

『なるほど……その発想はありませんでした。確かに、その組み合わせなら実現できそうです。……ですが、もう一人のプレイヤーさんと連絡を取ってどうするのですか？』

「ん……どうするかは、まあ相手次第なんだけど」

右手の人差し指でそっと頬を掻《か》く俺。

この牢獄《ろうごく》に閉じ込められているのは《アルビオン》メンバーのうち誰か……最高なのは不破《ふわ》兄妹《きようだい》のどちらかだ。交渉次第では協力できる可能性も充分にある。霧谷《きりがや》や越智《おち》だとしたら共闘は厳しいが、地上に出たい気持ちはどちらも強いだろうから、交換条件という形で情報のやり取りくらいはできるかもしれない。阿久津《あくつ》だとしたらそれすらも怪しくなるものの、これだけ〝当たり〟が多いのだから試してみる価値くらいはあるだろう。

そんなようなことを伝えると、カグヤは嫋《たお》やかな笑みと共に金糸を揺らして頷《うなず》いた。

『分かりました。では、第五のミッションは【もう一人のプレイヤーと接触して苦境を打開せよ！】――としておきましょうか』

「ああ。それじゃ……まずは、今年初めての運試しってところだな」

微《かす》かに口角を上げつつそう言って。

通信に使う二種類の要素《ピース》を抽出してくるため、俺は静かにソファから腰を上げた。

＃

『――、何？』

端末に《通》と《信》の要素《ピース》を組み込むことで完成したトランシーバー。

それは俺の思惑通り《E×E×E》《クロス・イー》に参加しているもう一人のプレイヤーに繋《つな》がってくれたらしく、即座に聞き覚えのある声が俺の耳朶《じだ》を打ち付けた。

「………うわ」

凍《い》てつくような女性の声に思わず頬を引き攣《ひ》らせ、露骨な反応を零《こぼ》してしまう俺。

聞こえたのはたった一言――音にしてたったの二文字だけだが、それでも端末の向こうにいるのが誰なのかははっきりと分かった。学園島《アカデミー》二番区彗星《すいせい》学園に所属する6ツ星ランカー。かつては《ヘキサグラム》の参謀として佐伯薫《さえきかおる》を影から巧みに操り、今は《アルビオン》の一員として越智春虎《おちはるとら》の野望を叶えるべく暗躍しているクールビューティー。

その名も、阿久津雅である。

『うわ、って言った？　そっちから掛けてきておいてどういうことなの、その嫌そうな反応は。私で悪かったわね、愚鈍』

「あ、ああいや……そういうわけじゃないんだけど」

『じゃあどういう意味？　ここにいるのが《アルビオン》の誰かだってことくらいは分かっていたはずでしょ。すみれちゃんだったら嬉《うれ》しいな、とか思ってたんじゃないの？』

「……まあ、否定はしない」

『性犯罪者』

「そこまで言われる筋合いはねえよ」

　声だけで凍てつくような視線まで想起される阿久津《あくつ》と会話を交わしつつ、俺は緊張を解《ほぐ》すように小さく息を吐き出す。……まあ、理想を言えば阿久津でない方がよかったが、通信に応じてくれたのだから少なくとも最悪のケースではないと信じたい。

『篠原《しのはら》さんをこれだけ鮮やかに罵倒できるとは……なかなかのお方ですね』

　興味深そうな表情でふわふわ頭上を舞うカグヤに一瞬だけジト目を送りつつ、俺は改めて思考を整理する。俺と同様にこの牢獄《ろうごく》へ閉じ込められたプレイヤー、阿久津雅《みやび》――攻略状況としては俺より進んでいるわけで、訊《き》きたいことなんていくらでもある。

「……なあ、阿久津。悪いけど、少しだけ時間もらえないか？　話したいことがある」

『何それ、つまらないナンパ？　《SFIA《スフィア》》で一度私に勝ったからって見込みがあるとでも思っているなら認識を改めてもらいたいわね。貴方《あなた》は確かに無能じゃなかったかもしれないけれど、せいぜい三下《さんした》といったところよ。図に乗らないでもらえる？』

「……何が悲しくてお前をナンパしなきゃいけないんだよ」

『じゃあストーカーね。さっきまでだって散々私の邪魔をしてくれたじゃない』

「は？　さっきまでって……それ、何の話だ？」

『看守の話に決まっているでしょう。【管理者】型の看守AI……《倣》の効果で毎回毎回貴方の虚像《コピー》が出てくるの。鬱陶しいからその度に爆破しているけれど、三人の〝篠原緋《ひ》呂斗《ろと》〟に囲まれた時はさすがに貞操の危機を感じたわ。死んで詫《わ》びなさい』

「……へえ。ちなみにお前、【管理者《あいつら》】がコピーする相手の条件って知ってるか？」

『さあ？　貴方《あなた》しか出てこないんだから、寒気がするほど嫌いな相手とかじゃないの？』

冷たい声音でそんな言葉を言い放つ阿久津雅《あくつみやび》。彼女の視点で【管理者】が俺に見えているなら、阿久津が俺を〝強敵〟だと認識していることになってしまうが……まあ、面倒だから藪《やぶ》を突《つつ》くのは止《や》めておこう。小さく首を振りながら話を戻す。

「ナンパでもストーカーでもなくて、単にちょっとした情報共有タイムを作りたいだけだよ。俺とお前は間違ってもチームなんかじゃないけど、だからと言って敵でもない。部分的な協力……違うな、協調くらいはしておいた方が有益だ」

『低能なくせに詭弁《きべん》は上手なのね。脱出警戒レベルの推移から見るに、今は私の方が脱獄成功に近いはずよ。貴方程度の男から得たい情報なんて一つもないわ』

「分からないぜ？　防衛ユニットの配置は泉《いずみ》たちが決めてるんだから、看守の攻略難易度やら貴重な要素《ピース》の入手難易度だって俺と阿久津の側で全然違う可能性がある。いざって時は俺を利用してさっさと脱獄できるかもしれないだろ？」

『ふぅん？　それを自分から提示するのね』

「ああ。何せ、俺だって最初からそのつもりでコンタクトを取ってるからな」

革張りのソファに深く腰掛けたまま、俺はニヤリと口角を上げつつ堂々と告げる。

まあ、当然の流れだろう——相手が不破兄妹《ふわきょうだい》ならともかく、元《ヘキサグラム》の中枢メンバーでもある阿久津雅《あくつみやび》と心の底から協力関係になどなれるはずがない。だって、彼女にとって最良の結果は、間違いなく〝自分だけが早々にこの牢獄《ろうごく》を抜け出して篠原緋呂斗《おれ》は最後まで閉じ込められ続ける〟ことだからだ。そうなれば、俺が《アルビオン》の前に膝を突くという越智《おち》の〝予言《シナリオ》〟も自動的に果たされることになる。

だからこそ、俺たちが仲間になることなどは有り得ない。……が、複数のプレイヤーが同時に〝脱獄〟を目指すという《E×E×E《クロス・イー》》のゲーム性を考えれば、プレイヤー同士で手を組んだ方が効率的に攻略を進められる、というのもまた間違いない。

——それなら、最初から相互利用のつもりでいた方がずっといいだろう。

お互いにお互いの目的を果たすため、部分的には協調しつつも最終的には自分だけがこの牢獄を抜け出すことを目指して動こうという、それなりに捻《ひね》くれたお誘いだ。

『……なるほど、ね』

俺の話を正しく理解してくれたのだろう、端末の向こうの阿久津は（相変わらずやたらと冷たい声ではあるものの）得心したように相槌《あいづち》を打つ。

そうして彼女は、記憶を辿《たど》るようにしながらゆっくりと言葉を継いだ。

『そういうことなら、少しは恩を売っておいてあげてもいいけれど。……そもそも、貴方《あなた》はどうして私がここにいるか知っているの？』

「え？　どうしてって……お前も泉《いずみ》たちに誘拐されたんじゃないのかよ？」

『直接の手段としてはそうね。ただ、私は自ら志願してこの〝牢獄〟に降りてきたの』

「……志願して？」

意味不明な発言に小さく眉を顰《ひそ》める俺。

それに対し、端末の向こうの阿久津は冷たく澄み切った声音で続ける。

『ええ。貴方ほどの低能でもさすがに覚えていると思うけど……《アルビオン》リーダーの越智春虎《はるとら》は《シナリオライター》というアビリティを持っているわ。未来を予知する特殊アビリティ……いえ、正確には〝提示された条件を全て達成することで望む未来が手に入る〟色付き星《ユニークスター》由来のアビリティね』

「あ、ああ……もちろん、それくらいは知ってるけど」

白の色付き星に由来する特殊アビリティ《シナリオライター》。越智が自身の望む未来を実現するためのアビリティであり、いつかの《習熟戦《リフレイン》》では俺たち英明《えいめい》学園を散々苦しめた魔法のような力だ。その終わり際に不吉な予言を残されていることもあって、今回の期末総力戦でも当然ながら最大の懸念になると思っていた。

まさか、イベントに参加すらできないとは予想していなかったが……ともかく。

「越智の《シナリオライター》がどうかしたのか？」

『ええ。要するに、誘拐の件は《シナリオライター》でも予言されていたのよ。春虎のシナリオを完遂するために通っておかなきゃいけない必須条件の一つだった。……ただ、そこには〝《アルビオン》のメンバー一人が誘拐される〟という記載しかなかったの。指定された時間に指定された場所で待っていれば、誰でも誘拐されることが分かっていた』

「ん……それで、お前が自分から申し出たって？」

『そういうこと。……だから、誘拐っていうと少し語弊があるかもしれないわね』

微《かす》かに愉《たの》しげな感情を声に乗せながら阿久津雅《あくつみやび》は不敵に続ける。

『私からすれば潜入捜査みたいなものよ。学園島《アカデミー》の頂点に最も近い春虎《はるとら》があれだけ固執している奇妙な存在——冥星。このタイミングで貴方《あなた》と《アルビオン》に手を出しているのだから、誘拐犯はきっと冥星に深い関係がある人物なんでしょう？　どうせしばらく地上には戻れないのだから、この機会に何もかも暴いてあげるわ。そうしたらきっと春虎も喜んでくれるはず……うふふ、なんて楽しいのかしら』

陶酔したような声音で囁《ささや》く阿久津。……そうか、なるほど。確かに彼女の立場ならそう考えてもおかしくはない。《アルビオン》の目的は8ツ星への到達——だがそれは、8ツ星になることで〝冥星〟の所持者である衣織《いおり》を救えると思っているからだ。黒幕の情報なんて喉から手が出るほど欲しいに違いない。

「……そこまでは分かった。けど、肝心なのはお前の攻略状況の方だ」

ある程度の事情が掴《つか》めたところで思考を切り替え、俺は改めて本題に入ることにする。

「何日か前に脱出警戒レベルが4になったのはお前が何かしらの〝強敵〟を倒したからだと思ってるんだけど……実際、どの辺りまで到達してるんだよ？」

『そうね。これまでの流れを整理しておくと……まず、しばらく前に貴方が小癪《こしゃく》にも【管理者】型を初攻略して、それによって牢獄《ろうごく》全体の脱出警戒レベルが2に上がった。その頃の私はスタート地点周辺のマッピングと要素《ピース》同士の組み合わせを研究していたから、まともに攻略を進めてはいなかったわ』

「まあ、そうなんだろうな」

『ええ。そして、先週から本格的な探索を開始したというわけ。使える要素《ピース》が増えていたから【管理者】にはほとんど手こずらなかったけど、苦労したのはその後からね。〝大型トラップの無力化〟が脱出警戒レベル3への昇格条件、さらに〝【門番】型看守ＡＩの初撃破〟がレベル４への昇格条件……だったかしら』

「【門番】型……そいつが【管理者】型よりも強力な看守、ってやつか」

『でしょうね。とにかく頑丈で、プレイヤーを簡単に強制送還《リスポーン》させる力を持っていて、手数が多くて無力化条件も厳しい……細かいことは教えてあげないけれど、きっと種別としてはこの《決闘》内で最も強い看守なんだと思うわ』

「…………」

阿久津からの情報を頭に叩《たた》き込《こ》みつつ、じっくりと思考を巡らせる俺。

俺が今でも散々苦戦させられている【管理者】よりもさらに強力だという【門番】型の看守AI——確かに、名前からしてもこの牢獄《ろうごく》を守る長のような存在なのだろう。どんな要素《ピース》を持っているのか知らないが、覚悟は決めておく必要がある。

「けど……それだけ強い看守が出てきてるんだから、この《E×E×E》《クロス・イー》ももうすぐ終盤ってことなんじゃないか？」

『いえ、アレはせいぜい中ボスといったところでしょうね。全体マップを見る限り』

「全体マップ？　何だよそれ」

『？　何って、脱出警戒レベルが4になったタイミングで解禁された牢獄内の詳細地図のことだけれど。もしかして貴方《あなた》、まだ見ていないの？』

「……仕方ないだろ、こっちは攻略を進めるので手一杯なんだよ」

呆《あき》れたような口調の阿久津《あくつ》に適当な言い訳を返しつつ、俺は——彼女との通信状態を維持したまま——新たな投影画面を展開することにした。トップページを開いてみると、確かに《E×E×E》《クロス・イー》の〝牢獄マップ〟なる項目が追加されているのが見て取れる。

わくわくとした表情のカグヤと一緒にそいつを覗《のぞ》き込んでみれば——、

（！　って、いやいやいや……これ、どう考えても広すぎるだろ!?）

あまりの光景に思わず内心で悲鳴を上げてしまう俺。

目の前に展開された巨大な〝牢獄〟の見取り図……綺麗《きれい》な正方形で描かれた図面。現在地でもある俺の部屋は右上の隅に配置されており、逆に阿久津の部屋は左下だ。プレイヤーのスタート地点がいずれも牢獄の端に据えられている一方、目指すべき中央管制室《コントロールルーム》は当然ながら地図《マップ》のド真ん中にある。まあ、ここまでは別にいい。

けれど、問題なのは進捗だった。カグヤがマッピングを進めてくれていた自前の地図と重ねてみれば、その途方もなさは一目瞭然――阿久津の言う通り、最強の看守が待っているというE区画を突破したところで中央管制室までの道のりの半分にすら到達してはいないようだ。同じネーミングで揃《そろ》えるなら中央管制室《コントロールルーム》は〝L区画〟にあたる。

「……なるほどな。先は長い、なんてレベルじゃなさそうだ」

ソファの背もたれに全体重を預けながら天井を振り仰ぎ、そのまま「ふぅ……」と露骨な溜《た》め息《いき》を零《こぼ》す俺。《E×E×E《クロス・イー》》の牢獄がここまで広いとはさすがに予想外だ。そろそろ〝絶望的〟なんて表現が脳裏を過《よ》ぎってもおかしくない。

と――そんな俺の耳に阿久津の冷たい嘲笑が届く。

『さすがは歴代7ツ星きってのヘタレね。この程度でメンタルをやられるなんて』

「うるせぇよ……さっさと地上に戻らなきゃいけないって状況で二週間も三週間も閉じ込められて、その上で〝まだ半分も終わってないです〟とか言われてるんだぞ？　愚痴の一つくらい零したくもなるだろうが」

『ふぅん？　じゃあ、そのまま諦めるということ？　いいんじゃないかしら、情けない貴方《あなた》らしくて。ゲームマスターの子たちも可愛《かわい》いし、閉鎖空間なんだから頑張ればモノに出来るんじゃない？　きっと幸せな堕落生活が待っているわよ』

「……そういう意味では絶対にねえよ」

苦笑交じりに否定して。

それから俺は、小さく首を振りつつ微《かす》かに口角を持ち上げる。

「なあ阿久津《あくつ》、ちょっと前提を確認させてくれ。お前ら《アルビオン》にとっても、期末総力戦は七つ目の色付き星《ユニークスター》が懸かった大事な《決闘《ゲーム》》なんだよな？　だからエントリーの最終締め切りに間に合わないと——今月中に脱獄できないと手遅れになる」

『？　それは、そうだけど……だから何？』

「だったら今のままじゃ絶対にダメだ。俺とお前でやり方は違うみたいだけど、攻略のペースとしてはそう悪くないはず……なのに、このまま進めてたらあと一ヶ月《いっかげつ》は地上に戻れない規模感だ。もちろん《E×E×E《クロス・イー》》はそのために用意された《決闘《ゲーム》》なんだろうけどさ、それは要するに〝まともにプレイしてたら最速攻略でも間に合わない〟ように設定されてるってことだろ？　なら、まともにやってちゃいけないってことだ」

『……具体的なアイデアがある、ってわけじゃないのね』

「今のところはな。けど、これくらいは共有しておいてやらないと、いざって時にお前を利用する価値がなくなっちまう。無計画に動かれても困るんだよ」

『貴方、結構ゴミみたいなこと言ってるけど自覚ある？　現状で利用価値がないボンクラはどう考えても貴方だから。無強化《ノーマル》の【門番】くらいさっさと倒してくれる？』

「……悪かったな」

阿久津に正論で攻め立てられ、微かに頬を引き攣《ひ》《つ》らせる俺。……が、まあ確かにそれはそうなんだ。彼女の言う通り【門番】が最強の看守ＡＩなのだとすれば、理論上はそこまでの範囲で《Ｅ×Ｅ×Ｅ《クロス・イー》》に登場する全ての要素《ピース》が獲得可能だということになる。仮に正攻法でない攻略ルートが見つかったとしても、どうあれ【門番】までは倒せるようになっていないと必要な要素《ピース》が手に入らない可能性が非常に高いだろう。

具体的な手段については、これから詰めていかなければならないが。

「まあ——とにかく、せいぜい頑張ってくれよ阿久津。俺が脱獄するために」

『その言葉、そっくり貴方に返しておくわ。私のために犬死しなさい、愚鈍』

……焚《た》き付けるようにそんな挑発をぶつけ合って。

俺と阿久津は、競うような速度で互いに通話の終了を選択した。

＃

【〝期末総力戦〟エントリー最終締め切りまで——残り十二日】

《E×E×E《クロス・イー》》式トランシーバーを用いて阿久津と通信を行った翌日。

彼女との会話によって、というよりは脱出警戒レベルが4になったことで解放された詳細地図《マップ》によって、この牢獄《ろうごく》がいかに絶望的な広さを持っていることが分かってしまった。まともに攻略していたら、期末総力戦のエントリー締め切りになど到底間に合わない。

故に、俺とカグヤが掲げた第六のミッションは【邪道な攻略ルートを発見せよ！】。

これまでの攻略で手に入れた牢獄内の情報やら要素《ピース》の知識をフル活用して、あるいは牢獄マップと睨《にら》めっこして〝正攻法でない〟やり方を模索する。

けれど、それでも――特に目立った成果は得られないまま、さらに数日が経過した。


「あ、あのあの……だ、大丈夫ですか、篠原《しのはら》さん？」

――そんな、ある日の午後。

試行錯誤の中で自滅した（縮小系の要素《ピース》を重ねまくって妖精《カグヤ》サイズになってみたら一瞬で【猛獣】型に踏み潰された、ともいう）俺の意識が戻った時、ベッドの脇からおずおずとこちらを覗《のぞ》き込んでいたのは他でもない泉夜空《いずみよぞら》だった。鮮やかな紫紺の長髪とぱっつんに切り揃《そろ》えられた上品な前髪。普段は顔の半分ほどが髪で隠れてしまっているが、真正面から見下ろされているこの体勢だと整った顔立ちがよく見える。

「わわ……」

彼女は俺が目を覚ましたことに少なからず安堵《あんど》したような表情を浮かべると、胸元に手を遣《や》りながら相変わらず気弱な声音で続ける。

「そ、その……少し心配していたんです。苦戦されているようだったので……」

「……それでわざわざ挑発しに来たってのか？」

「！　あ、ごめんなさいごめんなさいっ！　煽《あお》っているわけじゃなくて、本当に気掛かりだったというか何というか……その、好きなだけ罵ってくれていいので!!」

「罵ってストレス発散する趣味はねえよ」

呆《あき》れ口調でそう言いながら身体《からだ》を起こし、傍《かたわ》らの端末で時刻を確認する俺。現在の日時は一月二十四日の午後三時だ。遅々として進まない攻略状況に少なからず焦《あせ》りを覚えるものの、それはそれとして別の疑問が脳裏を過《よ》ぎる。

「……午後三時？　お前が来るにしては珍しい時間だな、泉。何か用でもあるのか？」

ほんの少し首を傾《かし》げつつストレートな問いを投げ掛ける。

彼女——泉夜空がこの部屋を訪れるのは、主に食事の運搬が目的だ。都合よく時間が合えば俺が食べ終わるのを律儀に待っていることもあるが、基本的にはテーブルに作り置きを用意してくれている。そして、昼ご飯の時間は決まって正午から午後一時の間だ。こんな時間に泉夜空が部屋にいたパターンは記憶にない。

そんな俺の指摘に対し、彼女はじわっと目を潤ませる。

「ご、ごめんなさい、来るのが遅くなって……わたしは時計も読めない女です……」

「いや、だから……責めてるわけじゃなくて、何か理由があったのかって訊《き》いてるだけだよ。単に遅れただけなら別にいい」

「あ……そういうことでしたか。……えと、理由というほど大それたものではないんですけど、それにこんなこと言ったら小夜《さよ》ちゃんに怒られちゃうんですけど……さっきお話した通りです。ちょっとだけ、ほんのちょっとだけ、篠原《しのはら》さんが心配で」

「……だから様子を見に来たって？」

「うぅ……そうなんです。得点稼ぎの良い子ちゃんみたいで鬱陶しいですよね、こういうの。ごめんなさい、もう二度としません。頑張って心を鬼にしようと思います！」

「独特な決心だな……まあ、何でもいいけど」

泉夜空《いずみよぞら》の宣言を聞いて嘆息交じりに首を振る俺。……最初から分かっている通り、彼女は俺をこんな牢獄《ろうごく》に閉じ込めている誘拐犯の一人であり、俺にとっては明確な敵だ。だからこそ気を遣われても素直に喜ぶことなど出来ないのだが、とはいえ泉小夜を相手にするよりは随分と心が楽だった。それに、彼女の作る食事には何の罪もない。

と——そこまで考えた辺りで、不意にちょっとした疑問が脳裏を過《よ》ぎった。

(そういえば……泉小夜が〝妹〟で泉夜空が〝姉〟なんだから、泉家の当主って言ったら夜空《こいつ》の方なんだよな。じゃあ、8ツ星昇格戦で戦う相手はこいつになる……のか？)

静かに思考を巡らせる。これまでの話を整理すれば、おそらくそういう理解になるはずだが……《E×E×E《クロス・イー》》のメイン指揮官はどう考えても小夜の方だし、加えて夜空が部屋にいる時は小夜の時以上にカグヤがきっちり身を隠している。故に、この少女がどれだけの実力を持っているのかはイマイチ分からないというのが正直なところだった。

「ん……」

そんな懸念を抱えたまま、俺はダイニングテーブルへと移動する。どうやら今日の昼食はグラタンのようだ。こんがりと焼けたチーズの匂いが食欲をそそる。

「それじゃあ、いただきます」

「は、はい！　どうぞ、お召し上がりください」

俺の声にびくんと背を跳ねさせながらそんな返事を寄越《よこ》した泉夜空は、その後もちらちらとこちらの反応を気にするような視線を向けてきた。そうして彼女はおずおずとテーブル側へ歩み寄ってきたかと思えば、ついには意を決したようにえいやっと俺の対面に腰を下ろす。彼女の視界に映るのは、ただただ俺が食事をしているだけの風景だ。

「「…………」」

無言の時間がしばし流れる。何かにつけて煽《あお》りまくってくる泉小夜と違い、夜空の方はぐいぐい話し掛けてくるタイプじゃない。そのため必然的に沈黙が生まれてしまう。

とはいえ、無言の食事というのもどこか寂《さみ》しい。

（えっと……共通の話題、話題……って、そういえば）

そんな動機から記憶を遡ることにした俺は、ふとあることを思い出してフォークを操る手を止めた。そうして小さく首を傾《かし》げながら対面の夜空《よぞら》に問いかける。

「なあ泉《いずみ》。お前ら二人は彩園寺《さいおんじ》家の側近……っていうか〝影の守護者〟なんだよな。ってことは、彩園寺更紗《さらさ》――桜花《おうか》の《女帝》とも仲が良かったりするのか？」

「更紗さんと、ですか？　えと、そうですね……」

俺の質問に少しばかり考え込む泉夜空。

紫紺の長髪を微《かす》かに揺らした彼女は、前髪の隙間から俺を見つめつつこう答える。

「その、実を言えば、あまりプライベートなお付き合いはしていないんです。わたしと小夜《さ》《よ》ちゃんは彩園寺家を影から守る存在なので……もちろんお屋敷の中でご一緒したりご挨拶したりする機会はたくさんありますが、関《かか》わりとしてはそれくらいです」

「へえ……そうなのか」

「はい、そうなんです。それに更紗さんは、わたしからすればとってもとっても尊敬できる素敵な方なので……な、仲良くするなんて恐れ多いといいますか」

えへへ、と照れたような笑顔を零《こぼ》してそんなことを言う泉夜空。俺という部外者の前だからか〝替え玉〟の話は一切出てこないが、それでも今の彩園寺更紗――すなわち朱羽莉《あかばねり》奈《な》を純粋に慕っているのだろう、というのが言葉の端々から伝わってくる。

俺がそんなことを考えていると、対面の彼女が微かに首を傾《かし》げて尋ねてきた。

「でも……篠原《しのはら》さんは、やっぱり更紗さんのことがお嫌いなんでしょうか？　その、7ツ星を脅かすライバルですし……イベント戦では何度も衝突していますし」

「ん……どうだろうな。そりゃまあ、ライバルと言えばライバルだけど……」

泉夜空の問いに俺はそっと右手を口元へ遣《や》り、熟考しているフリをする。……そう、これはあくまでも演技《ポーズ》だ。数分前に〝この話題〟を選んだ瞬間から、俺が彼女に伝えておきたい情報なんてたった一つに定まっている。

というのも、だ。

「――でも俺、実は彩園寺のやつとデートしたことあるんだぜ？　それもクリスマスだ」

「えっ……ええええ⁉　さ、更紗さんが、篠原さんと……で、デート⁉⁉」

「ああ。ま、あいつにどんな意図があったのかは知らないけど……それでも、二人っきりで出掛けたことは間違いない。イルミネーションも見たしな」

「は、はわわ……」

俺の話がよっぽど予想外だったのか、混乱で目をぐるぐるとさせる泉夜空。

まあ、当然と言えば当然ながら――彩園寺とのクリスマスデートは、誰にも明かしてはならない極秘事項だ。7ツ星と元7ツ星の逢瀬《おうせ》、なんてものが明るみに出れば非常に面倒なことになる。それは相手が〝彩園寺家の守護者〟であっても変わらない。……が、そんなリスクを負ってもなお、この話を泉《いずみ》姉妹に伝える価値《メリット》は絶大なはずだった。

だって、彼女たちは彩園寺更紗を慕っている――。

故にこそ、俺がこんなことを言い出したら一刻も早く真偽を確かめたくなるだろう。そしてそれを叶《かな》えるためには、彩園寺《さいおんじ》に直接訊《き》いてみるしかない。

(あとは、彩園寺《あいつ》が違和感に気付いてくれるかどうかだけ……ま、そこは賭けだな)

そっと息を吐きながら小さく首を横に振る。

まあ、とにもかくにも……対面の泉夜空《よぞら》がそれきり顔を真っ赤にして別の思考に耽《ふけ》ってしまったため、新たな話題に移ることもなく食事はそのままスムーズに終わった。俺が零《こぼ》した「ごちそうさま」に対して「お、お粗末様でした……」と気弱な声で返しつつ、彼女は両手をぐぐっと伸ばしてトレイを手元に引き寄せる。

「あ、あのあの……が、頑張ってくださいね、篠原《しのはら》さん」

「……え？　ああ、どうも」

どういう意味の応援なのかは知らないが、とりあえず肩を竦《すく》めて受け取っておく。

そんな俺の反応に控えめな笑みを浮かべながら、泉夜空はいつも通りに秘密の抜け道を使って中央管制室《コントロールルーム》へと帰っていった。そうして再び俺一人だけ、もとい夜空の退出と同時にひょっこり顔を出したカグヤと俺の二人だけになった白い部屋。さすがに過ごし慣れてきたこの場所で、俺は次なる〝邪道ルート〟探しを――始めようとしていたのだが、そこでふとあることが気になって思考を止めた。

『どうしたんですか、篠原さん？　まるで、解決編に入る直前の探偵さんみたいですが』

「ん？　ああ……いや、何ていうか」

曖昧な口調で呟《つぶや》きながら、俺は静かにダイニングの椅子から立ち上がった。そのまま身体《からだ》の向きを変え、ついさっき泉夜空が消えたばかりの〝秘密の抜け道〟へ向き直る。真っ白な壁に描かれた扉の模様。こいつを横にスライドさせるとその先は漆黒の暗闇になっていて、そこをひたすら進めばいつかは中央管制室《コントロールルーム》へと辿《たど》り着くという。

そんな魔法の扉に指先を触れさせながら続ける。

「今さらなんだけどさ。泉たちが使ってるこの通路……やっぱりおかしいと思うんだよ」

『なんと……ふふっ、無性に心が躍ってしまう異議申し立てですね。おかしいというのは具体的にどういった点でしょうか、篠原さん？』

「順を追って話してやるよ。まず――俺は、この通路に足を踏み入れてゲームオーバーになったことがある。まあ、それ自体はそもそも〝俺には通れない〟っていう泉の忠告を無視したせいで起こっちまったことなんだけど、実際こいつは通れなかった」

『はい、そのようですね。……それがどうかしたのですか？　焼きもち、とか？』

「そうじゃない。ルール的におかしいんだよ――この牢獄《ろうごく》はどこも《E×E×E《クロス・イー》》のゲームフィールド上のはずだろ？　泉たちは何事もなく通れるけどプレイヤーは叩《たた》き出される通路なんて、そんな都合のいい仕様は有り得ない。この牢獄《ろうごく》が地上と違うのは要素《ピース》操作の能力と仮想拡張現実《VAR》機能だけだ。別に魔法が蔓延《はびこ》ってるってわけじゃない」

『ん……確かにそうかもしれませんが。でも実際、篠原《しのはら》さんはこの扉を通れませんよ？』

「だな。俺が通ろうとすると速攻でゲームオーバーになる。……これを《E×E×E《クロス・イー》》のルールに当てはめたらどうなると思う？」

『むむ、これは難問……でもありませんね。入った瞬間にゲームオーバーになるのですから、当然〝罠〟の類です。わたし、ピピッと閃《ひらめ》きました。AIだけに！』

俺の前でふわふわと浮遊しながら上品な笑みを浮かべてみせるカグヤ。

そう——彼女の言う通りだ。入った瞬間にスタート地点からやり直しさせられてしまうのだから、要するにこの〝秘密の抜け道〟は一種の罠になっているんだろう。謎の力が働いてゲームオーバーになります、と言われるよりはよっぽど納得できる仕様だ。

そんな俺の思考を補足するように、嫋《たお》やかな笑みを浮かべたカグヤが口を開く。

『だとすると泉《いずみ》さんたちは、その罠《わな》を無効化できる……あるいは感知されないようにする何らかの要素《ピース》を自身に付与している、という見方が正しそうですね』

「ああ。……ってなると、一気に活路が見えてくる」

胸中に渦巻く高揚感を自覚しつつ、俺は微《かす》かに口角を持ち上げる。

「こいつが〝絶対に通れない抜け道〟じゃなくて〝普通の抜け道に罠が仕掛けられてるだ

け〟なら、特定の要素《ピース》さえ揃《そろ》えられれば俺にだって通れるはずだ。んで、この通路は間違いなく中央管制室《コントロールルーム》――俺たちが目指してる牢獄の終着点に繋《つな》がってる」

『はい、とっても大胆なショートカットです。わたし、ワクワクしてしまいます！』

心の底から楽しそうに表情を輝かせるカグヤ。

そうだ――このルートならば、全ての区画をすっ飛ばして直接ゴールに辿り着ける。

第六のミッション【邪道な攻略ルートを発見せよ！】の要件を満たしている。

「……よし」

だからこそ、俺は。

改めて〝王道を外れる〟覚悟を決め直すべく、小さく息を吸い込んだ。

♭♭――彩園寺更紗《さいおんじさらさ》③――

今年度最後の大規模イベント・期末総力戦の開始から二週間と少しが経《た》った頃。

三番区桜花《おうか》学園は、相も変わらず順調に《決闘《ゲーム》》を進めていた。……が、それは更紗《あたし》の采配が云々《うんぬん》というより、単純に戦力の問題だろう。桜花には元々強力なプレイヤーが揃っている。それに、英明《えいめい》の混乱でこちらの士気が上がっているのも間違いない。

（まあ、個人的にはあまり喜べた話じゃないけれど……）

そんな感想と共に微かな溜《た》め息《いき》を一つ零《こぼ》す。

夜ご飯を食べてから短い湯浴《ゆあ》みを終えたあたしは、もこもこのパジャマを纏《まと》って一人お屋敷の中を歩いていた。紫音《しおん》はこの時間でもべったりと従者（もちろんユキのことだ）を付かせていたけれど、あたしはそこまで寂《さみ》しがり屋じゃない。むしろ、学校でお嬢様の仮面を被《かぶ》り続けていなければいけない分、夜くらいは素の自分でいたかった。

「ん……」

長い廊下の角を曲がったところできょろきょろと辺りに視線を遣《や》る。

あたしがお屋敷の中を探索しているのは、他でもない。あの子たち——泉姉妹との遭遇を狙っているからだ。篠原《しのはら》を誘拐した犯人かもしれない、彩園寺《さいおんじ》家の影の守護者。もちろん連絡手段は持っているものの、こちらからアクションを掛けると怪しまれてしまう可能性が高い。そうなればあの子たちは（彩園寺家に忠誠を誓っているからこそ）しらばっくれてしまうだろう。だから、先に何かしらの〝証拠〟を掴《つか》んでおく必要があった。

といっても、もう一週間近く空振りが続いているのだが——、

（！　……見つけた）

そんなことを考えていた矢先、視線の先に見慣れた人影があるのを認めて、あたしは静かに目を細めた。鮮やかな紫紺の長髪に少し羨ましくなるくらいのスタイル。普段からやや猫背になって歩いている彼女は、彩園寺家を守護する泉《いずみ》家の当代——泉夜空、だ。

「——ねえ、夜空《よぞら》？」

「わひゃぃあいあいあ！」

微《かす》かな緊張を押し殺しながら声を掛けてみると、夜空は（きっとあたしが近くにいることに気付いていなかったんだろう）驚いたようにびくんっと肩を跳ねさせた。そうして涙目になりながらこちらを振り向いて、長い髪を流れ落ちさせつつ深々とお辞儀をする。

「さ、更紗《さらさ》さん！　ご、ごごごめんなさい！　こんな時間にお屋敷をうろうろして……」

「いえ、別に怒っているわけじゃないのだけれど……どうかしたの？」

「そのぅ、ちょっとだけ喉が渇いてしまって……あの、ほ、本当ですよ？　嘘《うそ》とかじゃないですよ？　彩園寺家の財宝を盗み出そうとかなんか全然してないですよっ!?」

「全く疑っていなかったのに一気に疑惑が浮上してきたわ」

わたわたと両手を振る夜空に呆《あき》れたような表情を返しておく。……まあ、夜空がちょっと真面目《まじめ》過ぎるくらい彩園寺家に入れ込んでくれていることはあたしも知っている。悪意を持った〝攻撃〟をしてくる可能性なんて完全に0だと言い切れるのだが。

「それにしても……」

とにもかくにも、あたしは早々に話題を変えることにした。探りを入れたいのは〝篠原誘拐〟の件についてだが、ここでストレートに尋ねてしまってはわざわざ偶然を狙った意味がない。別の話題から徐々に近付けて、決定的なボロを出させる必要がある。

だからあたしは、右手を軽く腰に当てながら赤の長髪をさらりと揺らしてみせた。

「今回の大規模《決闘《ゲーム》》、珍しく貴女《あなた》たちも参加しているのよね」

「あ、はい。期末総力戦は学校ランキングの変動が大きいので……微力ながら、わたしと小夜《さよ》ちゃんもお手伝いさせていただいています」

「微力なんてことはないわ。二人が協力してくれるのは私としても嬉《うれ》しいし、桜花《おうか》にとってもありがたいこと……なのだけれど、気のせいかしら？　貴女と小夜が一緒に参戦しているところをまだ一度も見たことがないような気がするわ」

　なるべく声色を変えないままそんなジャブを打ってみる。

　まあ、それ自体はもうユキにも話していることだ——最初の疑いから夜空《よぞら》と小夜の動向を注意深く見るようにしてみたところ、二人は必ず入れ替わりで動いていることが分かった。夜空がいる時は小夜がいないし、小夜がいる時は夜空がいない。まるで、一人は必ずどこかに張り付いていなければならないとでも言うように。

「あ、えと、えと……」

　あたしの問い掛けを受けた夜空は、少し目を泳がせながらも懸命に言葉を紡ぐ。

「本当なら二人で参加したいんですけど……7ツ星の篠原《しのはら》さんと、あと《アルビオン》の阿久津《あくつ》さんも不在なので。えと、桜花が圧勝してしまったら不自然かなぁって」

「……圧勝、というほど一方的な《決闘《ゲーム》》展開でもないと思うけれど」

「ま、まあそうなんですけど……ごめんなさい。あの、小夜ちゃんの指示なので」

ぺこりと項垂《うなだ》れるように頭を下げる夜空。……きっと、その辺りは〝嘘《うそ》〟じゃないだろう。泉《いずみ》家の長女であり当主にあたるのは目の前にいる彼女だが、特定の状況を除いて、泉家を実際に動かしているのは小夜の方だ。夜空の発言に打算があるとは思えない。

そんなことを考えながら、あたしは密《ひそ》かに話題の中心を目的の方向へ動かしていく。

「まあ……確かに、篠原がいないのはかなり大きいでしょうね。学園島《アカデミー》最強の不在。私たち桜花学園だけじゃなく、どこの学区も勢い付いているのが分かるもの」

「や、やっぱりそうですよね？　その、更紗《さらさ》さんからしたら複雑かもしれませんが……」

「？　複雑って、どういうこと？」

意味が分からず素直に首を傾《かし》げてみせる。

そんなあたしに対し、夜空は少し不思議そうな顔をして。

「どういう、って……あのあの、更紗さんと篠原さんがクリスマスにデートした、とお聞きしたんですけど。あれって、もしかして嘘だったんでしょうか……？」

「――――――」

夜空が紡いだ衝撃的なその言葉に、更紗《あたし》は思わず大きく目を見開いた。

篠原とのクリスマスデート――まあ、あいつからすれば〝1／6〟だったわけで大した思い出だと受け止めてもらえていない可能性もあるが、それでもアレはあたしにとって人生最大級の一大事だ。胸の内にしっかりと仕舞《しま》い込んでいる。だからその事実をまともに知っている人間なんて、相談相手になってくれた紫音《しおん》と似たような境遇だったユキくらいのものだ。詳細に至っては篠原《しのはら》本人しか知らないはず。

(あのデートに泉《いずみ》家の監視が付いていた……？　いえ、そんなことは有り得ないわ。ちゃんと変装してたし、尾行も付かないように振り払った。絶対に見られてない……でも、だったら誰に聞いたっていうの？)

微《かす》かに視線を伏せて自問する。……紫音から聞く、というのは物理的に不可能だ。彼女が学園島《アカデミー》にいないというのもそうだが、そもそも紫音は〝本物の彩園寺更紗《さいおんじさらさ》〟であり、彩園寺家の人間からすれば未《いま》だに誘拐されたままの存在だから。それに、ユキが情報源というのも考えづらいだろう。更紗《あたし》の親友はそんなに口の軽いタイプじゃない。

──だとしたら。

そこまで考えた辺りで、あたしは静かに顔を持ち上げた。

「ねえ夜空《よぞら》。少し訊《き》きたいのだけれど……その話、どこで知ったの？」

「え？　あ、あの、あのあの……ね、ネットで、見たとか？」

「何で疑問形なのよ。ちなみに、島内SNS《STOC》にもisland tube《アイ・チューブ》にも流れてないわ。それどころか彩園寺家の人たちだって誰も知らないはず。なんたって極秘事項だもの」

「そ、そうだったんですか!?　ご、ごごめんなさい、もちろん墓場まで持って――」

「――違うでしょ？」

慌てたように紫紺の長髪を揺らしてぺこぺこと頭を下げる夜空に対し、あたしは食い気味にそんな言葉を放り込むことにする。……おそらくは篠原が仕込んでくれたのであろう小癪《こしゃく》なヒントのおかげで、夜空は確かに決定的なボロを出してくれた。こうなったらもう迂遠《うえん》な探りを入れる必要はない。ただただ真《ま》っ直《す》ぐに切り込むだけでいい。

　ほんの少しだけ口角を持ち上げながら、あたしは余裕の声音で言葉を継いだ。

「嵌《は》められたわね、夜空。篠原しかいないのよ――私とのデートの話を知っている人なんて、私以外にはあの馬鹿しかいない。でも篠原は一ヶ月《いっかげつ》前、クリスマスの直後に誘拐されているわ。だから、普通ならその情報を手に入れることなんて絶対にできない。……誘拐された後の篠原と自由に接触できる〝犯人〟でもない限り、ね」

「っ……」

　あたしの指摘にビクンと肩を震わせ、応答の声を詰まらせる夜空。前髪で半分隠れた顔が蒼白《そうはく》になっている辺り、間違いなく図星だろう。ユキとの作戦会議で割り振られた〝泉姉妹の口を割らせる〟という役目――それが今、見事に果たされたということになる。

　だから、あたしは右手を腰の辺りにちょこんと添えて。

「それじゃ……案内してもらえる、夜空？　貴女たちのやっている《決闘》の舞台に」

入念に手入れ《ケア》したばかりの赤い髪を揺らしながら不敵な笑みでそう言った。

＃

――〝秘密の抜け道〟を用いた中央管制室《コントロールルーム》へのショートカット。

そんな邪道ルートに思い至った俺は、手始めに必要な要素《ピース》を調べてみることにした。

脱出警戒レベルが４にまで上がっているため、使用できる要素《ピース》は《決闘《ゲーム》》初期に比べて圧倒的に増えている。たとえばエアコンから《調》が抽出できたり、辞書から《知》が獲得できたりすることもとっくに分かっているわけだ。それらを重ね掛けで端末にぶち込めば、大抵のことは容易に調べられるようになる。

「『……ん……』」

というわけで、カグヤと一緒に端末の画面を覗《のぞ》き込む――秘密の抜け道を通るために必須となる要素《ピース》。それは合計で二つあり、内訳としては《零》と《無》だそうだ。どちらもこの牢獄《ろうごく》内では〝特殊要素《ピース》〟に分類されているモノで、その辺に転がっているアイテムやボーナス部屋のガラクタからはどうやっても抽出することができない。手に入れる方法はただ一つ、特定の看守を無力化して要素《ピース》の抽出を行うことだ。

そして、その看守というのが。

『E区画を守る強化個体の【門番】……ですか。ふふっ、どうしましょう篠原《しのはら》さん。わたし、こんなにワクワクしていたら今日から眠れなくなってしまいそうです』

「……奇遇だな、カグヤ。俺も頭が痛くて眠れなくなりそうだ」

俺の肩に座って瞳を輝かせているカグヤの声に、俺は小さく頬を引《ひ》き攣《つ》らせる。

そう――彼女の言う通り、特殊要素《ピース》である《零》と《無》を所持しているのは、この牢獄内に存在する看守の中でも最強の個体である【門番】だった。阿久津《あくつ》によれば〝【管理者】よりもずっと強い〟という悪魔のような看守。彼女は一度倒しているはずだが、当時は脱出警戒レベルが3に上がった直後……泉《いずみ》側の総コストを考えれば、追加要素《ピース》の類《たぐい》はまだ何も所持していなかったことだろう。今現在とは状況がまるで違う。

「しかも、だ。問題はもう一つある」

『はい。……それに、こちらはもっと難題ですよ？　何せ、もしも篠原さんが【門番】の撃破に成功したとしても、それだけでは必要な要素が揃わないんですから』

くすっと笑みを零《こぼ》しながらそんなことを言ってくるカグヤ。

あんまりと言えばあんまりな仕様だが――それでも彼女の発言に間違いはなかった。確かに《零》と《無》はどちらも【門番】型の看守ＡＩから抽出できるようだが、しかし一つの個体が両方の要素を所持しているわけじゃないんだ。例の強化端末で調べてみたところ、俺がこのまま牢獄を進んでいった先にいる【門番】の方が《零》を、逆に阿久津側の防衛を担当している【門番】が《無》を付与されていることが分かっている。

俺の肩からすっと離れたカグヤが、上品な金糸を緩やかに揺らしながら続ける。

『わたし、知っていますよ？　これは、普通に考えたら〝詰み〟にあたる状況です。だって篠原《しのはら》さんと阿久津《あくつ》さんは、それぞれ牢獄の反対側に閉じ込められているんですから。篠原さんが《無》を持つ【門番】さんを倒そうと思ったら、その前に中央管制室《コントロールルーム》を超えていなければなりません。そんなの本末転倒じゃないですか』

「ん……まあ、そうなんだけどな」

『？　それにしては困っていないように見えますが……あ、もしかして篠原さん、わたしという高性能ＡＩとの生活が実はとっても気に入ってしまっているんですか？　だとしたらわたし、ちっとも悪い気はしませんよ？』

「残念ながら的外れだよ。……阿久津との話、カグヤも覚えてるだろ？」

言って、微《かす》かに口角を持ち上げる俺。

そうして思い出すのは、彼女と交わした〝焚《た》き付け合い〟の一幕だ。

「俺はあいつを利用するし、あいつは俺を利用する――多分だけど、阿久津はもう〝秘密の抜け道〟を使ったショートカットの存在に気付いてるはずだ。その上で、俺が《零》の要素《ピース》を手に入れた瞬間にそいつを横取りしようと密《ひそ》かに狙ってる。アビリティか何かを使ってな。だから俺は、逆に阿久津が獲得した《無》を横から掻っ攫えばいい」

『！　つまり、お互いに相手が【門番】さんを倒すと信じて動く……ということですか？』

「本当ならあいつを信じるなんて癪《しゃく》なんだけどな。……でもまあ、そうでもしないと期末総力戦のエントリー締め切りに間に合わなくなっちまう」

自分に言い聞かせるように呟《つぶや》きながら、俺は静かに立ち上がる。

カグヤに驚かれたことからも分かる通り、これはかなり危うい戦法だ。飛躍的な進捗どころか、下手したら相手に嵌《は》められて永遠の停滞に足を突っ込みかねない一手。けれど俺も阿久津も、この《E×E×E《クロス・イー》》という趣味の悪い《決闘《ゲーム》》は普通に攻略していたらあと数日でクリアなんてとても出来ないと分かっている。故に、これくらい勝率のあるギャンブルなら手を出さないわけにはいかなかった。

阿久津は【門番】を倒す術《すべ》を持っていて、俺が【門番】を倒せるはずだと思っている。

だからこそ《零》の要素《ピース》を横取りできるアビリティを用意している。

——その一点読みで、俺は《零》の要素を守りつつ阿久津の《無》を奪い返す。

「ってわけだから……まあ、流れとしては明確だ。アビリティの応酬が最後に控えてるのは置いておくとして、まずは三人の【管理者】とE区画の【門番】を倒す必要がある。そこまで行けば《零》と《無》が揃《そろ》うから、秘密の抜け道を使って一瞬で中央管制室《コントロールルーム》まで辿《たど》り着けるって寸法だ。……邪道ルートのおかげで大分すっきりしたな」

『そうですね。難易度は依然として高いままですが、確かに見通しは良くなりました。それでは、次がとっても重要な第七のミッション——【三人の《管理者》と《門番》を突破せよ！】。ふふっ、もしかしたらこれが最終ミッションになるかもしれませんね？』

嫋《たお》やかな笑みと共にそう言ってさらりと金糸を零《こぼ》してみせるカグヤ。

三体の【管理者】及び【門番】の撃破――俺とカグヤが掲げた当面の目標は、一見すると無理ゲーだ。俺がこの牢獄《ろうごく》に閉じ込められてから既に三週間以上が経過しているが、強化個体の【管理者】三体を同時に無力化できたことなど一度もない。加えて【門番】に至っては遭遇したことすらない難敵だ。《E×E×E《クロス・イー》》のゲーム性を考えればいつかは攻略できるのかもしれないが、順当に行けばその〝いつか〟は今日じゃない。

けれど、それでも。

「……一勝、だ」

頭の中で様々な可能性を検討しながら、俺は静かに口を開く。

「これから数回かけて、俺は【管理者】三体の攻略方法を探ってこようと思う。安定して勝つのはまだまだ無理だろうけど、俺に必要なのは〝一勝〟だけだ。使い捨ての奇襲でも何でもいいから、とにかく今のC区画を突破できる方法を見つけてくる」

『ふむふむ、とっても素敵な作戦だと思いますが……〝見つけてくる〟というのは不思議な表現ですね？　まるで一人で出掛けてしまうような口振りです』

「ああ、その認識で間違いない。悪いけど、カグヤはしばらくお留守番だ」

ニヤリと笑いながらそう言って。

俺とカグヤは、白い部屋の中で密《ひそ》かに〝作戦会議〟を始めたのだった。

＃

それから数日後――期末総力戦のエントリー締め切りまで残り三日を切った頃。

牢獄内部・C区画にて、俺は三体の【管理者】型看守AIを一人きりで相手取っていた。

脱出警戒レベルが4に上がってから通算九回目となる挑戦。手応えとしてはハードよりもさらに上、言うなれば〝アルティメット〟的な難易度だ。追加要素《ピース》は三つが標準レベルとなっており、普通にやっていたら突破できないのは分かり切っている。

「ふぅ……」

けれど、今の目的は〝攻略〟ではなく、あくまでも〝観察〟だ。

静かに息を整えながら、俺は前方に立ち塞がる三人の姿を眺めてみることにする。

泉《いずみ》側の総コストが増えてからというもの、C区画を守る【管理者】の種類はさらに増えている。いずれも《傲》の要素《ピース》によって俺の記憶から容姿やら性格やらが再現されているわけだが、今回の相手は夢野美咲《ゆめのみさき》に奈切来火《なきりらいか》に竜胆戒《りんどうかい》……すなわち、十七番区天音坂学園の精鋭たちだ。三人とも過去の《決闘《ゲーム》》で非常に苦戦させられた経験がある。

『ずどどどっ！　わたしの銃撃がラスボスさんを叩《たた》きのめします！　いつでも主人公なわたしですが、今日は一段と冴《さ》えている気がしますよ！　ビシッ!!』

ハイテンションな効果音を自ら奏でつつ《粘》やら《捕》やらを付与した水鉄砲を力の限り乱射してくるのは夢野美咲《ゆめのみさき》――もとい、彼女を模倣《コピー》した【管理者】だ。桃色のショートヘアを彩る大きな髪飾りが特徴的な主人公気質の可愛《かわい》らしい少女。もっと端的に表すなら〝変わり者〟だが、その手強《てごわ》さは充分以上に知っている。

『……えーっと、あんまり前に出ない方がいいよ？　その辺り、思いっきり俺の射線に入ってるから……まあ、一応このままでも狙えるけどさ』

そんな偽《にせ》夢野の後ろで小さく肩を竦《すく》めているのは、黒髪に青色のメッシュを入れた竜胆《りんどう》戒《かい》（のニセモノ）だ。長いことルナ島の頂点に君臨していた元最強。まるで某ラノベの電撃使いの如《ごと》く、親指に乗せたコインで真《ま》っ直《す》ぐ俺に狙いを定めている。おそらく、当たったモノを痺《しび》れさせる効果か何かが付与されているんだろう。

そして、最後の一人が――

『あんまりイキんじゃねえよ学園島《アカデミー》最強……あんたをヤるのはこのアタシだッ‼』

――獅子《しし》のように猛々《たけだけ》しいオレンジの髪を靡《なび》かせる天才・奈切来火《なきりらいか》の再現《コピー》。

彼女に付与されている追加要素《ピース》はとにかく〝速度特化〟のそれだ。俺がどんなに策を講じても、暴力的な加速と最大速度で絶対に先回りされてしまう。そうして少しでも足を止めれば夢野か竜胆が息の根を止めにくる……という、なかなかに理想的な連携だ。本物には及ばないかもしれないが、だからと言って御しやすいなんてことは全くない。

「くっ……」

今もまた超高速で飛んできたコインを避《よ》けながら、俺は焦《あせ》ることなく思考を巡らせる。

（やっぱり、こうなったらダメなんだな……いくら要素《ピース》が潤沢に用意できてても、強化個体の【管理者】三体をまとめて相手にするのは厳しすぎる。まずは、どうにかして……ちょっと卑怯な手を使ってでも数を減らす必要がある）

そう――何度も挑んだ末に俺が辿《たど》り着いたのはそんな結論だった。C区画で三体の【管理者】型に待ち構えられていた時点で俺に勝ち目はほとんどない。だったら、それ以前のタイミングで一体は確実に減らしておかなければならない、ということになる。

（んで……そのタイミングなら、一応はあるんだよな。【管理者】型の看守がC区画以外で一人になってくれる瞬間……そこを狙えば、一人目だけは安全に倒せる。……まあ、細かい仕様がまだ分かってないから妖精《カグヤ》に下調べを頼んでるんだけど）

故に詳細については検証の結果を待つしかないのだが、おそらくは通用するはずだ。

もちろん【管理者】たちは《憶》の要素《ピース》を所持しているため、一度手の内を晒《さら》してしまったら二度と同じ作戦は使えなくなるだろう。けれどカグヤにも伝えた通り、俺に必要なのは〝一勝〟だけだ。とにかく一度だけこの難所を切り抜けられればそれでいい。

だとしても、C区画を守る【管理者】はあと二体残っているが――

（相手の戦力を減らせるだけじゃない……【管理者】を一体でも無力化できれば、あいつらが持ってる要素を好き勝手に奪うことができる。脱出警戒レベルが4になった今なら丸裸にしてやることもできるけど、作戦の中核に組み込める要素《ピース》はせいぜい一つか二つだよな。《育》に《倣》に《憶》に《遠》に、それから各々の追加要素《ピース》……どれだ？　どの要素を持ってくれば他の二人を切り崩せる？）

『けっ、戦場で考え事たァ余裕だな7ツ星——その綺麗《きれい》な面《ツラ》をぶっ潰してやる‼』

『いやいや、もうちょっと落ち着きなよ来火《らいか》……いくら強い相手と戦えるのが楽しいからって、さっきから言葉遣いが乱暴すぎると思うんだけど』

『戒《かい》くんがお上品すぎるんだよバァカ！』

「……ちっ」

　無駄な思考は許さないとばかりに突っ込んできた偽奈切《にせなきり》に振り回され、大きく弾《はじ》き飛ばされる俺。まるで本物の彼女——《灼熱《しゃくねつ》の猛獣》を思い起こさせるような凄《すさ》まじい身体能力だ。……そう考えるとやはり、彼女たち【管理者】型が持っている要素《ピース》の中で最も厄介なのは《倣》になるのだろう。俺の記憶の中にある〝誰か〟を完璧に模倣する要素《ピース》。中でも強力なプレイヤーだけが選出されるため、俺は足留めを食らっている。

（ただ……見た目を変えられる能力ってのは、それだけで悪用できる気がするんだよな）

　偽奈切から距離を取りつつ密《ひそ》かにそんなことを考える。

自身の外見を容易に弄《いじ》ることができる《倣》——五月期交流戦《アストラル》の百面相《カメレオン》

を思わせるそれは、使いようによっては〝切り札〟になり得るだろう。だがしかし、それだけで残りの【管理者】を二体とも葬り去れるとも思えない。

と、その時だった。

『……ん？　あーあー、こちら【管理者】。んだよ、篠原緋呂斗《しのはらひろと》がポケットに隠し持ってるトランプに気を付けろって？　心配しなくてもそんなモンを使わせる気はねえ。あんたは黙ってアタシたちの活躍に見惚《みと》れてりゃいいんだよ、総大将』

（ッ……！）

俺の視線の先で、耳の辺りに指を遣《や》った偽奈切がニヤリとそんな言葉を口にする。

おそらくは泉《いずみ》から連絡が入ったのだろう。用件は、俺がポケットに隠し持っている武器《トランプ》について。B区画の【猛獣】たちを切り抜けるのに一部を使ってしまったため、大量に設置された【撮影機】を通じて泉にはとっくにバレていた。だとすれば、今回の調査はこれで打ち止めだ。奥の手まで見透かされてしまったらさすがにもう長くは保たない。

――ただ、

（そうだよな……あいつら【管理者】型は自分で考えて動くこともできるけど、その前提として《遠》を使った泉たちからの指示がある。そこに横から介入できれば……）

可能な限りの速度でぐるぐると思考を巡らせる。

そうして俺が〝何か〟を掴《つか》みかけた――その瞬間、

『チェックメイトだ。……今回はアタシたちの勝ちだな、最強』

一気に距離を詰めてきた偽奈切《にせなきり》に胸倉を掴《つか》まれ、俺はそのままふらりと意識を失った。

♯

『……もしもし、もしもーし？』

「ん？　ああ……」

『大丈夫ですか、篠原《しのはら》さん？　どうやら派手にやられてしまったようですが……』

「ま、今回までは負ける前提だったからな。おかげで作戦は大方固まった。……ちなみにカグヤ、そっちの首尾はどうだった？」

『ふふっ、もちろんばっちりです。何せわたしはちょっと高性能な最新ＡＩですから。結果としては篠原さんの読み通り、でした』

「なら良かった。それがダメなら最初から練り直しになるところだったよ」

『そうですね。……では、そろそろですか？　わたし、とってもワクワクしています』

「ああ、まあ今回に限っては俺も結構似たような気持ちかもしれない。ってわけで、行くぞカグヤ——俺たちは、今度こそ第七のミッションを完全攻略する」

♯

――《E×E×E《クロス・イー》》の舞台となる広大な地下牢獄《ろうごく》の一室。

もう何度目かも分からない、強化個体の【管理者】型看守AI三体との対面。

端末を固く握り締めた俺は……偽夢野《ゆめの》に捕まって、一瞬でゲームオーバーになっていた。

『えいやっ！　……って、あれ？　ラスボスさん？　もう終わりですか？』

「…………」

『変ですね。昨日は最後まで粘ってたのに、今回はこんなにあっさり……でもでも、これはラスボスさんが不調だったとかじゃなくて、単純に主人公であるわたしが強くなったということですね！　主人公はいつでも勝つんです！　どどん!!』

何の抵抗もなく拘束された俺の頬をツンツンと遣《や》りながら不思議そうな顔をしていた偽夢野だったが、やがて気を取り直したようにそんな言葉を口にした。そうして彼女は俺の身体《からだ》をごろんと寝転がらせる。……おそらく、今から俺をスタート地点まで運ぼうとしているのだろう。この牢獄において、プレイヤーの強制送還処理《リスポーン》を行うのは他でもない【管理者】型看守AIの仕事だ。それはつい最近まで単なる〝予想〟だったが、カグヤに確かめてもらったことで紛れもない〝真実〟になった。

そんな俺の思考を他所《よそ》に、夢野のニセモノは上機嫌に桃色のショートヘアを揺らす。

『というわけで奈切先輩、竜胆《りんどう》先輩！　わたし、ラスボスさんをお部屋まで送り届けてきますね！　ビューンって一瞬で!!』

『けっ、そりゃ主人公らしくねえ雑用だな美咲《みさき》？』

『そんなことありません！　昔から〝おつかいクエスト〟は主人公の務めですから！』

えっへんと胸を張りながらお姫様抱っこの要領で俺を担ぎ上げる偽夢野《にせゆめの》。

柔らかい感触でふわりと包み込まれるのと同時に、女子とは思えないほどの——まあ実際ロボットなのだが——力強さで軽々と俺の全身が持ち上げられる。

「………………」

本当ならこのまま作戦の経過を見届けたいところだが、当然ながら《E×E×E《クロス・イー》》のゲームオーバー処理には逆らえず、俺はゆっくりと意識を失って——、

『……篠原《しのはら》さん、篠原さん』

「っ、ん……？」

『むむ、前回より反応が鈍くなっています。あと二秒で起きてくれないと、これからお寝坊さんって呼びますよ？』

「どうせ課すならもうちょっと重たい罰にしてくれ……」

半ば反射でカグヤに突っ込みを入れながら気怠《けだる》い身体《からだ》を無理やり起こす。

続けて俺は、静かに首を巡らせてみることにした——すっかり見慣れた白い部屋。生活に必要だからというだけでなく、要素《ピース》の抽出と付与をいくらでも試せるように一通り揃《そろ》え

られた家具やら雑貨が視界に入る。そうしてリビングのソファに視線を移した瞬間、俺は思わず微《かす》かに口元を緩めてそっと胸を撫《な》で下ろした。

何故《なぜ》なら、そう。

そこに横たわっていたのは……他でもない、夢野の姿をした【管理者】だったからだ。

「……上手《うま》くやってくれたみたいだな、カグヤ」

『いえいえ、です』

安堵《あんど》の吐息と共に労《ねぎら》いの言葉を掛けた俺に対し、カグヤはふわりと俺の目の前に浮かび上がりながら絹のような金糸をさらさらと揺らして首を振る。

『わたしはただこの部屋に控えていて、篠原さんをベッドに寝かせようとしている【管理者】さんから髪留めを奪っただけですから。……それにしても、よくこんな手を思い付くものですね？　ゲームオーバーを利用した奇襲だなんて……』

嫋《たお》やかな笑みを浮かべながら感心したような視線をこちらへ向けるカグヤ。

そう——俺が採用した作戦というのは、要するにそういうことだった。現状、泉《いずみ》のアビリティと追加要素《ピース》によって強化された【管理者】型看守AI三体を同時に突破するのはほぼ不可能。けれど単体でなら、充分な要素《ピース》さえ揃っていれば対処できないことはない。故に、必要なのはとにかく〝数を減らすこと〟だった。

そこで考案したのが強制送還《リスポーン》に合わせた奇襲だ。カグヤに調べてもらった通り、ゲームオーバーになったプレイヤーを部屋まで運んでくれるのは他でもない【管理者】型。だとしたら、この部屋に〝要素操作《ピース》を介さない〟仕掛けを用意しておくことで、リスポーンによる各種リセットに影響されることなく【管理者】を一体削ることができる。

カグヤにはそんな大役を負ってもらった、というわけだ。

『まあ、わたしは元々篠原《しのはら》さんの《決闘《ゲーム》》攻略をサポートするAIですからね。このくらいのお仕事はもちろん朝飯前です。……ですが、驚きと言えば驚きです』

ひらひらと俺の肩に舞い降りてきた彼女は興味津々《しんしん》といった声音で言葉を継ぐ。

『まさか篠原さんが、気に入った【管理者】さんを自室で昏倒《こんとう》させるためにわたしを利用するなんて……とても、とってもえっちです。今から何が始まるんでしょうか？』

「……期待されてるところ悪いけど、さすがにそこまで卑劣じゃねえよ」

『でも、寝てるんですよ？　見た目だけ完全再現されたAIですよ？　合法ですよ？』

「何で手を出させようとしてるんだよ……ったく」

くすくすと軽やかに零《こぼ》れるカグヤの笑みに嘆息を返しながら、俺は腰掛けていたベッドから立ち上がることにした。実際、そんなことをしている暇はとてもない。俺が少しばかり捻《ひね》くれたやり方で【管理者】を無力化したことはいずれ泉《いずみ》たちにも伝わるだろう——それで追加の戦力を投入されたら全てが水の泡になってしまう。

「ん……」

だから俺は、ソファに寝転がる偽夢野《にせゆめの》の肩にタタンっと人差し指を触れさせることでとある要素を抽出し、今度はカグヤと共に〝牢獄《ろうごく》〟へと繰り出すことにした。

『――あれ？　遅かったな、配置変更でもあったのかと思った』

それからおよそ一時間後。

念のためボーナス部屋を経由して、俺は再び〝決戦場〟であるC区画を訪れていた。

目論見《もくろみ》通り、エリアを守護する【管理者】型の看守AIは二体――前回と同じルートを選択しているため、対峙《たいじ》するのは十七番区天音坂《あまねざか》学園の奈切来火《なきりらいか》と竜胆戒《りんどうかい》をそれぞれ模した【管理者】だ。相手方の戦力を削ることにはしっかりと成功している。

まあ、仮に二人になったとしても、《灼熱《しゃくねつ》の猛獣》なんて呼ばれる天音坂の天才とルナ島の頂点を同時に相手取るなんて本来なら無謀すぎるが……俺には秘策があった。

『そっちも泉姉妹《マスター》の指示は聞いてるよな？　面倒だけど、篠原はまた俺たちのルートを選んだみたいだ。ペース的にはそろそろここに着く頃だと思うんだけど……』

「…………」

『？　……あれ、聞いてる美咲？　それとも俺、もしかして後輩に無視されてる……？』

返事をしない俺にほんの少し訝《いぶか》しむような顔をして、竜胆戒の姿をした【管理者】型の看守AIが首を傾《かし》げつつこちらへ向かってくる。

（……よし、掛かった）

明らかに異常な彼の言動に俺は内心でニヤリと笑みを浮かべる。

そう——そうだ、そういうことだ。俺が自室で仕留めた偽夢野《にせゆめの》から抽出したのは、これまで散々俺を苦しめてきた《倣》の要素だった。【管理者】型の看守が自由に見た目を変えられる要因。それを自分自身に付与することで、今の俺は傍から見れば完全に〝夢野美咲〟になっている。華やかなピンクのショートヘアに大きな髪飾り、刑務官の制服を着崩して自分の色に染め上げた主人公スタイル。どこからどう見ても完璧な擬態だ。

『美咲《みさき》？　え、これってまさか、俺を嵌《は》めるためのドッキリか何かだったり……』

そんな俺に対し、偽竜胆《りんどう》が慎重な足取りでそろそろと近付いてきて。

『……ンぁ？　おい戒《かい》くん、そいつ——』

「ハッ、遅えよ……！」

俺に不信感を抱いたのだろう偽奈切《なきり》が声を上げかけたのと、俺が偽竜胆の被《かぶ》る帽子を思いきり跳ね上げたのはほとんど同じタイミングだった。一瞬の交錯。彼ら【管理者】型がプレイヤーを拘束するのに三秒かかるのに対し、こちらは【管理者】の所持品を何か一つでも奪い取ればその瞬間に相手を無力化することができる——故に、鍔《つば》付き帽子を失った偽竜胆は即座に俺の目の前で膝を突く。

「っと……」

《倣》による夢野の擬態を解きながら、俺は崩れ落ちた偽竜胆の身体《からだ》を手近な床に寝かせてやることにした。そうして、改めて正面から偽奈切と向かい合う。

「これで二体撃破だ。お前だけなら小細工抜きのタイマンでも戦える」

『舐《な》めたクチ利いてんじゃねえよ、7ツ星――ヤれるもんならヤってみやがれッ!!』

燃える炎のような髪を逆立てて超高速で突っ込んでくる偽奈切。

その姿を見て、俺は彼女を迎え撃つ――はずもなく、代わりにぐっと両足に力を込めることにした。俺が履いている靴には《跳》と《滑》と《蹴》の要素《ピース》が付与されている。軽く床を蹴るだけで驚異的な加速を実現する（実際には仮想拡張現実《VAR》機能によって周りを極端に遅らせる）スーパー無重力シューズというわけだ。

そうやって手に入れた超スピードで、俺は【管理者】の脇を駆け抜ける。

『!?　ッ……逃げんじゃねぇよ、最強!!』

（逃げるに決まってるだろうが……！）

偽奈切の声を遥《はる》か後方に聞きながら、D区画へ繋《つな》がる扉の前で思いきりブレーキを掛ける俺。このC区画は〝決戦場〟……すなわち敵を倒さなければ決して先へ進めない仕様だが、それは〝扉に《閉》の要素《ピース》が仕込まれている〟というだけのことだ。抽出コマンドを用いて早々にそんな縛りを無効化し、俺はあっという間にD区画へと足を進める。

『って……いいのですか、篠原《しのはら》さん？　看守さんの数はこちらの方が多いですが……』

と、そこで、肩に乗ったカグヤが不思議そうな顔でそんな疑問を口にする。

まあ、それもそのはずだろう——脱出警戒レベルが4に上がってからのD区画は、はっきり言って〝魔境〟と化している。そこら中に仕掛けられた罠《わな》の周りを強化個体の【管理者】やら【猛獣】やらが大量に闊歩《かっぽ》しているモンスターハウスだ。今だって、扉が開けられた音に反応した看守たちが一斉にこちらを振り返っている。

——けれど、

「大丈夫だよカグヤ。当然、ここに来ることだって計画のうちだ」

ニヤリと笑ってそんなことを言いながら、俺はタタンっと自身の端末に指を打ち付けることにした。言わずと知れた〝要素操作《ピース》〟のコマンド。ほぼ同時に背後の扉が偽奈切《にせなきり》によって乱暴に開け放たれるのを確認しながら、俺はそっと端末に顔を近付ける。

そうして、気取った口調で一言。

「〝この牢獄《ろうごく》内でプレイヤー・篠原緋呂斗《しのはらひろと》の妨害担当をしている全【管理者】型看守AIに告ぐ。プレイヤー・篠原緋呂斗は《倣》の要素を用いて【管理者】奈切来火の姿を模倣した——繰り返す、篠原緋呂斗は奈切来火《らいか》の姿を模倣した〟」

『な、え……はぁ!?　あ、あんた、まさか——』

「〝近隣の【管理者】は、直ちに【猛獣】を引き連れて当該プレイヤーを拘束せよ〟」

一息で言い切ってから端末を下ろし、微《かす》かに口角を上げつつ後ろを振り向く俺。

これが、泉《いずみ》たちに対する実質的な〝種明かし〟だ——そう、先ほど俺が端末に付与したのは、偽夢野《ゆめの》から抽出した二つ目の要素《ピース》である《遠》だった。《遠》は【管理者】型の看守ＡＩが泉からの遠隔指示を受けるための要素《ピース》であり、逆に言えば泉たちが自由に指示を出すための能力でもある。これを奪うということは、すなわち指揮系統を乗っ取れるということだ。泉姉妹の代わりに指示を出せるということだ。

もちろんそこまで上手《うま》く嵌《は》まる保証はなかったが……彼女たち【管理者】型は、つい先ほどの俺が取った戦術により〝プレイヤーが《倣》によって見た目を変える〟可能性を知ってしまったばかりだ。その知識は最新情報としてとっくに共有されているはず。

だからこそ——この遠隔指示は、何の疑問もなく受け入れられる。

『えへへ～、見た目が変わっても緋呂斗くんは緋呂斗くんだよね♪　捕まえちゃうよ♡』

『ま、待ってください乃愛《のあ》先輩！　篠原先輩は私が……！』

『お兄ちゃんと勝負するのはわたしだもん！　わたしの【魔眼】で見破ってあげる！』

端末越しの指示が行き渡った直後、俺には目もくれないままＣ区画に繋《つな》がる扉の方へ殺到する【管理者】型の看守、および彼女たちに付き従う無数の【猛獣】型。そんな光景を目《ま》の当たりにした偽奈切は『くそっ……！』と悪態をつきながらＣ区画へ後戻りし、結果として数秒後には俺のいるＤ区画から全ての看守が姿を消す。

「……ふう」

一仕事終えた安堵《あんど》から溜《た》まった息を吐き出す俺。

まあ——もちろん、彼ら彼女らが〝本物〟の高ランカーならこんなに上手《うま》く事は運んでいないだろう。けれど俺が相手にしているのは性格や見た目を模倣しただけのAI《ニセモノ》だ。さすがにこういった搦《から》め手《て》を使う器量においては俺たちの側に分があると言っていい。

「あとは泉《いずみ》にバレてもいいように《閉》の要素《ピース》で扉を再封鎖して、っと……」

『ふふっ。素晴らしい手際ですね、篠原《しのはら》さん。惚《ほ》れ惚《ぼ》れしてしまいます』

「そりゃどうも。……けど、これくらいならカグヤも思い付いてたんじゃないのか？　羽《は》衣《ごろも》——じゃなくて、あの彩園寺更紗《さいおんじさらさ》の頭脳を引き継いでるんだからさ」

『どうでしょう？　わたし、ちょっと賢くて可愛《かわい》いだけのごく普通なAIですから』

にこにこと笑みを浮かべながら小さく首を横に振るカグヤ。……相変わらず読めない妖精だが、こいつが〝羽衣紫音《しおん》〟をベースに構築されているAIなのだとすれば、やはりこれくらいの策はとっくに思い描けていたのではないかと考えてしまう。

が、まあそれはともかく……リスポーンを利用した一人目の排除と、それから《倣》の要素《ピース》を用いた擬態、そして《遠》を介した指示系統の上書き。ここまでやって、俺はようやく強化個体の【管理者】三体が守るC区画を突破した。どれもこれもまともな手ではなかったような気がするが、偽りの7ツ星らしいと言えばその通りだろう。思えば俺は、今までもこうやって《決闘《ゲーム》》に勝利してきた。負けられない戦いを制してきた。

いや――残念ながら、今回の《E×E×E》はまだ終わっちゃいないのだが。

「……で。この扉を抜けた先が問題のE区画、ってわけか」

目的地に辿《たど》り着いたところで雑多な思考を切り上げる。

D区画の最奥、中央管制室《コントロールルーム》までの道のりを四割ほど進んだ地点。そこにE区画へ繋《つな》がる扉は据えられていた。材質やら何やらは当然これまでの扉と全く同じなのだが、とはいえ明らかに雰囲気が違う。これがRPGの類《たぐい》なら間違いなく〝しっかりと備えた方がいいだろう……〟などと直前セーブを促す文面《テキスト》がバリバリに表示されていそうな空気感だ。

そんな禍々《まがまが》しい扉を前にして、俺は「ふむ」と腕組みをしながら口を開く。

「この先にいるっていう【門番】型の看守AI……阿久津《あくつ》の話だと、とにかくめちゃくちゃ強いってことだったけど」

『そうですね。何しろ《E×E》《クロス・イー》の牢獄《ろうごく》内で最強の看守さんだそうですから』

「ああ。でさ、阿久津が前に【門番】を倒した時――あの時はまだ脱出警戒レベルが3に上がったばっかりだったけど、それでもとんでもなく派手な爆発音が聞こえただろ？　床だって信じられないくらい揺れてた。あんなことまでしないと倒せないような強敵ってなると……何ていうかこう、巨大ロボみたいなやつだったりするんじゃないか？」

『……篠原さん？　今の言葉、もしかしたら悪手だったかもしれませんよ？』

そこで、俺の前に回ってきたカグヤが何やら苦笑めいた表情で口を開く。

『阿久津《あくつ》さんが【門番】さんを倒した時の〝音〟や〝衝撃〟……それは、この《決闘《ゲーム》》のシステムに照らし合わせて考えてみれば、実際に起こったものではなく〝仮想拡張現実機《VAR》〟能を通じて篠原《しのはら》さんがそう感じた〟ものです。ですから、当の篠原さんが【門番】さんの姿を〝巨大ロボ〟だと思ってしまっているなら……出ますよ、そのまま』

「え。……巨大ロボが、か？　いや、どうにかキャンセルできないのかよ……？」

『どうでしょう。篠原さんは、今から〝巨大ロボのことだけは絶対に考えるな〟と言われてその通りにできますか？　それが出来るなら話は変わってきますが……』

「…………」

『ちなみにわたしは、もうとっくにワクワクしてしまっています』

目の前で上品ながら好奇心旺盛な笑みを浮かべるカグヤに対し、俺は反論の代わりに小さく頬を引《ひ》き攣《つ》らせる。……どちらにしても、もう覚悟を決めるしかないだろう。巨大ロボだか何だか知らないが、この先にいる敵こそが《零》の要素《ピース》を所持する【門番】だ。脱獄のためにはどうしたって無力化しなければならない。

「ったく……」

だから俺は、静かに息を吐き出しながらゆっくりと扉に手を掛けた。

＃＃

──学園島《アカデミー》の地下に作られたこの〝牢獄《ろうごく》〟は非常に広大だ。

複数のプレイヤーが同時に多方向から参加する余地を持ち、加えて6ツ星クラスの高ランカーであっても数ヶ月《すうかげつ》単位でじっくりと攻略を進めない限りゴールである中央管制室《コントロールルーム》には決して辿《たど》り着けないようになっている。

ただ、それは単純に距離があるからという意味ではない。どちらかと言えば、この牢獄が守りに特化しているからだ。随所に配置された看守や罠《わな》が〝囚人〟であるプレイヤーを初期位置へと追い返す防衛システム。根本《ベース》はタワーディフェンスとなるため、より多くのコストを投入された看守ユニットは当然ながら強力なスペックを有することになる。

……そして。

そんな看守たちの中でも、ただ一種だけ〝別格〟の性能を持つ者がいた。外見はプレイヤーの認識によって左右されるが、とにかく他の看守とは比較にならない量と強さの共通要素《ピース》。脱出警戒レベルが低いうちはいくつかの要素《ピース》を〝封印〟した状態で顕現するためどうにか対抗できるが、完全体となってしまった今ではもはや勝負にすらならない。

それこそが【門番】──《E×E×E《クロス・イー》》内で最強の性能を持つ〝バケモノ〟だった。

「『…………』」

やっとの思いで強化個体の【管理者】三体を突破し、目的のE区画へ辿り着いた直後。

俺とカグヤは、揃《そろ》って口を噤《つぐ》みながらただただ前方を見つめていた。

いや——何も開ける扉を間違えたとか入った瞬間に罠《わな》が発動したとか、そういう類《たぐい》の驚きじゃない。俺たちが突入したのは紛《まぎ》れもなくE区画だ。C区画と同様に大きな部屋が一つあるだけの決戦場《エリア》。少なくとも大型の罠は設置されていないように見える。

けれど。

『————————』

その代わりとでも言えばいいのか、部屋の真ん中に堂々と聳《そび》え立《た》っているのは、一言で形容するなら巨大ロボというやつだった。軽く数十メートルはあろうかという馬鹿げた身長。俺のことなんか爪先だけで潰せてしまいそうなくらいのサイズ感。ここだけ妙に天井が高く設計されているのだが、その理由は容易に想像できると言っていいだろう。

(や、やっちまった……！)

つい一分ほど前の会話を思い返しながら内心で頭を抱える俺。……【門番】型の看守AIは、プレイヤーが想像する〝最も強大な敵〟の姿をもって《E×E×E》《クロス・イー》の舞台に顕現するという。あんな前振りをしていなければ少なくともロボではなかったはずだ。

バタン、と乱暴に扉を閉めて、とりあえず動悸《どうき》を落ち着けることにする。

「あ、あー……えっと。……いや、カグヤ。何なんだよあいつ？」

『ですから、あれが【門番】さんですよ？　確かに見た目は凶悪な巨大ロボですが、それは〝そう見えているだけ〟ですし……ふふっ。早く倒しに行きましょう、篠原《しのはら》さん？』

「いや、無理。無理無理無理無理無理……」

好奇心を抑え切れない様子のカグヤに対し、俺はぶんぶんと首を横に振る。まあ、ロボであること自体は最悪どうでもいいのだが……さすがに、アレはちょっと規格外が過ぎるだろう。倒す倒さない以前に、まず敵として認識してもらえるかどうかが分からない。遠目に見ただけで未《いま》だに冷や汗が止まらないくらいだ。

「【管理者】の次に強い看守があいつって……バランスがどうかしてるだろ」

『確かにそうですね。ですが、相手は【門番】さんですよ？　実質的にこの牢獄《ろうごく》を守る長のような方なのですから、これくらい派手な方がワクワクします』

「そりゃまあ、ゲームならそうかもしれないけどな……」

現実でこんなサプライズは要らなかった。

暗澹《あんたん》たる思いを抱えながら、俺は心を落ち着けるためにもポケットから端末を取り出してみる。一瞬だけだが〝遭遇〟を果たしたため、基本データは既に開示されていた。

【看守――種別：門番】

【罠――種別：鎧袖一触《がいしゅういっしょく》（プレイヤーに身体《からだ》の一部が触れるとその瞬間に強制送還《リスポーン》発動）】

【所持要素《ピース》一覧：《速》《巨》《映》《敏》《永》《滅》《零》……その他多数】

【無力化条件：行動不能】

「……やっぱりとんでもない性能《スペック》だな、こいつ」

素直な感想がポツリと零《こぼ》れる。

が、まあそうなってしまうのも当然のことだろう。あれだけの巨体を持ちながら俊敏さまで兼ね備え、加えてまさかの〝看守〟と〝罠《わな》〟のハイブリッド。これまで俺を苦しめてきた【管理者】たちが〝プレイヤーに三秒以上触れ続ける〟という拘束条件を満たさない限り俺を捕まえられなかったのに対し、こいつは〝罠〟としての性能により、ただ接触するだけで俺たちプレイヤーをゲームオーバーにまで追い込める。

「触っちゃダメなんだから、こっちからの直接攻撃は原則禁止……で、今のところどうやって行動不能に追い込めばいいのかもよく分からない。多分、阿久津《あくつ》は正面からぶっ倒したんだろうけど……」

『はい。ですがそれは、脱出警戒レベルが3に上がったばかりの頃の話ですからね。アビリティと追加要素《ピース》が付与された今となってはおそらく使えない戦法です。ふふっ、知っていますか篠原《しのはら》さん？　最強のボスは〝最強だから〟意味があるんです』

「……無茶苦茶《むちゃくちゃ》なこと言いやがるな、おい」

改めてこの《決闘《ゲーム》》の理不尽さを認識しながら小さく溜《た》め息《いき》を零す俺。

けれど、おそらくはカグヤの言う通りなのだろう。E区画を守る【門番】はこの牢獄《ろうごく》における守備の要だ。それも脱出警戒レベルが4まで上がっていることを考えれば、当然ながら容易に倒れてくれる相手であるはずがない。もちろん、使える要素《ピース》が増えているから不可能ということはないかもしれないが、泉《いずみ》たちからすればそもそも〝不可能〟である必要はない。あの【門番】の目的は、俺たちの足をあと数日ばかり止めておくことだ。

「ったく……」

冷静に状況を捉え直してから、俺はもう一度ガチャリと扉を開けることにする。

途端、再び目の前に現れる【門番】型の看守AI――が、やはりまだ俺たちのことを敵として認識もしてくれていないようだ。そもそも勝負が成立していない。

「だけど、まあ……試してみないわけにもいかないよな」

静かにそんな言葉を呟《つぶや》いた俺は、おもむろにポケットへ手を突っ込むと、そこに潜ませていた〝隠し玉〟を取り出した。それは、例のボーナス部屋に転がっていたテニスボールだ。ただしもちろん単なる玩具というわけじゃなく、既に《重》やら《爆》やら《燃》といった超攻撃的な要素をありったけ詰め込んでいる〝決戦兵器〟である。これまで発見してきた要素《ピース》の中で最も破壊力が期待できそうな組み合わせと言っていいだろう。

「これで腕の一本でも潰れてくれるなら、何球でも用意してくるんだけど……」

希望的観測が大いに含まれた呟きを口にしつつ、俺は当のテニスボールを思いきり振りかぶった。続けて投擲《とうてき》――それなりの速度で投じられたボールは真《ま》っ直《す》ぐ【門番】の身体《からだ》に到達し、当たった瞬間に〝ドォンッッ!!〟と派手な音を立てて爆散する。

「……どうだ？」『どうでしょう……？』

立ち込める白い煙を見つめながら二人揃《そろ》ってごくりと唾を呑《の》み込む俺とカグヤ。

果たして、十数秒後に俺たちの前へと姿を現したのは――、

『――――？』

……全く傷を負っていないどころか、俺の攻撃に気付いてすらいない様子の【門番】で。

「いや、マジかよこいつ……」

そんな無敵のロボットを目の当《ま》たりにして、俺は思わず右手で髪を掻《か》き上《あ》げる。……先ほどのテニスボールは、仕込まれた要素《ピース》の組み合わせから考えるに現状で最も火力の出る武器だ。これでダメージを与えるどころか反応すらさせることができないというなら、他のどんな作戦を取ったとしても【門番】を倒すことなど不可能に思えてしまう。

『むむむ。やっぱり、とんでもない強さですね……どうしましょうか、篠原《しのはら》さん？』

「いや……どうもこうもないだろ。多分、所持要素《ピース》にある《永》が〝不滅〟みたいな能力に変換されてるんだ。だとしたら、あいつを倒すのは物理的に無理ってことになる」

小さく首を振りながらカグヤの問いに答えを返す。まあ、今の一撃から得られた結論としてはそんなところだろう。最強の看守こと【門番】は決して倒せない。脱出警戒レベルが低かった頃はともかく、今のあいつにダメージを通す術《すべ》など存在しない。

『なんと……』

そんな俺の返答を受けて、目の前を舞うカグヤが少し意外そうに首を傾《かし》げる。

『では、篠原さんはここで《E×E×E《クロス・イー》》の攻略を諦めてしまうのですか？　サポートAIに過ぎないわたしに文句は言えませんが……しょんぼり、です』

「……いや？　誰が〝諦める〟なんて言ったんだよ、カグヤ」

『もう記憶がなくなってしまったんですか？　篠原さんが言ったんです』

「俺が言ったのは【門番】を〝倒すことが〟できないって話だけだ。あいつの無力化条件は行動不能……ってことは、別に破壊する必要なんかない。あいつの動きを止めることさえできればそれでいいんだよ。倒せないのはイコール負けって意味じゃない」

――そう。

【門番】を倒すことができない、というのは現状の戦力なら間違いなさそうだが、ただ無力化するだけなら何も〝倒す〟必要はない。行動不能の条件さえ満たせれば《零》の要素《ピース》は手に入るんだ。それならきっとやり方がある。

「…………」

　だから俺は、まだこちらに気付く様子すらない巨大ロボを静かに見上げることにする。

『……あの。本当に攻略方法なんてあるのですか、篠原《しのはら》さん？』

「多分な。例の〝秘密の抜け道〟の件もそうだけど……《E×E×E》《クロス・イー》は、普通にクリアしようと思ったら一ヶ月《いっかげつ》なんて時間じゃとても足りない。けど、仮に〝最速クリア〟でも期末総力戦のエントリー締め切りに間に合わないなら、そんなルールは泉《いずみ》側に有利すぎるだろ。《決闘》《ゲーム》として成立してない。ってことは、正面切った攻略方法とは別に、さくっと短時間でクリアできるようなルートが隠されてる……って意味だと思うんだよ。というか、そう思って動かなきゃさすがに俺のメンタルが保《も》たない」

『なるほど、藁《わら》にも縋《すが》るプレイングということでしたか。確かに、泉さんたちのやり方を踏まえればそう的外れな仮定でもなさそうですが……』

　ちょこんと俺の肩に座って少し離れた場所に立つ巨大ロボを見据えるカグヤ。スペック周りの情報はもちろん端末にも入っているが、それらは一通り把握したうえで、実際の視覚情報として【門番】の全てを頭に叩《たた》き込《こ》む。

「【門番】型看守AIのモチーフは、少なくとも俺の視点だと巨大ロボット……設定されてる要素《ピース》が軒並み強くて、当然これまで戦ってきたどの看守より強敵だ。そのうえ罠《わな》とのハイブリッドだから、拘束条件を無視して俺をゲームオーバーに追い込める」

『はい。ちなみに【門番】さんですが、実は自立駆動のタイプではなく、胸元のコックピットに【管理者】さんを乗せているそうです。操縦者を無力化すると動きが止まり、結果的に【門番】さん自身も無力化される……これが、想定されている攻略法ですね』

「ん……でも、そのコックピットだって俺が触ったらゲームオーバーなんだよな？」

『その通りです、篠原さん。なので普通は《遮》や《断》などの要素《ピース》で対策を施すか、もしくは遠距離攻撃でコックピットを破壊して【管理者】さんを引き摺《ず》り出すかの二択になるのでしょう。ふふっ、わくわくするくらい強引なアプローチですね？』

「……なるほど、だから阿久津《あくつ》の方ではあんな爆発が起こってたのか」

向こうの【門番】の形態《タイプ》は知らないが、少なくともアレは〝正攻法〟だったらしい。

そんな風に得心しながらも、俺はさらに思考を巡らせる――規格外なサイズと暴力的な強さを誇る【門番】型の看守ＡＩ。胸元のコックピットに搭乗している【管理者】を無力化できれば行動不能に追い込めるとのことだが、それを実現するにはどうにかしてコックピットの中に入り込むか、あるいは外からぶち抜いてやる必要がある。その上で〝触れられたらゲームオーバー〟なんだから、身を守るための要素《ピース》だって大量に要《い》るだろう。

百回試して一度成功すればラッキー、くらいの実力差。

〝死に覚え〟系のアクションゲームなら確かに有り得る範囲《レベル》の超難易度だ。

（だけど……）

残念ながら、今は試行回数で攻められるような状況じゃない。繰り返すようだが、期末総力戦のエントリー締め切りまで残り三日を切っているんだ。時間がない。それに先ほどC区画を抜けるのに使った強制送還《リスポーン》絡みのギミックや《傲》による奇襲は一つ残らず【管理者】たちに学習されてしまっただろうから、仮にここでゲームオーバーに追い込まれようものなら、再び【門番】に挑むのなんて何日も先になってしまう。

（だから、もっともっと確実に……アクションの精度に頼らず、運ゲーにも持ち込ませないで、あいつに絶対触られないまま勝ち切れるような策が欲しい）

都合のいい考えだとは思いながらも静かに視線を巡らせて、俺は敵である【門番】だけでなくE区画全体を観察してみることにする。

何というか——通い慣れたC区画と同様、だだっ広くて何もないエリアだ。高い高い天井と相当な広さを併せ持つ立方体のような空間。扉は俺の後ろに一つと、巨大ロボの遥《はる》か向こうに一つで合計二つある。単なる〝探索〟や〝攻略〟が目的なら【門番】の脇を駆け抜けて向こうの扉を開ける、という手もなくはないが、俺の狙いはあいつから《零》の要素を奪うこと。先へ進む方法なんていくら練っても仕方がない。

（まあ、実際こんなやつは無視するのが正解なんだと思うけどな……感知能力くらいはありそうだけど、それも《隠》か何か仕込んでおけば相殺できる。そうやって次の区画に辿《たど》り着いちまえばこっちのもんだ。【管理者】と違ってあのサイズなら扉を通れるわけがないし、この牢獄《ろうごく》の壁と床は基本的に〝干渉不能〟の設定になってるからな。ぶち壊して俺

を追い掛けてくることなんか出来ないはず――って）

……と。

そこで俺は、自分自身の思考に一つの違和感を覚えて微《かす》かに目を細めた。……何だ、何がおかしい？　ルールの認識に問題はなかったはずだ。あらゆるものが要素《ピース》操作の対象になる《Ｅ×Ｅ《クロス・イー》》だが、現実世界と仮想拡張現実《ＶＡＲ》世界との乖離《かいり》をなるべく小さくするため、この施設を形成している壁と床だけは手出しできない仕様になっている。故に、あのデカブツが壁を壊して俺を追ってくることなど有り得ない。

『……？　どうかしたのですか、篠原《しのはら》さん？　そんなに深く考え込んで』

「え？　ああいや、何か引っ掛かったような気がしたんだけど……」

『その違和感の正体が掴《つか》めない、と。……ふふっ、まあ無理もありません。何しろ篠原さんの相手はこれまでのように可愛《かわい》らしい看守の方々ではなく、見上げるだけで首が疲れてしまうほどの巨体を持つロボットなのですから。冷静さを失って当然です』

「ん………って、巨体？」

カグヤの発言を鸚鵡《おうむ》返しになぞった瞬間、頭の中で何かが繋《つな》がったような感覚がして。

「そうだよ――なあカグヤ。あいつは……【門番】は、どうやってここに入ったんだ？」

微《かす》かに声を震わせながらそんな言葉を絞り出す俺。

この牢獄《ろうごく》内に存在する看守や罠《わな》は、全て仮想拡張現実《VAR》機能によって生成されている。つまり完全な実体でこそないが、俺の五感を狂わせるための元となる〝素体〟のような部分《パーツ》が必ず存在するわけだ。そしてそれらは、中央管制室《コントロールルーム》で入力された指示に応じて各エリアに派遣される……たとえば【管理者】や【猛獣】はプレイヤーのリスポーン処理中に自力で移動しているし、動けない【撮影機】に関しては【管理者】が設置を担当している。

「で……だとしたら、妙な話だろ。素体のサイズがどれくらいなのかは知らないけど、天井の高さからしてある程度は大きいはずだ。でも、そんな巨体が牢獄の中を移動できるわけがない。中央管制室《コントロールルーム》から歩いてここまで来るなんてどう考えても無茶《むちゃ》な所業だ」

『では、部品をたくさん持ってきて【管理者】さんが組み上げたとか？』

「そいつは随分と大掛かりなプラモデルだな。可能性としては有り得るけど、ここで【門番】を組み上げたかったら、担当する【管理者】に《作》だか《組》だかの追加要素《ピース》を搭載しなきゃいけないだろ。それも、サイズを考えれば一体や二体じゃとても足りない。いくら泉《いずみ》の総コストが増えてるからって、そんな贅沢《ぜいたく》な使い方は出来ないはずだ」

『むむ、確かに……ですが、それならどうやって運んできたのですか？　というか、その方法がそこまで重要なことなのでしょうか？』

「そりゃ重要に決まってるよ。何せ、そいつが今回の勝ち筋になるかもしれないからな」

不思議そうに金糸を揺らすカグヤに対し、俺はニヤリと口角を上げながら片膝を床に突いてみせた。そうして間髪容《い》れず、右手の指でタタンっと床を打ち付ける。

『床を……？』

鈴を転がしたような声で素直な疑問を口にするカグヤ。

もちろん、彼女の懸念通り、牢獄内の〝床〟は本来なら全て干渉不能設定——物理的な制約が存在するため、要素《ピース》操作の類《たぐい》は全て成立しない。ただ、その設定に例外があることも分かっていた。スタート地点の白い部屋に設けられた〝秘密の抜け道〟然《しか》り、B区画の随所に仕掛けられた〝落とし穴〟然り。あれはどう考えても壁やら床に対する物理的な干渉を含んでいるだろう。すなわちこの牢獄の長である泉姉妹は、実際の工事か何かを伴うことで床だろうが何だろうが〝要素《ピース》操作が可能な物質《アイテム》〟に変えることができる。

そして、だとすれば。

【——対象アイテム：床】
【抽出可能な要素《ピース》数——4】
【内容：《支》《構》《築》《硬》】
【どの要素《ピース》を抽出、あるいは付与しますか？】

「ハッ……」

眼前に表示されたメッセージウィンドウを見つめて、俺は微《かす》かに口角を上げる。

そう、そうだ——明らかに扉を抜けられないサイズの【門番】型看守AI。あんな巨体をどうやってこのE区画に配置したのかと言えば、そんなのは階下から運んだ以外に有り得ない。おそらくはこの〝牢獄《ろうごく》〟よりもさらに深い場所に、泉《いずみ》たちが看守や罠《わな》を配置するために使っている〝スタッフ専用ルート〟のようなものが存在するのだろう。

けれど、そんなことはどうでも良かった。重要なのは【門番】が階下から運び込まれているという事実と、それ故にこのエリアの床は〝秘密の抜け道〟やら〝落とし穴〟なんかと同じく干渉不能設定が無効になっているという大発見だけだ。つまり俺は、この床を対象にして要素《ピース》操作を実行することができる。抽出も付与も思いのままだ。

「だったら話は簡単だ——」

『……？』

少しは危機感を抱いてくれたのかようやく巨体を揺らしてこちらを振り向く【門番】に不敵な笑みを返しつつ、俺は眼前のウィンドウ上で一つの要素《ピース》を選択することにした。この床を構成している中で最も替えが利かない必須の要素《ピース》——それは、

「《支》を抽出する。……落ちろ、デカブツ」

『グォオオオオオオオオオオ!!』

断末魔の悲鳴と共に自重で床へめり込んでいく【門番】型の看守ＡＩ。

俺の操作によって《支》の要素《ピース》を失った床が、実質的に〝落とし穴〟と同じような性質を持ったのだろう。巨体をすっぽりと穴に埋めた【門番】はしばらく両腕を動かしてもがいていたが、残念ながら彼は《飛》も《浮》も《掘》も《登》も持っていない。やがて行動不能と判定され、キュゥウと音を立てつつ全ての動きを停止する。

「……まともに相手してやれなくて悪かったな。けど、今回は俺の勝ちだ」

そんな強敵の姿を見ながら静かな口調でそう言って。

俺は、無力化状態になった【門番】からお目当ての《零》を抽出することにした。

＃

Ｅ区画の【門番】を攻略し、秘密の抜け道を通るための要素《ピース》を獲得した後。

俺たちはゲームオーバーに伴う強制送還処理《リスポーン》ではなく、地道に牢獄内を逆行する形でスタート地点の部屋まで戻ってきていた。

『ええと……それで、篠原《しのはら》さん。この後はどのように動きましょうか？』

俺がダイニングの椅子に腰掛けた直後、テーブルの端にちょこんと座ったカグヤがすぐに声を掛けてきた。先ほど大物を仕留めたばかりだからか、あるいは《E×E×E》《クロス・イー》の攻略が大詰めに差し掛かっているからか、いつも以上にそわそわとした表情だ。

『先ほどの勝利で第七のミッションも無事にクリア、中央管制室《コントロールルーム》到達はもう目前です。最後の要素《ピース》は阿久津《あくつ》さんを利用して手に入れる、という話だったと思いますが……こうなってみると、少しだけ悠長な気がしてしまいませんか？　サポートＡＩであるわたしはともかく、篠原《しのはら》さんはとっても急いでいたはずです』

「ん……いや」

カグヤからすれば妥当な問いに思えるが、それでも俺は小さく首を横に振る。

「多分だけど、阿久津は俺より先に《無》の要素《ピース》を手に入れてるよ。で、今は部屋で待機してて、そろそろ俺が【門番】の攻略を終わらせてないか一定時間おきに《調》か何かで探ってると思う。今が午前二時五十七分……だから、ちょうど動く頃じゃないか？」

『！　なんと……篠原さんよりもさらに優秀な方なのですね。わたし、学園島《アカデミー》の等級は今でも７ツ星が最上位なのだと勘違いしていました』

「や、それ自体は勘違いじゃないんだけど……あいつは、色んな意味で有能だから」

以前の《ＳＦＩＡ》《スフィア》で霧谷凍夜《きりがやとうや》を交えた三《み》つ巴《どもえ》の《決闘》《ゲーム》を行った際はどうにか勝利を収めたものの、阿久津雅《みやび》というプレイヤーはやはり底知れない力を持っている。チーム単位の交戦や騙《だま》し合いの類《たぐい》ならともかく、こういった〝単純な能力の高さ〟が物を言う《決《ゲー闘《ム》》ではまだまだ彼女の方が俺よりずっと上手《うわて》だろう。

そんな思考を巡らせながら待つこと数分。

俺の予想通りに阿久津が動いてくれたのか、端末の画面に明確な変化が現れた。

『！　篠原さん、これは……』

驚いたようなカグヤの声が耳朶《じだ》を打つ。

が、それも無理はないだろう——何しろ俺の端末に表示されたのは**【阿久津雅が《不等価交換》アビリティを使用しました】**という怪しさ満点のシステムメッセージだ。《不等価交換》というのはその名の通り、不平等な取引を実現するためのアビリティ。それを今回の《決闘《ゲーム》》に適用するなら、たとえば〝一時的に代償となる要素《ピース》を差し出すことで（それを含む）全ての要素《ピース》を奪い取る〟ような使い方だって実現できてしまう。

つまり、それこそが阿久津の用意した〝秘策〟というわけだ。

『わわ、向こうから《無》の要素《ピース》が送られてきて……なんと、即座に契約履行！　篠原さんの要素《ピース》があっという間に全部取られちゃいました……』

「そうだな。ま、それが《不等価交換》アビリティの効果だし」

『え、え？　それはそうかもしれませんが……いいのですか、篠原さん？　あんなに苦労して手に入れた《零》が阿久津さんに横取りされてしまったんですよ？』

「横取りされた〝だけ〟なら良くはねえよ。……でもな、カグヤ」

怪訝《けげん》な表情を浮かべるカグヤにニヤリと口角を上げてみせる俺。

「あいつが《無》を送ってきた理由、分かるか？　《不等価交換》の代償なんて本当は何でもいいんだよ。部屋の中で調達できる適当な要素《ピース》で問題ない。なのに阿久津《あくつ》は、ちょっとしたリスクを冒してわざわざ貴重な《無》を代償に選んだ」

『確かに……そう考えると不思議なお話ですね。篠原《しのはら》さんを挑発したかったとか、単に自慢がしたかったとか……あ。もしかしたらわたし、分かってしまったかもしれません。キーワードは相互利用、ではないですか？』

一瞬で答えに辿《たど》り着いた高性能AIに、俺は「正解だ」と不敵な笑みで頷《うなず》きを返す。

そう――もし阿久津雅《みやび》が適当な要素《ピース》を代償にして俺の《零》を一方的に奪おうとしていた場合、俺だって要素《ピース》を総動員して徹底的に防いでいた。けれど、そんな風に俺たちが争い始めたら高確率で共倒れになってしまう。俺にとっても阿久津にとっても、それが最悪の結末なんだ。《E×E《クロス・イー》》のプレイヤー同士はそもそも〝敵〟じゃない。

俺がそこまで思考を巡らせた辺りで、目の前のカグヤがふわりと金糸を揺らす。

『では、現状なら二人とも〝秘密の抜け道〟を通れる……ということなのですか？　篠原さんの手元に《無》が渡ったのはほんの一瞬だったと思いますが』

「一瞬でいいんだよ。だって……俺のアビリティの二枠目は《劣化コピー》なんだから」

俺の言葉を聞いた瞬間、カグヤの表情が驚きと称賛でぱぁっと明るくなる。

　まあ、種を明かせばそういうことだ――脱出警戒レベルが4に上がったことで登録《セット》可能となった二枠目のアビリティ。俺はそこに《劣化コピー》を採用していた。対象のモノを自由に〝複製〟する色付き星《ユニークスター》由来の特殊アビリティ……その効果範囲は非常に広く、今回の《E×E×E《クロス・イー》》であればあらゆる要素《ピース》、どころか端末内の〝要素《ピース》保管庫〟そのものをコピーすることだって容易にできてしまう。

　……故に、俺は阿久津が差し出してきた《無》も併せて全ての所持要素《ピース》を複製し。
　結果として、両者ともに〝秘密の抜け道〟を通るための準備が整ったというわけだった。

『ふふっ……なるほど、確かに思いきり利用し合っているのですね』

「まあな。本当は、俺だけ脱獄《クリア》できれば期末総力戦が少しは楽になるんだけど……」

　この期に及んでそんな贅沢《ぜいたく》は言っていられないだろう。《E×E×E《クロス・イー》》の勝ち方になんてこだわっていたら、俺はきっと期末総力戦に参加することすら出来なくなる。今はとにかく《零》と《無》の要素《ピース》が揃《そろ》ったことを素直に喜ぶこととしよう。

『……ふふっ』

　俺が端末上にそれらの要素《ピース》を表示させながら多少の感慨に耽《ふけ》っていると、テーブルの上でひらひらとヴェールを舞わせていたカグヤが嫋《たお》やかな笑みを浮かべてみせる。

『これで篠原さんの牢獄《ろうごく》生活も無事に終了ですね。つまり、ごく普通のサポートAIであるわたしとも残念ながらもうすぐお別れ、ということです』

「ん？　ああ……確かに、この《決闘《ゲーム》》が終わったらもうカグヤとは会えないのか」

『会えない、ということはありませんよ？　わたしはいつでも《E×E×E《クロス・イー》》の中にいますから。寂《さみ》しくなったらまた地下に降りてきていただければ簡単に会えてしまいます』

「また一ヶ月《いっかげつ》近く閉じ込められるってことじゃねえかよ……ったく」

最後まで相変わらずなカグヤに苦笑を返しつつ、改めて椅子から立ち上がる俺。確かに彼女のおかげで孤独や不安を感じる瞬間がほとんどなかったのは間違いない。けれどそれでも、白くて清潔なこの〝牢獄《ろうごく》〟にはそろそろ飽きてきた頃だ。

「『…………』」

そうして俺たちは、二人して〝秘密の抜け道〟の前に立つ——白い壁に描かれた扉の模様。通過するために必要な《零》と《無》の要素はたった今制服に付与しておいた。泉《いずみ》姉妹の振る舞いを見る限り、この先は中央管制室《コントロールルーム》に直結しているはず……だが、万が一の可能性も考えて最低限の要素《ピース》は端末内に保管してある。テレビゲームの類《たぐい》なら絶対にセーブしておきたい場面だが、今は代わりに覚悟を決めるしかないだろう。

そんなことを考えながら最後に端末の画面へと視線を落とした、その時だった。

「……え？」

画面上の表示が何やらおかしいことに気付き、俺は小さく目を眇《すが》める。

妙なのは他でもない、脱出警戒レベルの項目だ——つい先ほどまでは〝4〟だったはずなのに、いつの間にかレベル5に上昇している。……が、少し考えてみれば理由は明らかだった。おそらく、阿久津雅《あくつみやび》が俺より先に中央管制室《コントロールルーム》へと辿《たど》り着いたんだろう。この《決闘《ゲーム》》における脱出警戒レベルはプレイヤーが何かしらの条件《キー》を満たすことでのみ引き上げられる。俺がこうして部屋に籠もっていた以上、条件を達成したのは彼女の方だ。

気になってレベル上昇の詳細《ログ》をタップしてみれば、

【脱出警戒レベル：4→5（最大）】

【端末に保管できる要素《ピース》の総数：9→10（最大）】

【一つのアイテムから抽出および付与できる要素《ピース》数：4→5（最大）】

【ゲームマスターが使用できる総コスト：4000→5000（最大）】

【登録《セット》できるアビリティ数：2→3（最大）】


――最大難易度《レベル5》というだけあって、各項目の数値が上限に到達しているのが分かる。

（いや、まあそれはいいんだけど……中央管制室に押し入ったタイミングで脱出警戒レベルが上がっても、あんまり意味がないような……？）

『？　どうしたんですか、篠原《しのはら》さん？　早くしてくれないとわたし、待ちきれなくて一人で先に行ってしまいますよ？』

急かすように舞うカグヤを半ば放置しつつ、俺は「ん……」と右手を口元へ遣《や》る。

中央管制室《コントロールルーム》への到達というのは《E×E×E《クロス・イー》》の最終目的《ゴール》に当たる項目のはずだ。だというのにそれを引き金《トリガー》にして脱出警戒レベルが最大になる、というのは、やはり違和感のある《決闘《ゲーム》》構成だろう。まるで完全クリアまでもう一波乱あることを予告されているような、いっそ痛烈なまでに嫌な予感が肌を刺す。

「…………」

そう考えた時、俺は少し前から〝三枠目〟として検討しているアビリティがあったことを思い出した。《E×E×E《クロス・イー》》の攻略に直接役立つような効果は持っていないが、その他の利点が多くあるため優先順位を高く付けていたアビリティ。このまま何事もなくクリアできる可能性だってあるものの、やはり万が一の対策は必要だろう。

（よし……）

そんなわけで、俺は手早く端末を操作しつつ該当のアビリティを三枠目に登録《セット》して。

全ての準備が整ったことを確認してから、改めて〝秘密の抜け道〟へ足を踏み出した。

#

一月三十日、午前三時二十分――。

俺とカグヤは灯《あか》りのない真っ暗な道をひたすらに進んでいる。

プレイヤーの部屋と中央管制室《コントロールルーム》とを結ぶ特別な道。ただし《E×E×E《クロス・イー》》には魔法の類《たぐい》が使われているわけじゃないため、入った瞬間にワープして云々《うんぬん》という話ではもちろんない。単純に、看守が配置されていない安全な〝裏道〟を通れるようになるだけだ。

そんな道を十分ほど歩いた頃だろうか。

「……扉があるな」

『ありますね。それも、ただの扉ではありませんよ？　今まで進んだ距離と牢獄《ろうごく》マップを照らし合わせてみましたが、わたしの計算によればこれが中央管制室《コントロールルーム》に繋《つな》がる扉で間違いありません。ふふっ……いよいよ大詰めですね、篠原《しのはら》さん』

「だな。ま、この先に【門番】が控えてたりしなきゃいいんだけど」

冗談めかして言いながらドアノブに手を伸ばし、躊躇《ためら》うことなく手前に引く俺。

途端——俺たちの目の前に広がったのは、ある意味で〝想像通り〟の光景だった。管制室、という名の通り、様々な計器の類が雑多に散らばった小さめの部屋。中央にはデスクが一つ据えられており、その正面では無数の投影式モニターが牢獄内部の様子を克明に映し出している。おそらくアレが【撮影機】から送られてくる画像なのだろう。

「って……霧谷《きりがや》？」

その中に見知った人物が映っているのを発見してしまった俺は、思わず頬を引き攣《つ》らせながら彼の名前を口にする。……【門番】がいたE区画よりもさらに先のエリア。そんな場所で暇そうに欠伸《あくび》をしているのは他でもない霧谷凍夜《きりがやとうや》（を模倣《コピー》した【管理者】）だ。他のモニターを見てみれば越智《おち》や彩園寺《さいおんじ》なんかが映っている画像も散見される。

「確かに、どう考えても〝強プレイヤー〟なのに【管理者】として出てきてなかった連中も割といるはずだけど……もっと奥のエリアでのお楽しみだった、ってわけか」

『……………』

「？　……どうしたんだよ、カグヤ？　急に黙り込んで」

普段はお喋《しゃべ》り好きなのにこの中央管制室《コントロールルーム》に入ってから相槌《あいづち》の一つも打ってくれなくなった相棒《カグヤ》に対し、俺は怪訝《けげん》な顔でそんな疑問を投げ掛ける。すると俺の目の前でオーロラのヴェールをはためかせていた彼女はパチパチと大きな目を瞬《まばた》かせ、それからふわりと絹のような金糸を揺らしながら小さく首を傾《かし》げてみせた。

『カグヤ？　いえ、わたしは……って、篠原《しのはら》さん？　お久しぶりですね』

「え？　何言ってるんだよ、今までずっと一緒だっただろ？　それともまさか、サポートAIとしての記憶が初期化でもされちまったのか？」

『ずっと一緒……サポートAI……ふむふむ、です』

鈴を転がしたような声音で俺の言葉を復唱しながら何やら考え込むカグヤ。

しばらく辺りの状況やら自身の姿やらを観察していた彼女だったが、やがて得心したように嫋《たお》やかな笑みでこう言った。

『理解しました。ふふっ……どうやら、とても面白いことになっているみたいですね？』

「……？　まあ、そりゃカグヤからすれば面白いことだらけだろうけど……」

よく分からないことを言い出すカグヤに小さく首を捻《ひね》る俺。……が、その後の彼女は一転してわくわくと機材の合間を飛び回ったり、モニター上で見知った姿の【管理者】を見かけては『篠原さん篠原さん！』と興奮気味に俺を呼んできたりと、これまで通り好奇心旺盛な振る舞いを見せ始めた。さっきは調子でも悪かったのかもしれない。

「ん……」

気を取り直して俺も室内を見渡してみる――この中央管制室《コントロールルーム》には、見える範囲で三つの扉が存在している。一つは俺とカグヤが通ってきた〝裏道ルート〟の扉。もう一つは中央デスクの正面にある、おそらくは〝正規ルート〟のラスボスを倒した後にようやく辿《たど》り着ける扉。そして最後の一つは、デスクの後ろに据え付けられた巨大で意味深な扉だ。この部屋に泉《いずみ》姉妹がいないことも踏まえると、奥にもう一つ部屋があるのだろう。

『ふふっ……行ってみましょう、篠原さん。善は急げ、ですよ？』

「……善かどうかは知らないけど、確かにここで退《ひ》く手はないよな」

くすっと微笑《ほほえ》むカグヤに肩を竦《すく》めてみせながら、俺は静かに部屋の奥へと歩を進める。

すると何らかの認識機能が働いたのか、扉がギィイイと自動的に開かれて――

「──あら。随分と遅かったのね、愚鈍」

「！」

新たな空間が視界に飛び込んできた瞬間、音に反応してこちらを振り向いたのは他でもない阿久津雅……二番区彗星《すいせい》学園の制服を身に纏《まと》った冷徹な少女だった。氷属性を思わせる銀灰色の長髪。刺々《とげとげ》しい言葉と氷点下の温度を伴った視線。……端末を介した通信は行っていたし中央管制室へ来るための相互利用もしていたが、とはいえこの牢獄《ろうごく》内で彼女と顔を合わせるのは初めてだ。久々の〝冷気〟に思わず頬が引《ひ》き攣《つ》りそうになる。

ただ、それ以上に気になることが一つあった。

（って……あれ？　こいつ、何でまだここ《こ》に《こ》いるんだ……？）

脱出警戒レベルが上昇したタイミングから考えるに、阿久津《あくつ》は俺よりも十分以上早くこの部屋に辿《たど》り着いていたはずだ。それなのに先に脱獄しているわけでもなく、一人で腕組みをしながら佇《たたず》んでいる──というのは、一体どういう了見だろうか。

怪訝《けげん》な表情を隠すこともなく素直な疑問をぶつけてみる。

「あー、えっと……なあ阿久津。泉《いずみ》のやつはどこに隠れてるんだよ？」

「……黙りなさい、三下《さんした》。それが分かっていたらとっくに地上へ帰っているわ」

「なんだ、やっぱり放置プレイ食らってたのか。せっかく俺より先に来てたのにな」

「それで煽《あお》っているつもり？　お飾りの頂点である貴方《あなた》よりも私の方が優れているという事実がこれではっきりと証明されたはずなのだけど」

相変わらず冷たい視線で俺を睨《にら》みつつバッサリと切り捨ててくる阿久津。

対する俺がさらに言葉を返そうとした、瞬間——ピン、と何やら聞き慣れた電子音が耳朶《じ》を打った。それは紛《まぎ》れもなくエレベーターの到着音だ。中央管制室《コントロールルーム》の奥に潜んだ小さな空間、すなわちこの部屋の壁際にポツンと設置された昇降機《エレベーター》。阿久津との会話を切り上げてそちらへ視線を遣《や》ってみれば、やがて横開きの重厚な扉が静かにスライドし、中から薄紫のツインテールを揺らした一人の少女が現れる。

「あはっ……すんません。お待たせしましたっす、先輩☆」

——泉小夜《さよ》。

彩園寺《さいおんじ》家の守護者たる彼女は、いつもの薄笑いを湛《たた》えたまま俺たちの前に進み出る。

「いやぁ、仲いいっすね二人とも。まさか一緒にこの部屋まで辿り着くなんて思ってもみなかったっす。意外と相性いいんじゃないっすか？」

「……ふざけたことを言わないでくれる？　普通に侮辱か名誉棄損だわ、それ」

「どっちでもないだろ。いやまあ、俺もお前との相性だけは最悪だと思ってるけど」

「あら、失礼ね。私は誰とでも合わせられるわ。もし相性が悪いと感じているなら、それはそっちの能力が極端に低いだけじゃないかしら」

「あはっ、やっぱり相性抜群っす」

煽《あお》るようにそんなことを言いながら、とすっと部屋中央のソファに腰掛ける泉小夜《いずみさよ》。それに対し、阿久津《あくつ》は不満げな表情で銀灰色の長髪をさらりと掻《か》き上《あ》げる。

「全く……貴女《あなた》も貴女で随分とふざけたゲームマスターね」

「？　そうっすか？　泉、割と真面目《まじめ》な方だと思ってたっすけど」

「真面目だって言い張るなら、プレイヤー二人が勝利条件を達成した瞬間くらい席を外さないでもらえるかしら。私、十分以上待ち惚《ぼう》けを食らっていたのだけど」

「あ、それは申し訳なかったっす」

冷ややかな阿久津の切り込みに対して泉はあくまでも軽い調子でそう返す。微《かす》かに揺れるツインテール。短いスカートを持ち上げるように組まれた両足。そんな挑発的な態度を取りながら、泉小夜はいつもの煽るような笑みを浮かべて軽やかに言葉を継ぐ。

「でも……おかしいっすね。泉、ずっと《決闘《ゲーム》》の様子は確認してたっすけど、勝利条件を達成したプレイヤーなんてまだ出てないはずっすよ？」

「え？　……それ、どういうこと？」

「どうもこうも、普通に言葉通りの意味っすよ——あは。もしかして先輩、忘れちゃったんすか？　この《E×E×E》の勝利条件は〝地上に戻ること〟っすよ。中央管制室《コントロールルーム》への到達はあくまでも過程。泉の後ろにあるエレベーターでこの牢獄《ろうごく》から脱出しない限り、残念ながら勝利条件を達成したことにはならないっす」

「っ……でも、結局は同じことでしょう？　それくらい今すぐにでも達成できるわ」

「いやぁ、どうっすかねぇ。実はあのエレベーター、乗ったら即死判定の罠が何重にも仕掛けられてるんすよ。泉たちはゲームマスターの権限を交換し合いながら、つまり〝一時的に参加者じゃなくなる〟ことで無事に乗れるんすけど、先輩たちが乗ったら普通にスタート地点からやり直しっす。もちろんいくつかの要素《ピース》を組み合わせれば無効化できるっすけど……ま、全部集めるにはどれだけ時間が掛かることやら、って感じっすね」

「「！」」

泉小夜の宣告を受け、阿久津だけでなく俺も大きく目を見開くことになる。

罠《わな》としての性質を付与された昇降機《エレベーター》——乗らなければ《E×E×E》《クロス・イー》の勝利条件を達成できないにも関《かか》わらず、乗ってしまうと即ゲームオーバーとなる凶悪な代物《しろもの》。彼女の言う通り要素《ピース》を使えば無事に突破することも出来るのだろうが、例の〝秘密の抜け道〟を通るのにあれだけ苦労したことを考えれば、容易《たやす》く揃《そろ》えられるような要素《ピース》だとはとても思えない。いわゆる〝王道ルート〟でもっと奥まで攻略を進める必要があるのだろう。

（冗談だろ、おい……!!）

ぐっと拳を握り締める俺。

だって、もしそうだとすれば……彼女の話が本当なら、誰も勝利条件など満たせない。

「——あはっ」

袖の長いセーターで半分ほど隠れた右手を口元へ遣《や》った泉小夜《いずみさよ》は、くすくすとからかうような笑みを浮かべながら〝追撃〟のモーションに入る。

「もちろん、先輩たちがこの牢獄《ろうごく》をまともに……ショートカットしないで順当に突破してきてくれれば充分集められる要素《ピース》にはなってるっすよ？　ま、泉の概算だと、そんなことしてたら完全クリアまで一ヶ月《いっかげつ》どころか半年はかかるっすけど」

「……ふざけんなよ。じゃあ、この《決闘《ゲーム》》は最初からクリア不可能ってことじゃねえか」

「や、クリアは出来るっすよ？　ただ期末総力戦に参加できない、ってだけで」

楽しげにそんなことを言いながら軽やかに立ち上がり、近い位置に立っていた阿久津《あくつ》を後回しにしてまずは俺の目の前にまでコツコツと近付いてくる泉小夜。

そうして彼女は、くすっと勝ち誇ったような笑みと共に言い放つ。

「ってわけで、先輩——中央管制室《コントロールルーム》まで辿《たど》り着いたのはお見事っすけど、残念ながら今回はここまでっす。期末総力戦のエントリー締め切りまであと二日……あはっ、どうせもう間に合わないんで、最後くらいは大人しくタイムリミットを迎えたらどうっすか？」

「──────」

セーターに包まれた彼女の手が俺の肩にポンっと乗せられた、瞬間。

抵抗など一切する暇もなく、俺の意識はあっという間にブラックアウトした。

♭♭　──姫路《ひめじ》白雪《しらゆき》④──

「………」

一月末の深夜。

本格的な厚着をしていてもなお凍えてしまいそうになるほど肌寒い時節です。

ご主人様がどのような状況で幽閉されているのかは分かりませんが……気温は快適に保たれているのでしょうか？　風邪など引いていないでしょうか？　孤独に苛《さいな》まれていないでしょうか？　毎日毎日、そんな心配が無限に湧いてきてしまいます。

彩園寺更紗《リナ》との作戦会議を契機に始まったご主人様の捜索──もとい、地下の巨大《決闘《ゲーム》》を管理するアクセスポイントの捜索は、はっきり言って難航していました。捜索隊のメンバーはわたしと加賀谷《かがや》さんと紬《つむぎ》さんの計三名。気概も技術も充分にある……はずですが、おそらくは巧妙に隠されているのでしょう。少なくとも遠隔探査では影も形も見つからず、数日前から足での捜索も開始したところでした。

その甲斐《かい》もあって、大まかな範囲だけは絞り込めているのですが……細かい座標については、歯痒《はがゆ》いことに特定できていないというのが現状です。

(リナの方は既に夜空《よぞら》様の口を割らせ、案内の確約を得ていると聞いています。すぐにでも突入したいところですが、理想はやはりわたしたち《カンパニー》がご主人様の脱出支援を並行すること……そうしなければ、最後の一手が届かない可能性があります)

リナとの共同作戦を振り返りながら小さく首を横に振ります。

と——そこで、

「う～ん……残念だけど白雪《しらゆき》ちゃん、今日はこのくらいにしとこっか」

タブレットを魔改造した装置を手に辺りを歩き回っていた加賀谷《かがや》さんが、ボサボサの髪を掻《か》きながらそんな提案を投げ掛けてきました。ちなみにあの装置は、加賀谷さんお手製の〝探知機〟のようなものだそうです。ご主人様の端末IDやその他の情報は一通り分かっているため、デジタルとアナログの両面から捜索を進めてくれています。……いつも思うのですが、この方はどこまで頼りになれば気が済むのでしょう。

「いえ……」

ですがわたしは、今回ばかりは鉄の意思で首を横に振らせていただきました。日付は既に一月三十日になったところ。期末総力戦のエントリー最終締め切りまでもう二日を切ってしまっています。心の片隅ではご主人様が無事に帰ってきてくれればそれでいい、とも思っていますが、期末総力戦に参加できないというのはご主人様の〝嘘《うそ》〟が暴かれかねない一大事。少なくとも〝無事〟ではなさそうです。

というわけで、ほうっと白い息を吐きながら自己主張します。

「わたしは、まだ疲れていません」

「そうかもしれないけど、もう午前三時を回ったところだよん？　明日《あした》も期末総力戦はあるんだし、そろそろ寝ておかないと倒れちゃうってば」

「うん……お姉ちゃん、一緒に帰ろ？」

「紬《つむぎ》さん……」

くい、とメイド服の裾を弱い力で掴《つか》まれて、わたしは思わず困ったような声を零《こぼ》してしまいました。夜遅くまでゲームをしていることも少なくない紬さんですが、この時間はさすがに眠っている頃です。それなのにご主人様が心配なのか、もしくはわたしのためを思ってか、今は連日こうやって付き合ってくれています。

わたしが強行すると言えば頷《うなず》いてくれるかもしれませんが……何の進捗もないのにこれ以上お二人を連れ回すというのは、あまり良策とは言えないでしょう。

「……そう、ですね。分かりました、今日のところはこれで——」

と。

やるせない感情を抱えながらわたしが静かに髪を揺らしかけた、その時でした。

「――え？」

右手に持っていた端末が微かに震えます。

こんな非常識な時間に通知が来るなんて、どう考えても普通ではありません。ですが今はそんな疑問や不信感よりも先に、妙な確信が胸の中に湧き上がってきていました。これは、この通知はきっと、わたしにとって非常に重要なものだと。今すぐに確認しなければならない大切なものだという直感が確かにありました。

「っ……」

そんなことを考えながら端末の画面を目の前に投影展開します――すると、該当の通知は、期末総力戦で登録《セット》しているとあるアビリティに由来するものだということが分かりました。今回の《決闘《ゲーム》》で初めて採用したアビリティ。見慣れない表示に最初は少し戸惑って、でもすぐにそれが意味するところを理解して、わたしは徐々に目を見開きます。胸の中に〝何か〟が込み上げてきて、思わず涙が零《こぼ》れてしまいそうになります。

そんなわたしの様子に気付いたのか、加賀谷《かがや》さんが慌てて肩を支えてくれました。

「わ、ちょ……え、どしたの白雪《しらゆき》ちゃん!?　あれかな、ヒロきゅんに会えない辛《つら》さがついに限界突破して……!?」

「っ……すみません、加賀谷さん。……逆です」

「逆？」

「はい。これは――どちらかと言えば、嬉し泣きに分類されるものですので」
加賀谷さんと紬《つむぎ》さんが揃《そろ》ってぽかんとした顔をする中、わたしはゆっくりと深呼吸して
まずは鼓動を落ち着かせることにしました。それから改めてお二人の方へと身体《からだ》を向け直
すと、手に持った端末をそっと目の前に掲げてみせます。
「見てください。これは、わたしが期末総力戦で登録《セット》したアビリティ――《決闘《ゲーム》》の攻略
には役立たないと分かっていながら、英明《えいめい》の皆さまの承諾を得て採用したものです」
「？　それ、もしかして……《ＬＯＣ》で手に入れた、ヒロきゅんとのペアアビリティ？」
――その通り、です。
もちろん他の二枠は有用なアビリティで固めていますが、一枠だけ……これだけはワガ
ママを通させてもらっていました。《ＬＯＣ》の報酬にあたるペアアビリティ。両所持者
が同じ《決闘《ゲーム》》で採用している場合のみ、とても強力な効果を発揮するそうです。
「今のご主人様は期末総力戦に参加されていませんので、現状ではさほど意味のないアビ
リティです。ただ、このアビリティにはもう一つ特性があるのです。それは、ペアである
相手と位置情報を共有できる効果……もちろん、これまで一ヶ月間《いっかげつかん》ほどご主人様の端末は
圏外にありましたので、この機能も上手《うま》く利用できずにいました。ですが……」
「……光ってる、ね」
「うん……うん！　これって、お兄ちゃんがここにいるってことだよね⁉」

「はい、その通りです紬《つむぎ》さん」

絶対的な確信を持ってこくりと一つ頷《うなず》きます。

「わたしたちの推測通り……ご主人様はきっと、今までずっと戦い続けていたのだと思います。そして、何らかの方法で〝通信が成立する圏内〟に侵入してくれた。外にいるわたしたちに〝ヒント〟をくれた……おそらく、そういうことなのだと思います」

だって、そうでしょう。こんなことは偶然で起こるはずがありません。ご主人様がどうにかわたしたちと連絡を取ろうと思ってくれたから、居場所を伝えようと工夫してくれたから、わたしは幸運にもそれを受け取ることができたのです。

――だからこそ、

「お願いします、加賀谷《かがや》さん。紬さん」

ほんの少しだけ口元が緩んでいるのを感じながら、わたしはお二人に声を掛けます。

「今から家に帰って、しっかりと眠って。そして――明日《あした》の朝起きたら、改めて手伝っていただけませんか？　今度は捜索ではなく……ご、ご、ご主人様の救出作戦です」

捉え方によっては泉《いずみ》様たちに対する〝宣戦布告〟にもなり得るその言葉に。

《カンパニー》の仲間でもある加賀谷さんと紬さんは、満面の笑みで頷いてくれました。

shirayuki

というわけで――お待たせしました、リナ

shirayuki

こちらも準備完了です

sarasa

まさか、本当に期末総力戦のエントリー期限に間に合うなんて…

sarasa

さすがとしか言いようがないわね

shirayuki

そうでしょうか？

shirayuki

今回は、あっさりと泉様の口を割らせたリナの方に軍配が上がると思いますが……

sarasa

ん……まあ、そうかもしれないけど

sarasa

あたし、結構大きめのヒントを貰っちゃったから

shirayuki

それを言うならわたしもですよ、リナ

shirayuki

ということは、さすがなのはご主人様……ということになるでしょうか？

sarasa

それだけは癪だから、今回はあたしたち二人の勝ちってことで

sarasa

ま、とにもかくにも――早いところ、あいつの顔でも拝みに行きましょ

最終章　偽りの7ツ星

liar liar

＃

目が覚めると、頭上には見知った白い天井が広がっていた。

「…………」

もう何度目かも分からない、牢獄《ろうごく》内での強制送還処理《リスポーン》——とっくに慣れたつもりではいたものの、今回ばかりは脱獄《クリア》できるかもしれないと思っていただけに、それなりの悔しさと喪失感がぐるぐると胸の中で渦巻いている。

『えっと……その、篠原《しのはら》さん？』

仰《あお》向《む》けになった体勢のままそんなことを考えていると、すぐ隣から鈴を転がすような声が投げ掛けられた。視線を横へ向けてみれば、白い枕の脇にちょこんと膝を突いているのはどこか気遣うような表情の妖精、すなわちカグヤだ。中央管制室《コントロールルーム》では何やら妙な言動をしていたが、今はすっかり元に戻っているらしい。

『何というか……これからどうしましょうか？　わたし、前回の探索で《決闘《ゲーム》》が終わるものと信じていましたから、少し動揺してしまって……』

「……何だよ、らしくないなカグヤ」

『らしくない？』

「ああ。カグヤのことだから〝エクストラモードですね！〟とか何とか、もっと楽観的なことを言ってくるのかと思ってた」

『む、失礼なことを言いますね篠原さん。こう見えてもわたしはちょっとだけ高性能な最新ＡＩなんですよ？　楽観的どころか、とっても慎重な性格に決まっています』

微《かす》かに頬を膨らませてそんなことを言ってくるカグヤに「はいはい」と適当な相槌《あいづち》を打ちつつ、俺は上半身を起こして小さく伸びをする。

そうして思い返すのは、つい一時間前に泉小夜《いずみさよ》から告げられた言葉だ。

「《Ｅ×Ｅ×Ｅ》《クロス・イー》の勝利条件は〝プレイヤーが地上に戻ること〟……中央管制室《コントロールルーム》への到達はあくまでもその過程であって、最終的なゴールってわけじゃない。……まあ、言われてみれば確かにそうなんだよな。ルール文章《テキスト》に書いてあるのはそっちの方だ」

『そう、ですけど……でも、それってちょっとズルくないですか？』

「意図的な隠し方だろうからな……だけど、残念ながら嘘《うそ》は一つも言ってない。泉たちからすれば、どんな手を使ってでも俺と阿久津《あくつ》をここに閉じ込めておきたいんだろ」

彩園寺《さいおんじ》家の守護者である〝泉家〟というのはそういう立場の人間だ。学園島《アカデミー》の秩序を守るため、あらゆる方法をもって必ず《決闘》《ゲーム》に勝利する。それを踏まえれば、一応はルールに則《のっと》ってくれているだけありがたいと思うべきなのかもしれない。

「確か、あの部屋にあったエレベーターで地上に出られるんだったよな？」

『そう言っていましたね。ただしエレベーターは《E×E×E》《クロス・イー》でいう〝罠《わな》〟にあたるもので、乗ってしまうと即ゲームオーバー。それを回避するための要素《ピース》は存在するようですが、全て揃《そろ》えるには膨大な時間が掛かる……とのことでした』

「とんでもない仕様だな、ったく……」

目の前でふわふわ浮かぶカグヤと顔を合わせて小さく溜《た》め息《いき》を零《こぼ》す俺。短縮ルートを使わず真っ直《ます》ぐに攻略すれば必要な要素《ピース》は充分に集められる、という話だったが、とはいえ現在時刻は一月三十日の午前四時を過ぎたところ。今から牢獄《ろうごく》内の探索なんて始めていたら、期末総力戦のエントリー締め切りはあっという間に終わってしまう。

――ただ、

「ん……」

傍《かたわ》らにあった端末にちらりと視線を向けつつ静かに思考を巡らせる。

実を言えば――俺は、そもそも前回の攻略で《E×E×E》を完全にクリアできるとは思っていなかった。泉《いずみ》姉妹の実力を信じていた、とも言えるが、決定的だったのはやはりあのタイミングで脱出警戒レベルが最大値に上がったことだろう。脱獄の〝難易度〟を左右する脱出警戒レベル。もしも中央管制室《コントロールルーム》への到達がゴールだというのなら、そこでさらに《決闘》《ゲーム》の難易度が釣り上がるというのは仕様《ギミック》として遅すぎる。故に、もう一段階の波乱が示唆されているようにしか思えなかった。

だから俺は、ちょっとした〝仕込み〟をしていたんだ。

彩園寺《さいおんじ》に次いで姫路《ひめじ》にも、ほとんどＳＯＳに近い〝ヒント〟を出していた。

（俺の狙いがしっかり伝わってる保証はない……でも、確率はそう低くないはずだ。彩園寺と泉姉妹が接触してればあの話に触れるタイミングもあるだろうし、姫路が俺を探そうとしてくれてるなら《ＬＯＣ》のペアアビリティは真っ先に採用候補になる。で、だとしたら……〝救出〟の決行は朝になってから、ってとこか）

右手をそっと口元へ遣《や》りながら一つ頷《うなず》く。

そうして俺は、再び全身の力を抜いてふかふかのベッドに寝転がることにした。

「ってわけで……今日のところは寝ておくよ。カグヤも適当に体力回復しててくれ」

『？　それでは、わたしも篠原《しのはら》さんの懐に入って暖を……取るのは少しだけ恥ずかしいので、向こうのソファを貸していただきますが。……それにしても、休んでいて大丈夫なのですか？　もしかして、大事な作戦が失敗して自暴自棄になったとか……？』

「ああいや、そういうことじゃないって」

カグヤの問いに対して苦笑交じりに首を振る俺。

が……まあ、彼女の懸念も分からないではなかった。何しろ今の状況は、ゲームマスターである泉小夜《さよ》によって〝《Ｅ×Ｅ×Ｅ《クロス・イー》》の高速攻略は現実的に考えて不可能である〟と宣告されてしまったようなものだ。これまでとは違い、試行錯誤の余地すら全くないほど明確なシャットアウトだと言っても過言じゃない。

けれど、

「泉《いずみ》たちが俺を簡単に解放してくれるわけがない、ってのは最初から分かってたことだからな。順当な方法でやってたらもう期末総力戦のエントリー締め切りには間に合わないわけだし、せいぜい邪道で勝たせてもらうよ。……だからまあ、カグヤは安心して見守っててくれ。最後に勝つのは絶対に俺の方だからさ」

『なんと……』

俺の真上をひらひらと舞いながらじっとこちらを見つめてくるカグヤ。

そうして彼女は上品に首を傾けると、心の底から滲《にじ》み出たような声でこう囁《ささや》く。

『篠原《しのはら》さんは……意外にも、かなりのナルシストだったのですね？』

「……放っとけよ」

途端に恥ずかしくなってきた俺は、彼女の視線から逃れるべく毛布を被《かぶ》ることにした。

＃

夜が明けて、一月三十日の昼前。

相変わらず静謐《せいひつ》な白い部屋の中で——俺は、のんびりとした時間を過ごしていた。

何故《なぜ》か泉夜空《よぞら》が食事を運んできてくれなかったため冷凍食品（ピラフにした）で当面のエネルギーを確保しつつ、出撃に備えて汎用性の高い要素《ピース》を一通り端末の保管庫に詰め込んでおく。とはいえ、今は前回のような脱獄計画があるわけじゃない。ただただ準備だけはしっかりと整えた上で、革張りのソファに腰を下ろした俺は熱い紅茶に舌鼓を打つ。

「ふぅ……」

『ふぅ、って……あの、篠原さん？』

そんな俺の前にひょっこりと顔を出したのは他でもない妖精《カグヤ》だ。彼女は絹のような金糸を流れ落ちさせながら可愛《かわい》らしく小首を傾《かし》げている。

『どうしたんですか？　急にまったりとティータイムを楽しみ始めるなんて。昨日はあれだけ格好付けて啖呵《たんか》を切っていたのに……』

「格好付けてって……いやまあ、そうかもしれないけど……」

カグヤの評価に微妙な顔を返しつつ、小さく首を横に振る俺。

そうやって気を取り直してから、俺は傍《かたわ》らの端末で時間を確認しつつ言葉を続ける。

「実は……待ってるんだよ、俺の仲間が動いてくれるのを。多分それが俺に残された唯一の勝ち筋だと思うから、今は適当に動いても意味がないってわけだ」

『篠原さんの仲間……というのは、阿久津《あくつ》さんのことではないですよね？　まさかとは思いますが、外にいる誰かが偶然見つけてくれるのを待っている、ということですか？』

「簡単に言えばそういうことになる。……ただし、偶然ってわけじゃないけどな」

──《LOC》のペアアビリティを介した姫路《ひめじ》との位置情報共有。

──彩園寺《さいおんじ》が泉《いずみ》姉妹を問い詰める際の〝証拠〟になり得るようなヒントの提供。

泉姉妹が彩園寺と行動を共にしていることを知った段階で、彼女たちを通じて俺の存在を匂わせる考えは頭にあった。露骨なヒントを出すのは難しいが、彩園寺ならわずかな手掛かりでも勘付いてくれるだろう。そうすれば地下牢獄《こ》へ乗り込んで来れる。

ただ、それだけでは意味がなかった。仮に突入が成功したとしても、俺がこの《E×E×E》を完全攻略《クリア》しない限り地上へ出るのは結局不可能だ。だからこそ、姫路たち《カンパニー》に俺を見つけてもらう必要がある──そこで採用したのが《LOC》のペアアビリティだ。圏外にいる間は当然ながら無意味だが、中央管制室《コントロールルーム》だけは電波が通じると予《あらかじ》め分かっていたため、秘密の抜け道へ入る直前にアビリティの登録《セット》を済ませておいた。

『なんと……』

というようなことをカグヤにも共有してみると、彼女は上品に目を丸くした。

『それは本気で言っているのですか、篠原《しのはら》さん？　確かにヒント自体は伝わっているかもしれませんが……だとしても、それだけでここまで探しに来いと？』

「うっ……そう言われると、何となく横暴な感じもするけどさ」

ただ、と微《かす》かに口元を緩めながら言葉を継ぐ俺。

「あいつらなら、多分気付いてくれると思うんだよ。二人とも俺よりよっぽど賢いし、こういう非常事態にも割と慣れてるはずだから」

『なるほど……ふふっ、随分と信頼していらっしゃるんですね』

「？　まあ、そりゃな。信頼してなきゃSOSの相手になんか選ばないって」

何故《なぜ》か嬉《うれ》しそうな口調で囁《ささや》いてくるカグヤに肯定を返すべく、俺は肩を竦《すく》めて頷《うなず》いてみせる。今回、俺が地上へ送った〝情報《ヒント》〟はたったの二つ――どちらも希薄で、さらには曖昧で、ひょっとしたら気付いてもらえない可能性すらあるモノだ。そういう意味で俺の行動はある種のギャンブルだと言えないこともない。

「…………」

けれど。

そんな賭けの成就が時間の問題だと思えるくらいには、俺は二人を信用しているから。

「だからまあ、カグヤも気楽に――」

と……俺がそうやって話を切り上げようとした、瞬間だった。

「ッ！」『わひゃっ⁉』

――ズゥウウウウウウウン!!　と、重たい音やら振動が牢獄《ろうごく》内に激しく伝播《でんぱ》する。

（来た……！）

そんな異常事態にとある確信を得た俺は、傍《かたわ》らに投げ出していた端末を片手で引っ掴《つか》むと、そのままの勢いで〝牢獄《ろうごく》〟攻略へと乗り出すことにした。ワンテンポ遅れてハッと我に返ったのか、後ろからは『ま、待ってください篠原《しのはら》さん！』とオーロラのヴェールをはためかせたカグヤがふわふわと慌てて追い掛けてくる。

……そして。

【撮影機】の群れを完全に無視して駆け足のままＡ区画を突破し、続くＢ区画に辿《たど》り着いた辺りで、牢獄内を侵食するその〝異変〟ははっきりと俺たちの前に現れた。

「ハッ……何ていうか、圧巻だな」

『確かに……わたし、さっきから目を丸くしすぎてドライアイになってしまいそうです』

あまりにも異様な光景にそれぞれの感想が口を突く。

脱出警戒レベルが最大の〝5〟となり、これまでよりもさらに突破が難しくなっているはずのＢ区画。ただ、大きく扉を開け放った俺とカグヤの視界に映ったのは、真っ白な通路の両側に分かれて行儀よく待機している【猛獣】型看守ＡＩの姿だった。囚人側《プレイヤー》である俺の姿を認めても獰猛《どうもう》に襲い掛かってくるような気配はまるでなく、それどころか『くぅう～ん』と愛くるしい鳴き声なんか零《こぼ》している。

『ええと……』

俺の肩にちょこんと座るカグヤの表情はそろそろ混乱を極めた様子だ。

『待ってください、篠原さん。先ほどのお話から考えると、これが篠原さんのご友人による支援《サポート》の結果……なのですか？　その、思っていたよりも派手というか、とっても豪快というか……言葉を選ばずに表現するなら、少し犯罪っぽくないでしょうか？』

「そうだろうな。だってこれ、ハ、ハ、ハッキングってやつだから」

涼しい顔で【猛獣】たちの脇を通り抜けてあっという間にＢ区画を突破しつつ、何の気なしに答える俺。その行軍は順調そのものだ。俺たちが通りかかったところで罠《わな》が作動する気配はないし、決戦場であるＣ区画に配置された【管理者】型の看守ＡＩたちも、俺を攻撃してくるどころか何の抵抗もなく次の区画へ繋《つな》がる扉まで案内してくれる。

――何故《なぜ》なら、

「この牢獄内に配置された看守と罠……つまり《Ｅ×Ｅ《クロス・イー》》の防衛ユニットは、一時的にだけど俺の仲間のコ、コ、コ、コントロール下にあるんだよ。指揮系統が完全に上書きされてる。だから今だけは誰も俺を襲ってこないし、泉《いずみ》の指示には従わない」

『なんと……とんでもなく強引なやり方ですね、それは。ごく普通のサポートＡＩであるわたしにはとても思い付かない素敵な作戦ですが、ルール違反で失格になってしまったりはしないのでしょうか？　そうなったらわたし、この牢獄で篠原さんと一生を共にすることになってしまいます。つまり、実質プロポーズのようなものですよ？』

「どう考えても違うだろ」

『そうですか？　ちなみに、わたしの返事は〝はい〟です』

「いや、受け入れるんじゃねえよ……」

相変わらず上品な仕草で舞いながら嫋《たお》やかな笑みでからかってくるカグヤに嘆息とジト目を返しておく。……ハッキング云々《うんぬん》に関しては、はっきり言っていつものことだ。学園《アカデ》島《ミー》の《決闘《ゲーム》》において〝第三者の介入〟は当然ながらNGだが、永遠に発覚しない不正は誰にも指摘できない。故にこそ《カンパニー》なる補佐組織が成立しているわけだ。

「ま、電波の届かない地下牢獄《ろうごく》なんかに誘い込んできた辺り、泉《いずみ》たちも俺が〝何か〟してくるかもって警戒くらいはしてたんだろうけどな」

そんな推測を口にしながら続くD区画も全く足を止められることなく素通りし、俺たちは再び最強の看守こと【門番】型が控えるE区画へと到達する。

『グォオオオオオオオオオ……』

——見上げてもなお全体像が窺《うかが》えないほど規格外な巨大ロボット。

罠《わな》としての性質も併せ持つことから触れるだけで俺をスタート地点にまで送り返せる彼は、しかし既に《カンパニー》によって行動を完全に制御されているわけで、つまりはとっくに〝行動不能〟の無力化条件を満たされている。よって俺がすべきことは、その巨体に歩み寄ってタタンっと指先を叩《たた》き付けるだけの簡単なお仕事だ。たったそれだけのことで《零》の要素《ピース》が俺の端末内に保管される。

「条件達成、っと」

『ふふっ、あっという間の早業ですね。おめでとうございます、篠原《しのはら》さん』

透き通るような金糸を揺らしながらパチパチと拍手をしてくれるカグヤ。

ちなみに、加賀谷《かがや》さんたちのハッキング範囲《エリア》は《E×E×E《クロス・イー》》全域に及んでいる——つまり、中央管制室《コントロールルーム》を挟んで牢獄の反対側にいるはずの阿久津雅《あくつみやび》もまた、この騒動の恩恵を俺と全く同様に受けているということになる。故に〝向こう側〟の攻略も飛躍的な速さで進んでいたようで、俺たちがスタート地点の部屋まで戻っている最中に【阿久津雅が《不等価交換》アビリティを使用しました】なるメッセージが端末に表示された。

「ん……」

それに合わせて俺も《劣化コピー》を使用し、結果としては昨日と同じ流れで——ただし昨日より何倍も何十倍も効率よく——〝秘密の抜け道〟を通るだけの準備が整ってしまった。今のところ例のエレベーターに乗る方法がないため阿久津がこの後どのように動くかは不明だが、少なくとも俺には明確な勝ち筋がある。

（……やっぱり、一人で戦ってた時とは全然違うな）

何の苦労もなくE区画から自室まで戻ってきた俺は、久しく受けられていなかった《カンパニー》の支援《サポート》を肌で感じつつ、内心でしみじみとそんな言葉を口にする。……サポートAIであるカグヤの存在がありがたかったのは言うまでもないが、彼女が支えてくれたのは主に精神力《メンタル》の部分だった。やはり、俺が〝偽りの7ツ星〟であるためには――無謀で不条理な《決闘》にも勝ち続けるためには、絶対的なイカサマが必要なようだ。

『ふふっ……これで準備万端、ですね』

「……ああ、そうだな」

ふわふわと浮かびながら楽しげに囁《ささや》いてくる今の相棒ことカグヤに小さく頷《うなず》きを返す。

そうして俺は、ニヤリと口角を持ち上げながら一言。

「それじゃあ、行くぞカグヤ――今度こそ、俺たちがこの《決闘》を終わらせる番だ」

昨日とは全く異なる感情を抱えたまま、俺たちは〝秘密の抜け道〟へと足を踏み出した。

＃＃

「……はぁ。今度は何しに来たっすか、先輩？」

《E×E《クロス・イー》》牢獄《ろうごく》内部、中央管制室《コントロールルーム》――。

およそ半日ぶりに訪れたその部屋では、泉小夜《いずみさよ》がたった一人で俺を待ち構えていた。

大量のモニターに囲まれた立派なデスクが中央にある手前側の一室。薄紫のツインテールをちょこんと揺らした彼女は萌《も》え袖セーターでカタカタとＰＣ操作を行っていたが、やがて勢いよく椅子を回転させると俺の方へと身体《からだ》を向けてくる。

　そうして不満げな表情で一言、

「これ、先輩が何かズルいことしてるっすよね？　どんな手を使ったのかは知らないっすけど、今日の朝から色んなところでバグが出まくってるっす。何故か夜空姉も帰ってこないし……全く、こんなの《決闘《ゲーム》》にならないっす」

「そうかよ、そいつは災難だったたな。だけど、残念ながら俺は何も知らないぜ？　っていうか、そういう小細工が出来ないようにしてるのはお前らの方だろ」

「……あはっ、普通にしらばっくれるんすね。やっぱり先輩は卑怯《ひきょう》なヤツっす」

「褒めてもらってどうもっ」

　不機嫌さ全開で悪態を吐いてくる泉小夜に煽《あお》るような声音で軽口を返す俺。

「む……」

　それを受けた彼女はしばらく鬱陶しそうに表情を歪《ゆが》めていたものの、どこかで自身の圧倒的優位を思い出したのだろう。椅子の上で片膝を抱えるようにしながら、あくまでも余裕かつ見下すような口調と態度で続ける。

「ま、泉的には別に何だっていいんすけど。……だって、気付いてるっすか先輩？　先輩がどう足掻《あが》いたところで、どんなズルをしたところで、明日までに《Ｅ×Ｅ×Ｅ》をクリアするなんて絶対に不可能なんすよ。奥の部屋にあるエレベーターに乗らない限り先輩が地上に戻ることはできなくて、だけどエレベーターに入ろうとしたらその瞬間に罠《わな》が発動してゲームオーバー……ちなみに、中央管制室《ここ》の罠だけは今も泉《いずみ》が全力で守ってるっすから。ハッキングだけで突破しようなんて思わない方がいいっすよ？」

「ああ、なるほど。だからそこに張り付いてたのか」

「そんなところっす。ま、気になるなら試してもらっても構わないっすけどね。泉はここでニヤニヤしながら見ててあげるんで」

「何のメリットもないのに自滅する趣味はさすがにねえよ」

微《かす》かに口角を持ち上げながら首を横に振る俺。中央管制室《コントロールルーム》に立ち入った時点で通信の類《たぐい》も部分的に解禁されているため、加賀谷《かがや》さんから地上の状況は送られてきている。それによれば、昇降機《エレベーター》の罠が解除されていないというのはどうやら嘘《うそ》じゃなさそうだ。

それでも俺は、余裕の態度を一切崩すことなく続ける。

「なあ、泉——ちょっと確認させてくれ。この《決闘《ゲーム》》の勝利条件は〝プレイヤーが地上に出ること〟なんだよな？　そのためには向こうの部屋のエレベーターを使わなきゃいけなくて、当のエレベーターには何重もの罠が仕掛けられてる。希少《レア》な要素《ピース》を組み合わせれば無効化できるけど、そんなことしてたら時間がいくらあっても足りない」

「そうっすね。もしかして、そんなルールじゃズルいとでも言うつもりっすか？」

「まさか。期末総力戦と《E×E×E《クロス・イー》》はそれぞれ独立した《決闘《ゲーム》》なんだから、ルール的には成立してるよ。というか、こっちだってグレーな手は使ってるからな」

「……確かに。そこは泉たちより先輩の方がよっぽどズルかったっす」

拗《す》ねたような表情で何度か頷《うなず》く泉小夜《さよ》。

それでも彼女は一転して煽《あお》るような笑みを浮かべると、萌《も》え袖のセーターを口元に添えながら「あはっ」と生意気な声音と態度で続ける。

「まあいいっす。……それで、どうするつもりっすか先輩？」

「？　どうって、何の話だよ？」

「今後の話に決まってるじゃないっすか。クリアできないことが分かり切ってるのにここまで来たってことは、もしかして泉と遊びたかったんすかぁ？　あはっ……ま、先輩がどうしてもって頼み込んでくるならちょっとくらいは相手してあげてもいいっすけどね。でも、お金はたんまり払ってもらうっす」

「ハッ……誘ってくれてるところ悪いけど、今はちょっと忙しいんだ。さっさとこの《決闘《ゲーム》》を終わらせないと期末総力戦に参加できなくなっちまうからな」

「終わらせるって……まだそんなこと言ってるんすか、先輩？」

非現実的にすら聞こえる俺の発言に対し、泉小夜は呆《あき》れたような嘲笑を浮かべる。

そうして一言、

「いい加減にしてくださいっす——先輩はもう、期末総力戦になんか絶対に参加できないっすよ。っていうか、これは先輩のためにも言ってるっす。もし先輩が期末総力戦に勝って〝七色持ち《オールカラー》の7ツ星〟になったら、強制的に8ツ星昇格戦が発生する……で、よわよわな先輩じゃどうせラスボスに勝てないっすから、あっという間に学園島《アカデミー》から追放されるのがオチっすよ。……嫌じゃないっすか、それ？　泉《いずみ》たち的にも先輩からしても、誰にとっても得がないっす。そんな結末を回避したいだけなんすよ、泉たちは」

「ま、そうなんだろうな」

捲《まく》し立てられた言葉そのものに異議はなかったため、俺は素直に頷《うなず》いてみせる。

8ツ星昇格戦——学園島《アカデミー》のプレイヤーが七色持ち《オールカラー》の7ツ星に到達した際、自動的に発生する〝8ツ星〟達成の必須条件。泉小夜《さよ》の話では、そこでプレイヤーの前に立ち塞がる存在こそが冥星を〝武器として〟用いることができる泉家の当主らしい。そいつは圧倒的な強さを誇るため挑戦者側が勝つことは絶対になく、敗北のペナルティとして一瞬で島から追い出される……が、それに伴って冥星の出自も明らかになってしまうため、学園島《アカデミー》の運営は根幹から揺らぐことになる、というのが彼女の主張だ。だからこそ泉姉妹は、8ツ星昇格戦の発生そのものを防ぐために今回の〝誘拐〟を決行したという。

——けれど、

「一つだけ納得できてないんだよ。お前の言う最悪の結末ってのは、要するに俺が8、8ツ星昇格戦とやらに負けた場合にだけ起こるんだろ？　だったら簡単な話じゃねえか――ただ単に、俺がその《決闘》に勝てばいい。ラスボスを叩《たた》き潰してやればいい。そうすれば俺が島から追い出されるようなことはなくなるし、何なら〝冥星〟の存在だってどうとでも言い訳できるだろ。８ツ星に至るために必要な試練だった、とか何とかさ」

「な……も、妄想は大概にして欲しいっす！　こんな《決闘》《ゲーム》もクリアできないよわよわな先輩が８ツ星昇格戦に勝つなんて、そんな奇跡が起こるわけないじゃないっすか！」

「何だよ、信用ないんだな。ま、ルールも対戦相手もよく分からない《決闘》《ゲーム》なんだから絶対に勝てるとまでは言わないけど……じゃあ、ちょうどいい。８ツ星昇格戦の方は知らないけど、とりあえず《E×E×E》に勝てるってことだけは今すぐ証明してやる」

「っ!?」

平然とした声音でそう言って。

俺はポケットから端末を取り出すと、そいつを耳の辺りに押し当てることにした。ついさっき先ほども確認した通り、この中央管制室《コントロールルーム》では電波が通じる――つまり、地上にいる誰かと連絡を取ることができる。だとすれば、余計な小細工なんかもう必要ないだろう。

というわけで――、
泉小夜がガタンと椅子から立ち上がるのと同時、俺のコールは一瞬で彼女に繋《つな》がった。

『はい。……もしもし、ご主人様でしょうか？』

「ああそうだ。っと……悪いな姫路《ひめじ》、遅くなった」

『いいえ、そのようなことは全く……いえ、そうですね。本当はとても、とってもお待ちしておりました。ご主人様から連絡が来ることを、ご主人様とお話できることを、ご主人様と再会できることを……わたしは、心の底からお待ちしておりました』

「そいつは本格的に悪かった。……どうやったら埋め合わせできる？」

『そうですね。本当なら色々と要求したいところですが……今すぐに帰ってきてくだされば。わたしの前に戻ってきていただければ、それだけで許して差し上げます』

「なるほど、そりゃ破格の条件だな。今すぐってのはちょっと難しいけど……ま、あと五分くらい待っててくれよ。この《決闘》は、そろそろ姫路の勝ちで終わるから」

「——……、は？」

俺と姫路の通話を一通り聞き終えたところで、泉小夜《いずみさよ》がポツリとそんな声を零《こぼ》した。困惑に揺れる薄紫のツインテール。普段は煽《あお》るような笑みばかり浮かべている彼女だが、今現在の表情はさすがに大量の疑問符で溢《あふ》れ返っている。

「どういう、ことっすか……？　白雪ちゃん、い、いい、白雪ちゃんの勝ち？　あんまり馬鹿にしないで欲しいっす。泉が戦ってるのは白雪《しらゆき》ちゃんじゃなくて、先輩の方なんすけど」

「ま、今のところはその通りだな」

口端に不敵な笑みを浮かべながら頷《うなず》く俺。目の前でぎゅっと両の拳を握っている泉小夜の姿を見つめつつ、改めて〝種明かし〟を始めることにする。

「《E×E×E《クロス・イー》》の勝利条件は〝プレイヤーが地上に出る〟こと……お前は何度もそう言ってたはずだ。この中央管制室《コントロールルーム》に辿《たど》り着くことじゃなくて、エレベーターに乗ることでもなくて、ただただ地上に出ることが唯一無二の勝利条件だって」

「それで間違いないっすよ？　プレイヤーが勝つには地上に出なきゃいけないっす。だから先輩は、このままじゃ絶対に《E×E×E《クロス・イー》》を完全攻略《クリア》できないっす‼」

「俺はそうかもしれないな。……だけど、教えてやるよ泉。姫路は《ピンチヒッター》ってアビリティを持ってるんだ。一般には流通してない希少なアビリティ……《決闘《ゲーム》》の外から使えて、なんとプレイヤーを途中交代するっていう面白い効果が備わってる」

「なッ――！」

いつかの秋月《あきづき》戦で大活躍した特殊アビリティ《ピンチヒッター》。

その特性を知って全てを悟った様子の泉小夜に対し、俺は「ハッ……」と露骨に口角を上げながら不敵な声音でこう告げる。

「お前も気付いたみたいだな、泉。もうすぐ――いや、たった今《E×E×E》のプレイヤーは俺から姫路に変わった。《ピンチヒッター》の効果でプレイヤーが途中交代したってわけだ。んで、姫路《ひめじ》のやつが今どこにいるかは知ってるだろ？　この牢獄《ろうごく》の真上……つまりは〝地上〟だよ。だから当然、あいつは自動的に勝利条件を満たしてる」

「っ……」

「そんなわけで、俺の勝ち……って言ったらちょっと違うのかもしれないけど、少なくともお前らの負けだ。俺はもう《E×E×E《クロス・イー》》のプレイヤーじゃないから罠《わな》の影響も受けないし、エレベーターに乗っても問題ない。この牢獄からは簡単におさらばできる」

──そう、そうだ。

要するにそれが俺の立てた〝脱獄計画〟だった。この《E×E×E《クロス・イー》》は、結局のところ正攻法でしかクリアできないように設計されている。ただそれではとても期末総力戦に間に合わないため、どうにかして〝地上に出る〟という勝利条件だけを無理やり達成してやる必要があった。《ピンチヒッター》であればその要望を完璧に満たしている。

「ん……」

既に《E×E×E《クロス・イー》》のプレイヤーでなくなった俺は、改めて泉小夜《いずみさよ》に視線を向けることにした。力なく萎《しお》れる薄紫のツインテール。傍《かたわ》らのデスクに乗せられた端末上には、もうとっくに〝敗北〟の二文字が表示されていることだろう。これで俺は正式に地上へ戻る権利を獲得したということになる。

……けれど、

「関係……ないっすよ」

そんな俺の期待に反して、泉小夜はきっと顔を持ち上げてみせた。微《かす》かに涙の跡が滲《にじ》んだ強気な表情。下唇を噛《か》み締《し》めながら、彼女は絞り出すような声音で続ける。

「確かに、先輩との《決闘《ゲーム》》は泉たちの負けみたいっす。予想外っすよ、本当に……卑怯《ひきょう》なことさせたら、先輩も意外とやるんすね」

「……その評価は微妙に納得いかないけど。それで？　何が〝関係ない〟んだよ」

「それはまあ、こういうことっすね」

『え——ひゃぁっ⁉』

機材の隙間に隠れていたカグヤが思わず小さな悲鳴を漏らす。

それは、他でもない泉小夜が——《E×E×E》のゲームマスターが、自身の端末を思いきり地面に叩き付けたからだ。予備動作も何もない突然の凶行。学園島《アカデミー》の端末は頑丈なためさすがに内部機能に支障はないだろうが、それでも画面は粉々に砕けてしまう。

「はぁ、はぁ……」

荒い息を吐きながら視線を上げて、泉小夜は鋭い眼光でこちらを睨《にら》みつける。

そうして一言、

「いいことを教えてあげるっす、先輩——あのエレベーターは、《E×E×E《クロス・イー》》の要素《ピース》操作を介さない方法だと、権限がない限り動かすことができない代物《モノ》っす。権限っていうのはいわゆる管理者権限《マスター》……要するに、泉《いずみ》の端末を操作盤に翳《かざ》して認証をクリアしないとあのエレベーターは動かないんすよ。だけど、画面がこんなことになったらもう反応しないっす。つまり、先輩が地上に戻るのは不可能ってことっすね」

「は？　……何言ってるんだよ。そんなことしたら、お前も——」

「それで彩園寺家が守れるなら！　……泉は別に、先輩と心中したって構わないっす」

ぐいっと手の甲で涙を拭って全力で叫ぶ泉小夜《さよ》。普段の生意気な態度とは打って変わって、彼女は声を枯らさんばかりの勢いで真剣に言葉を重ねる。

「先輩は分かってないんすよ、泉たちのしたことが。彩園寺《さいおんじ》家を守らなきゃいけない立場なのに、冥星の暴走によってその地位を脅かしてる泉たちの〝罪〟が。こんなことは一生バレちゃいけないっす。そのためなら泉は、どんな手段でも使うっす！」

「……だからって心中かよ。極端な話だな」

「あは。いいじゃないっすか、先輩。泉みたいな可愛《かわい》い女の子と一緒なんすから、むしろ光栄に思ってもらいたいくらいっすよ？　諦めてくださいっす、牢獄《ろうごく》の外からエレベーターを動かすにも同じ権限が必要なんで。泉たちにしか動かせないっす」

「…………」

言葉の節々に宿る〝本気〟の光に俺はそっと押し黙る。

おそらく、彼女の言葉に嘘《うそ》はないだろう——泉小夜は心の底から俺を地上へ帰すつもりがない。そんなことをするくらいなら全てを終わりにしてやると言っている。実際、このエレベーターは〝管理者権限《マスター》〟とやらがなければ動かないのだろうし、画面が粉々になった泉小夜の端末はもはやその役割を果たせないのだろう。

「……でもさ」

それでも俺は、余裕の態度を崩すことなく続ける。

「必要なのはその権限だけなんだろ？　だったら、それを持ってるやつがもう一人いるはずじゃねえか。何せ《E×E《クロス・イー》》のゲームマスターはお前だけじゃない」

「！　……もしかして、夜空姉《よぞらねえ》のことを言ってるっすか？」

「他に誰がいるんだよ」

「あはっ……だとしたら有り得ないっすよ、先輩。そんなの無駄な期待っす。夜空姉はああ見えて頑固——でもないっすけど、彩園寺家に対する忠誠だけは泉よりも強いくらいなんで。それこそ更紗さんに直接頼まれでもしない限り動くはずがないっす」

「へえ？　なら……だとしたら、何でエレベーターが動いてるんだろうな？」

「——っ!?」

俺の言葉に大きく目を丸くして、ツインテールを揺らしながら振り返る泉小夜。

中央デスクの後ろに据え付けられた大きな扉――それに阻まれて昇降機《エレベーター》そのものは見えないが、それでも注意して耳を澄ませてみれば、先ほどから微かな機械音が辺りに響いているのが聞き取れた。それを確認するや否や、泉小夜《いずみさよ》は短いスカートを翻《ひるがえ》してそちらの部屋へと駆け込んでいく。中央管制室《コントロールルーム》の奥の奥。半日前にも足を踏み入れているこの場所では、確かにエレベーターの操作盤が点灯していた。学園島《アカデミー》地下に存在する巨大な牢獄《ろうごく》を目指して、機械式の箱がゆっくりと地上から降りてくる。

「……っ……」

そうして、泉小夜が小さく拳を震わせる中、エレベーターは完全に静止した。足元に響く低音と共に横へとスライドする重たい扉。その向こうから静かに姿を現したのは二人の少女だ――一人は、申し訳なさそうな表情で奥の方に控えている泉夜空《よぞら》。長い前髪に隠れた視線が一瞬だけ泉小夜に向けられたものの、結局は何も言わずに俯《うつむ》いてしまう。

……そして。

泉夜空とは対照的に、もう一人の少女は堂々とエレベーターの真ん中に立っていた。豪《ごう》奢《しゃ》な赤の長髪と、意思の強い紅玉《ルビー》の瞳。彼女自身を象徴するかのような三番区桜花《おうか》学園の制服。強気で不敵で隙がなくて、それでもどこか安堵《あんど》したように緩められた表情。

「ふぅ……どうやら、ちょっとだけ待たせちゃったみたいね？」

——６ツ星の《女帝》こと彩園寺更紗がそこにいた。

胸の下辺りで腕組みをするいつもの仕草でぐるりと室内を見渡して、俺と目が合ったところで一瞬だけ視線を止める彩園寺《さいおんじ》。彼女は何か言いたげに口を開こうとしていたが、周りの状況を考慮してか小さく首を横に振り、改めて泉小夜へと向き直った。

「……っ」

対する泉小夜は、全ての悪事が露呈したとばかりに大きく表情を歪《ゆが》めてみせる。

俺にとっては言うまでもないことだが——彼女の前に立っている彩園寺更紗《さらさ》は、あくまでも〝ニセモノ〟だ。いなくなったお嬢様の〝替え玉〟であり、泉小夜も夜空も当然それは承知している。その上でこんな反応になるのだから、やはり彼女たちは彩園寺家に対して並々ならぬ忠誠を誓っているのだろう。影の守護者たらんとしているのだろう。

……が、まあとにもかくにも。

当の彩園寺は、胸元でそっと腕を組みながら静かに言葉を紡ぎ出す。

「さっきの話、聞かせてもらったわ。……小夜、それに夜空もどうしちゃったの？　貴女《あなた》たちに任せている仕事は〝自滅〟じゃなかったと思うのだけれど」

「うぅ……」

「っ……で、でも、分かってるっすか更紗さん!?　このよわよわな先輩が万が一にも期末総力戦に勝つようなことがあれば、夜空姉が——じゃなくて、彩園寺家《さいおんじけ》が！」

「知ってる」

泉小夜《いずみさよ》の叫びを断ち切るかのように赤の長髪をさらりと揺らす彩園寺。

短くいなしているだけのようにも見えてしまうが……実際、彩園寺は泉姉妹の目的をよく分かっているのだろう。そもそも泉家というのは彩園寺家を守るための存在だ。彩園寺家の支配を揺るがしかねない〝8ツ星〟を幻の等級にしておくために〝冥星〟を生み、それを暴走させてしまった責任を取ろうとしている。俺と阿久津《あくつ》を誘拐したのだってあくまでも8ツ星の誕生を防ぐため——ひいては彩園寺家を守護するためだ。その気持ちに嘘《うそ》や偽りなんて、欠片《かけら》も含まれていないに違いない。

(俺と彩園寺が裏で繋《つな》がってることとなんて……それも、同じ嘘を共有してる〝共犯者〟だなんて、こいつらは当然知らないわけだからな)

裏の事情を知っているからこそ少し複雑な感情を抱きつつ、俺はそっと首を横に振る。

けれど——そんな感傷なんか物ともせずに、彩園寺はあっさりと続けた。

「別に気にしなくていいじゃない、そんなこと。英明《えいめい》が期末総力戦に勝つだなんて決まっていないし……というか、貴女《あなた》たちが仕掛けた《決闘《ゲーム》》をクリアして期末総力戦にも勝つようなら、案外8ツ星昇格戦だって切り抜けられるかもしれないわ。ねえ、夜空《よぞら》？」

「え……ど、どうかな、小夜ちゃん？」

「……そんなの、絶対に有り得ないっす。本気で言ってるっすか、更紗《さらさ》さん？」

「バカね、場を和ませるための冗談に決まってるじゃない。そもそも期末総力戦に勝つのは英明じゃなくて桜花《おうか》の方よ。……でも」

そこまで言って、彩園寺はちらりとこちらへ視線を向けた。悪戯《いたずら》っぽい色を湛《たた》えた紅玉《ルビー》の瞳。およそ一ヶ月《いっかげつ》ぶりに見る眩《まばゆ》い光がからかうように俺を捉える。

「知っているとは思うけれど……私、こいつとはちょっと因縁があるのよ。期末総力戦はそれを果たすのにぴったりの舞台でしょ？　ノーゲームにされたら困っちゃうわ」

「へえ？　随分と余裕かましてるじゃねえか、お嬢様。ここから俺に大逆転されたら、そっちの立つ瀬がないんじゃないか？」

「あら。こんな時に空想の話をするなんてそっちこそ余裕じゃない、篠原《しのはら》？」

「…………」

「……って、そんな顔しないでよ。今のは冗談、小夜と夜空が暴走したことは彩園寺家にも責任があるわ。然《しか》るべき賠償はさせてもらうから」

「賠償、ね……」

実際は〝俺を助けに来てくれた側〟の人間なのだが、立場上は泉姉妹を庇《かば》う必要があるらしく、あえて非を認めるような言い方をする彩園寺。俺としても事情は分かっているつもりなので、なるべく不敵に見えるよう口角を持ち上げてこう告げる。

「それじゃあ——今すぐ俺をそのエレベーターに乗せて地上まで連れていってくれ、彩園寺。そうすれば俺は期末総力戦にエントリーできる。それでチャラにしてやるよ」

「ふうん……？　そんなことでいいのね。てっきり仕返しとか何とか言って、桜花《おうか》に重たいハンデを背負わせてくるのかと思っていたのだけれど」

「何言ってるんだよ、桜花の《女帝》様。俺が参戦するんだから、そんなの実質英明の勝ちに決まってるだろ？　対価ならそれくらいで充分だって言ってるんだ」

「……相変わらず口が回るわね、貴方《あなた》」

少し悔しそうな発言と見せかけて、実際は微《かす》かに口元を緩めながらそんなことを言う彩《さい》園寺《おんじ》。真正面から対峙《たいじ》している俺の方も、彼女と交わす〝煽《あお》り合い〟が懐かしく感じてしまい、おそらく普段よりもずっと口角が上がっていることだろう。

そして——、

「っ……じゃあ！」

今回の事件を決行した張本人である泉小夜《いずみさよ》はと言えば、俺と彩園寺の会話を聞きながらぐっと下唇を噛《か》み締《し》めていた。彼女たちが仕掛けた《決闘《ゲーム》》は……俺を地下に押し留めておくための《E×E×E《クロス・イー》》は、完全にこちらの勝利で終わった。こうして決着がついてしまった以上、俺が期末総力戦にエントリーする未来はもはや回避しようがない。

けれどそれでも、彩園寺家の影の守護者はたった一度の失敗で折れたりはしない——。

　だからこそ彼女は、薄紫のツインテールを揺らしながら勢いよく顔を持ち上げる。

「それじゃあ、更紗《さらさ》さん。今から泉たち、期末総力戦に戻ってもいいっすか？」

「期末総力戦に……？」

「そうっす。だって、泉家の――泉たちの使命は〝彩園寺家を守ること〟っす。こんな男に負けっぱなしなんて、そんなの絶対に有り得ないっす!!　今度は片手間じゃなく全力で桜花学園の戦線に参加して、真正面から先輩のことを叩《たた》きのめして……そうやって、冥星の秘密を守るっす。夜空姉を守るっす!!」

「！　さ、小夜ちゃん……」

「彩園寺家に内緒でこんなことしておいて本当に申し訳ないっすけど……それでも、これが最後のワガママっす。最後のお願いっす。学園島《アカデミー》の上に立つべきは彩園寺家しかいないって、泉たちに〝証明〟させて欲しいっす！」

「――なるほど、ね」

　様々な感情で構成された泉小夜の宣言。それに対し、彩園寺はくすっと笑みを浮かべながら優雅に頷《うなず》いて、静かに右手を差し出してみせた。そうして、まるで挑発するかの如《ごと》く紅玉《ルビー》の瞳をちらりと俺へ向けてから一言、

「歓迎するわ小夜、夜空《よぞら》。期末総力戦の頂点に立つのはもちろん最初から私たち桜花学園の予定だけれど……貴女《あなた》たちと一緒なら、余計にあいつを凹ませられるはずだもの」

「はい……はいっ！」

「わ、分かりました！　わたしも、あ、足を引っ張らないように頑張ります……っ！」

彩園寺《さいおんじ》の返答を受け、感極まったような表情で何度も頷《うなず》いてみせる泉《いずみ》姉妹。

『ふふっ……どうやら、あの二人を本気にさせてしまったみたいですね？』

と——その辺りで、しばらく身を潜めていた妖精《カグヤ》がこっそりと俺に耳打ちしてきた。鈴を転がすような可憐《かれん》な声音がふわりと優しく鼓膜を撫《な》でる。

『これまでも何度かお伝えしていますが、泉さんたちはとっても強敵ですよ？　今回は地上の《決闘《ゲーム》》と並行だったり隠しごとが多かったり阿久津《あくつ》さんが厄介だったり……とにかく問題が山積みだったので、きっと普段の実力の二割も出せていないと思います』

「……二割、ね」

『はい。ふふっ……やっぱり、篠原《しのはら》さんでも怯えてしまいますか？』

「まさか」

耳をくすぐるカグヤの声にニヤリと〝否定〟を返しながら——俺は、

「8ツ星昇格を阻む障壁《ラスボス》なんだろ？　だったら、それくらい強くなきゃ面白くないっての」

——好奇心旺盛な彼女の精神に倣うべく、あえて煽《あお》り立てるような口調でそう言った。

kaguya

篠原さん、篠原さん！

kaguya

《E×E×E》の完全攻略おめでとうございます。
わたし、まだドキドキが止まりません

hiroto

ああ、そりゃどうも

hiroto

っていうか、ありがとな。カグヤのおかげで気が滅入らずに済んだ

kaguya

いえいえ、わたしはそのためのサポート用ＡＩですから

kaguya

篠原さんのお役に立てたならとっても光栄ですよ？

hiroto

ん……カグヤは、このまま地下に残るのか？

kaguya

なんと……

kaguya

それは、わたしもご一緒していいということですか？

hiroto

え

hiroto

いや……別に嫌ではないけど、システム的にそんなこと出来ないだろ

kaguya

そうですね。もちろん、わたしは――“カグヤは”地上に出られません

kaguya

ですが……ふふっ

kaguya

少しだけ、楽しみにしておいてくださいね？

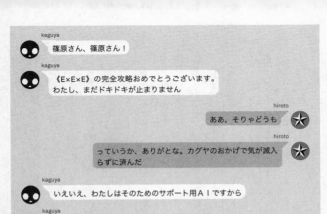

エピローグ

liar liar

♭♭　――姫路白雪《ひめじしらゆき》⑤――

学園島《アカデミー》三番区内、彩園寺《さいおんじ》家のお屋敷から少しだけ離れた地点にある公園。

昼時だというのに閑散としているその場所で、姫路白雪《わたし》は一人静かに佇《たたず》んでいました。

「ん……」

身じろぎしただけで白い息が零《こぼ》れます。……この公園は、わたしにとって少しだけ馴染《なじ》みのある場所でした。というのも、羽衣紫音《はごろもしおん》様（もとい本物の彩園寺更紗《さらさ》様）がお屋敷を抜け出すのに使っていた裏道、その出口の一つがここだからです。頻繁にいなくなる紫音様を探すため、長時間の張り込みを敢行していた時期すらありました。

ちなみに、加賀谷《かがや》さんと紬《つむぎ》さんは近くにはいません。

つい先ほどまで《E×E×E《クロス・イー》》――ご主人様が巻き込まれていたという地下《決闘《ゲーム》》に盛大なハッキングを仕掛けていたわけですが、完全攻略《クリア》が確定した途端に〝ちょっと急用が出来ちゃって！〟などと言いつつわたしを置いて行ってしまいました。

（露骨に気を遣われてしまいましたが……）

そんなことを考えながら、わたしは小さく首を振ります。お二人には――特に紬さんには——申し訳ない気持ちを抱いてしまいますが、それでもありがたい配慮には違いありません。何故《なぜ》ならわたしには、平静を保っていられる自信が欠片《かけら》ほどもないからです。

とくん、とくんと心臓の音が聞こえていました。

色々な感情が胸の中に溢《あふ》れ返っていて、自分でも混乱してしまいそうでした。

（……いけません。一ヶ月《いっかげつ》ぶりにご主人様と会えるのですから、どうにか笑顔で——）

そんな風に無理やり自制しようとした、その時でした。


「——姫路」


待ち焦がれていた声音が、言葉が、優しく耳朶《じだ》を打ちました。

声の出どころは後ろからです。……そうです、実はいきなりご主人様と顔を合わせるのが少しだけ気恥ずかしくて、隠し通路の出口に背中を向けていたのです。ただ、残念なことに照れの軽減効果は全くと言っていいほど得られませんでした——ご主人様の声が聞こえた瞬間、ドクンと一際高く心臓が高鳴ったのが分かります。胸の中から何かが込み上げてくるような感覚がして、頭が真っ白になってしまって。

「っ……」

ですが——それでもわたしはご主人様の、学園島《アカデミー》最強の専属メイドです。

何もかも、全てを捧げるつもりのパートナーです。

だからわたしは、表情を崩しながらも後ろを向いて……どうにか声を振り絞りました。

「はい。……お帰りなさいませ、ご主人様！」

＃

例のエレベーターで地上に戻り、彩園寺《さいおんじ》家内部の監視カメラに一通り苦戦して。

最終的に裏道経由で脱出した俺を出迎えてくれたのは、他でもない姫路《ひめじ》白雪《しらゆき》だった。

軽く首を巡らせてみるが、少なくとも見える範囲に加賀谷《かがや》さんや椎名《しいな》の姿はない。途中まで裏道を案内してくれていた彩園寺も、俺と行動を共にしていることがバレると大問題になるため、既に彩園寺家の邸内へと引き返している。

故に正真正銘、この公園の中にいるのは俺と姫路の二人だけだ。

「えっと、その、何ていうか……」

およそ一ヶ月《いっかげつ》ぶりに対面した彼女の姿を真正面に捉えつつ、俺は込み上げてくる何かに急かされるが如《ごと》く言葉を紡ぎ出そうとする。……言いたいことなら無数にあった。俺が学園島《アカデミー》に上陸したその日から一つ屋根の下で暮らしているわけだから、姫路と離れ離れになったのなんて初めてだ。感情の針は色々な方向に振り切れんばかりだった。

……けれど、真っ先に伝えるべきはさすがに〝謝罪〟だろう。

そう思って俺が口を開こうとした刹那、姫路《ひめじ》の方が先んじてくすりと笑みを浮かべる。

「いいえ。謝っていただく必要なんかありませんよ、ご主人様。今すぐ帰ってきていただければ全て許す、と確かに申し上げましたので」

「まあ、それはそうなんだけど……」

さらりと揺れる白銀の髪を見つめながら俺はそっと右手で頬を掻《か》く。姫路が〝許してくれる〟ことなんか分かり切っているが、だからと言って甘えるわけにはいかない。

「俺が地下の牢獄《ろうごく》に閉じ込められてからもう一ヶ月《いっかげつ》以上経《た》ってるんだぞ？　寝坊とか遅刻で済まされるようなレベルじゃない」

「ん……確かに、それはそうかもしれませんね。思えば一ヶ月前のあの日も、ご主人様のために買い出ししていた食材が全て無駄になってしまいました」

「そこなのか。いやまあ、それも俺が悪いんだけど。……じゃあ、どうすれば償える？」

「償い、ですか？　ええと、そうですね……」

俺の言葉を受けて迷うように白銀の髪を揺らす姫路。そのまましばらく〝何か〟を考えていた姫路だったが、やがて小さな歩幅で一歩だけ俺に近付いてくる。そうして少しだけ上目遣いの体勢になると、どこか拗《す》ねたような表情でこう囁《ささや》いた。

「――では、もう二度と誘拐なんかされないでくださいね？　一ヶ月以上もご主人様とお会いできなくて、わたしは……とても、とっても寂《さみ》しかったので」

「っ!?」

（いや、あまりにも可愛《かわい》すぎるだろ……！）

滅多《めった》に聞くことの出来ないストレートな甘え口調にノックアウトされかけ、思わず天を仰ぐ俺。普段は感情の起伏が少ない姫路だけに、こういった表情の破壊力が何倍にも膨れ上がっている。顔が熱くなっているのがはっきりと自覚できるほどだった。

「あ、あー、えっと……」

だから俺は、平静を保つためにどうにか話題を変えることにする。澄んだ碧《あお》の瞳に見つめられながら記憶を辿《たど》って、ようやく重要な単語《ワード》に辿り着いた。

「そうだ、期末総力戦！　ルールとか状況とか色々知りたいことはあるけど、まずはともかくにもエントリーを済ませておかなきゃな」

「あ、はい、そうですね。期末総力戦のエントリーは各学園に設置されている専用端末で行います。時間に余裕はありますが、念のため今すぐ英明《えいめい》学園に向かいましょうか」

「ああ。……ちなみに、結構ヤバい戦況なのか？」

「……聞いてしまいますか、それ？」

俺の問いにほんの少しだけ表情を歪《ゆが》める姫路。

彼女は白銀の髪を小さく揺らしつつ、透明な声音でそっと言葉を継ぐ。

「おそらくはご主人様の想像通り——現在、英明学園は大変な苦境にあります。ですがそれは、起こり得た展開の中で最もマシなものだと言い切ってしまっていいでしょう。脱落のピンチはもう何度あったか分からないくらいですので」

「……なるほど、な」

姫路《ひめじ》の説明に対して俺は小さく頷《うなず》きを返す。詳しい状況把握は英明《えいめい》に戻ってから行うとして……まあ、劣勢なのは覚悟していた。泉小夜《いずみさよ》によれば、期末総力戦は各学区のエースランカーが非常に重要な役目を果たすらしい。ならば7ツ星《おれ》が〝行方《ゆくえ》不明〟になっていた英明学園が本調子でなどいられるはずもないだろう。ただでさえ期末総力戦には、泉姉妹も《アルビオン》も他学区のトッププレイヤーも全身全霊で臨んでいる。

「ハッ……」

けれど——否、だからこそ。

学園島《アカデミー》最強が《決闘《ゲーム》》に参加する今この時から始まるのは、英明学園による逆転劇だ。

「行こうぜ、姫路。……そろそろ、最終決戦の始まりだ」

唯一無二の従者《パートナー》と至近距離から見つめ合いつつ、俺は不敵に笑ってそう言った。

♭♭♭

三番区某所——。

およそ一ヶ月《いっかげつ》ぶりに陽の光を浴びた彼女は、優雅な所作で端末を耳に当てていた。

「もしもし？　……ええ、私。阿久津《あくつ》よ」

『うん、待ってたよ』

電話口から聞こえてきたのは彼の声だ。彼女——阿久津雅《みやび》が所属する非公認組織《アルビオン》のリーダーを務める越智春虎《おちはるとら》。阿久津の知る中で最も〝学園島《アカデミー》の頂点〟に近い男だと言ってもいい。

『遅かったね。エントリー締め切りに間に合わないいんじゃないかって心配してた』

「あら、冗談でしょう？　私はそこまで無能じゃないし、そんなことになったら〝シナリオ〟が崩れるじゃない。私は元々、今日この時間に地上へ戻る予定だった」

『ん……まあ、そうだね。白状すれば、別にそこまで気を揉んでたわけじゃなかった。だって、僕が何かしらの策を講じなくても雅はどうせ帰ってきてくれるだろうから』

信用していた、とも受け取れる越智春虎の言葉に、阿久津雅は微《かす》かに口元を緩めてみせる。……もちろん、地下で行われていた《E×E×E《クロス・イー》》は本来こんな速度でクリアできるような代物《しろもの》ではない。けれど篠原緋呂斗《しのはらひろと》が〝何か〟をして、それによって牢獄内にいる全ての看守が動きを止めた——その隙に、彼女は当の牢獄《ろうごく》を隅から隅まで探索し、エレベーターに乗れるだけの要素《ピース》をきっちりと集めていたのだ。

つまりは便乗作戦だが、どちらにしても勝ちは勝ちだろう。

（あの無能に先を越されたのだけが悔しいと言えば悔しいけれど……まあ、関係ないわね）

内心の苛立《いらだ》ちを隠すべく銀灰色の長髪をさらりと揺らす阿久津《あくつ》。

そうして彼女は、いつも通り突き放すような冷たい声音で言葉を継ぐ。

「それで、期末総力戦の状況は？　まさか負けているなんて言わないでしょうね？」

『面白いくらい順調だよ。僕ら七番区は序盤からずっと好成績を保ってる』

「……それだけ？　他に何か楽しい情報はないのかしら」

『うーん、そうだね。なら、この先の予言《シナリオ》を少し教えてあげる——雅と緋呂斗が復帰して、から一週間と経たないうちに、期末総力戦から半数以上の学園が脱落するよ。そこに英明《えいめい》が入っているかどうかは、もとい入れるかどうかは僕らの匙《さじ》加減だけど……ね』

「！　……ふぅん？　確かに、それは少しだけ心が躍る素敵な話ね」

越智《おち》の言葉にほんの少しだけ口角を上げる阿久津雅《つかみやび》。……彼の《シナリオライター》は決して未来予知のアビリティではない。望む未来を掴むための試練《クエスト》みたいなものだ。それでも彼は、越智春虎《はるとら》は、あらゆる力を総動員してそのシナリオを達成するだろう。

（逆に言えば……もしもこの状況を覆《くつがえ》せるなら、篠原緋呂斗《しのはらひろと》は本物かもしれないけれど）

まるでそれを期待しているかのように、阿久津はくすりと笑ってみせる。

そして、そんな彼女の耳元には、越智春虎の〝予言〟がはっきりと届いていた。

『とにかく戻って来なよ、雅。——ここからが、僕らのシナリオの最終段階《クライマックス》なんだから』

あとがき

こんにちは、もしくはこんばんは。久追遥希《くおうはるき》です。

この度は『ライアー・ライアー12　嘘《うそ》つき転校生は影の守護者に閉じ込められています。』をお手に取っていただき、誠にありがとうございます！

いかがでしたでしょうか……!?　前巻のラブコメ特盛クリスマスから一転、学園島《アカデミー》の秩序を司る〝影の守護者〟によって誘拐されてしまった緋呂斗！　閉じ込められたのは地下牢獄《ろうごく》!?　白雪《しらゆき》と更紗《さらさ》は無事に緋呂斗を救出できるのか……！　という、最初から最後まで《決闘《ゲーム》》たっぷりな一冊となっています。楽しんでもらえれば幸いです！

続きまして、謝辞です。

今巻も至高のイラストを描いてくださったkonomi先生。これだけ巻を重ねてきたにも関《かか》わらず、新しい表紙や挿絵を見る度に興奮とモチベが高まって仕方ありません……！

担当編集様、並びにMF文庫J編集部の皆様。おかげさまで今回はやや優良進行（当社比）で進めることができました！　今後も可能な限りこのペースで頑張ります。

そして最後に、この本を読んでいただいた皆様に最大級の感謝を。

次巻から超大規模な〝○○戦〟編に突入しますので、ぜひぜひお楽しみに!!

久追遥希

ライアー・ライアー
liar liar

MF文庫J

ライアー・ライアー 12
嘘つき転校生は影の守護者に閉じ込められています。

2022年11月25日　初版発行

著者　久追遥希

発行者　山下直久

発行　株式会社 KADOKAWA
〒102-8177 東京都千代田区富士見 2-13-3
0570-002-301（ナビダイヤル）

印刷　株式会社広済堂ネクスト

製本　株式会社広済堂ネクスト

Printed in Japan　ISBN 978-4-04-681939-0 C0193

◇◇◇

【 ファンレター、作品のご感想をお待ちしています 】
〒102-0071 東京都千代田区富士見2-13-12
株式会社KADOKAWA　MF文庫J編集部気付「久追遥希先生」係「konomi（きのこのみ）先生先生」係